無有鄉

NEVERWHERE

尼爾 蓋曼

蔡佳機 譯

Neil Gaiman

獻給我的朋友暨同事Lenny Henry，他讓這本書能夠順利完成；還有我的朋友暨經紀人Merrilee Heifetz，她讓所有事情都變得很美好。

怯而不曾去聖約翰之森。懼樅木林下無盡暗夜；懼見血紅之杯，懼聞鷹隼振翼。

——G．K．卻斯特頓

若蒙主賜鞋襪
往後的每個黑夜
坐下來穿戴吧
主啊，請納此亡靈

黑夜來，黑夜來
往後的每個黑夜
室內燭火熒然
主啊，請納此亡靈

若蒙主賜飲膳
往後的每個黑夜
聖火永保身暖
主啊，請納此亡靈

——傳統守靈夜歌

無有鄉

目錄

序章

出發到倫敦前的夜晚，理查．馬修並不快樂。

他的心情在傍晚時還不錯：他開開心心讀著祝福卡，接受幾位還算吸引人的年輕女性友人擁抱；以輕鬆心情聽著別人警告他倫敦邪惡凶險，一邊瞧著朋友湊錢買來、印著倫敦地鐵圖的白色雨傘，還愉快享用了幾品脫啤酒。但在此之後，馬修發現啤酒帶給他的樂趣越來越少。他最後甚至呆坐在蘇格蘭小鎮某間酒吧外的人行道，身子微微顫抖，兀自衡量著如果吐出來是好是壞。這時的他一點也不快樂。

酒吧內，理查的朋友仍在大肆慶祝他不久後的遠行，對他而言，這已經玩過頭了。他坐在人行道上，手撐著收起的雨傘，心想南下倫敦的計畫究竟好不好。

「你最好小心，」一個沙啞蒼老的聲音說，「他們很快就會把你趕走，就算把你抓進牢裡我也不意外。」兩道銳利的眼神從一張尖削汙穢的臉孔射出。「你還好吧？」

「還好，謝謝妳。」理查說。他自己是個稚氣未脫的年輕小夥子，有一頭微捲的深色頭髮，還有淡褐色的大眼睛。他臉上那彷彿剛睡醒的迷惘表情，讓他對異性更有吸引力。然而他自己卻怎麼也無法理解或相信。

那張臉上的表情和緩下來。「拿去吧，真是可憐。」她邊說邊塞了一枚五十便士到理查手中。「你在街頭待多久了？」

「我不是流浪漢。」理查尷尬地解釋，試圖把硬幣還給老婦人。「請把錢拿回去吧。我很好，只是出來透透氣而已。我明天就要去倫敦了。」他補充說道。

老婦人用懷疑的眼神上下打量他，把五十便士拿了回去，迅速收在外套與圍巾間的暗袋。「我去過倫敦，」她放下了戒心，「我就是在那裡結婚的，嫁給了一個混蛋。我媽叫我不要嫁給外地人，可是我那時候年輕又漂亮──當然你現在是看不出來啦，而且我還很任性。」

「我相信妳那時一定很漂亮。」理查說，覺得快要吐的感覺已逐漸消失。

「一點好處也沒有，最後搞到無家可歸，所以我知道這是什麼感覺。」老婦人說，「所以我才以為你也無家可歸。你去倫敦做什麼？」

「我有份工作。」理查自豪地告訴她。

「做什麼的？」她問。

「嗯，證券方面。」理查回答。

「我以前是舞者。」老婦人邊說邊踮起腳尖，笨拙地繞著人行道轉了一圈，嘴裡還哼著不成調的曲子，然後像快要停下來的旋轉陀螺一般左右搖晃，最後終於停下來面對理查。「把你的手伸出來，」她對理查說，「我要幫你算命。」理查照做。她伸出蒼老的手抓住理查的手，將他的掌心扳開，瞇眼看了一會兒，然後露出彷彿剛吞下老鼠的貓頭鷹的表情──而且老鼠還在肚裡掙扎。

「你有一段很長的路要走……」她茫然地說。

「因為我要到倫敦。」理查告訴她。

「不是倫敦，」老婦人頓了一下，「至少不是我知道的倫敦。」這時天空開始下起毛毛雨。「很遺憾，這段旅程是從『門』開始的。」

「門？」

她點點頭。雨點變得更大，啪嗒啪嗒灑落在屋頂和柏油路面。「如果我是你，一定會小心門。」

理查站了起來，身形不太穩。「好吧，」他不太確定該如何處理這樣的訊息，「我會的。謝謝。」酒吧的門打開，裡面的燈光及噪音隨之傾瀉到街道上。「理查？你還好吧？」

「嗯，我很好，一會兒就進去。」老婦人已沿著街道搖晃而去，渾身溼透，隱沒在滂沱大雨中。

理查覺得自己該為她做些什麼，卻沒辦法給她錢。他急忙沿著狹窄的街道追上去，冰冷雨水浸溼他的臉和頭髮。「哪。」理查說，在傘柄上摸索，想找到撐開傘的按鈕。按下後，雨傘綻開成巨型的白色倫敦地鐵路線圖，每條路線都用不同的顏色描繪，每個車站都標示出名稱。

老婦人很感激地接下雨傘，微笑表達謝意。「你的心地真好，」她對理查說，「有時候，不管你在哪兒，這樣就足以確保自己的安全了。」她甩了甩頭。「但大多數情況可不是這樣。」她緊抓著雨傘，以免被突如其來的強風吹走或吹翻。她用手臂緊抱住傘，身體幾乎彎成九十度，以抵擋風雨。她步入雨夜，帶著這個白色的圓形物體，上面覆蓋許多倫敦地鐵站的名稱——伯爵宮庭（Earl's Court）、大理石拱門（Marble Arch）、黑修士（Blackfriars）、白城（White City）、維多利亞（Victoria）、天使（Angel）、牛津馬戲團（Oxford Circus）❶……

醉醺醺的理查發現自己不禁沉思，「牛津馬戲團」……真的有馬戲團嗎？一個真正的馬戲團，有小丑、美女、猛獸？此時酒吧的門再度打開，一陣爆炸般的聲音傳來，裡面的控音鈕好像才剛調高。「理查，你這白痴，這個該死的聚會是為你舉辦的，結果你什麼好玩的都錯過了。」他走回酒吧，想吐

---

❶ Circus有圓環、馬戲團的意思。

的衝動全在那奇異的一瞬間消失。

「你看起來好像淹死的老鼠。」有人說。

「你又沒看過淹死的老鼠。」理查說。

另一個人遞給他一大杯威士忌。「拿去。灌下去你就會暖起來了。你也知道，你在倫敦可找不到正格的蘇格蘭威士忌。」

「我相信我找得到。」理查嘆了口氣，水滴從髮際掉入酒杯。「倫敦什麼都有。」他灌下那杯威士忌，接著又有人買了一杯給他，然後那天晚上後來的一切就開始模糊、裂成碎片。之後，他只記得自己正要離開某個充滿理性的小地方——一個合理的地方——前往一個巨大古老卻不理性的某處；然後在夜晚後半的某個時刻，他在流著雨水的排水溝裡嘔吐不止；一個標上怪異符號的白影子像圓滾滾的小甲蟲，在雨中離他遠去。

隔日清晨，理查搭火車南下，這六小時的車程，將把他帶往有著奇特哥德式尖頂與拱門的聖潘克拉斯車站。

理查的母親做了一小塊胡桃蛋糕讓他帶著，還幫他準備裝滿茶的保溫瓶。這使得前往倫敦的理查．馬修感覺糟透了。

第一章

她已經跑了四天，跌跌撞撞穿過走廊及地道，慌亂逃亡。她又餓又疲憊，身體已經累得撐不下去，接下來，只要每開一道門她就更是力不從心。逃亡四天，她找到的藏身處是地表下一個很小的岩石洞穴。她在這裡會很安全——至少她這麼期望。最後，她終於睡著了。

格魯布在上次於西敏寺舉行的流動市場裡僱用了羅斯。「就把他想成——」他對凡德摩說。「金絲雀。」

「會唱歌嗎？」凡德摩問。

「我懷疑，我打從心底懷疑。」格魯布用手順了順平直的橘色頭髮。

「不是的，我的好友，我是用比喻的方式在思考。我真正想表達的不只是鳥的輪廓。」

凡德摩點頭。他那話的意思漸漸明朗：沒錯，是金絲雀。雖然羅斯跟金絲雀沒有其他相似之處——他塊頭很大，幾乎跟凡德摩一樣；他髒得不得了，沒多少毛髮，而且話很少。不過羅斯已經清楚讓他倆知道他熱愛屠殺，而且相當在行，這點讓格魯布和凡德摩非常高興。但他就是金絲雀，這點他自己從來就不曉得。就這樣，羅斯走在前面，身穿髒兮兮的T恤和破舊的藍色牛仔褲，格魯布與凡德摩則穿著優雅的黑色西裝隨行在後。

若你留心觀察，有四個簡單的方法可分辨出格魯布與凡德摩。首先，凡德摩比格魯布高出兩個半頭；再者，格魯布有淡青色眼珠，而凡德摩的眼珠是棕色的；第三，凡德摩的右手戴了幾枚用四顆烏鴉頭骨製成的戒指，而格魯布並未佩戴顯眼的首飾；第四，格魯布喜歡文字，而凡德摩老是肚子餓。還有，他們看起來一點也不像。

地道暗處傳來一陣窸窣聲。凡德摩原先將小刀握在手中，但轉眼間刀子已不在他手中，而是到了約三十尺外的地方，在那兒微微晃動。他走向刀，抓住握柄拔起，刀子貫穿了一隻灰色老鼠，老鼠的嘴巴因生命流逝而虛弱地開闔。凡德摩用虎口捏碎牠的頭骨。

「好了，這鼠輩再也不會到處吱吱喳喳說人壞話了。」格魯布說，並因自己的笑話咯咯發笑，但凡德摩沒有反應。「鼠輩——吱喳——懂嗎？」

凡德摩將老鼠從刀刃上抽出，非常細心地從頭部開始咀嚼。格魯布一掌將他手中的老鼠打掉，說：「別吃了。」凡德摩收起小刀，有點不太高興。「退後。」格魯布語帶勸說，嘶聲斥喝。「一定還會有老鼠的，現在快點繼續走。我們還有事要做、還有人要修理呢。」

三年的倫敦生活沒有改變理查，卻改變了他原本看待這城市的角度。他從以前看過的照片想像倫敦是一座灰色、甚至黑色的城市，卻驚訝地發現這城市充滿色彩。這是一座由紅磚與白石、紅巴士與黑色大計程車、鮮紅郵筒與綠草如茵的公園以及墓地組成的城市。

這城市古老與現代糾結混雜，不醜，但也得不到敬重；它的組成元素有商店、辦公室、餐廳、住宅、公園和教堂、乏人問津的紀念碑與黯然失色的宮殿；另有數百個名字古怪的行政區——蹲尾（Crouch End）、粉筆農場（Chalk Farm）、伯爵宮庭、大理石拱門；每區的風貌也很古怪。喧鬧、骯髒、歡樂、混亂。他們仰賴觀光客維生，需要他們卻也看不起他們。平均車速三百年來都沒增加，因為前五百年斷斷續續地拓寬路面，在交通（不管是馬車或近代才有的汽車）與行人的需求之間笨拙地協調著。此處住滿了不同膚色、不同習慣、不同種類的居民。

理查剛到倫敦時就發現這城市有多巨大、古怪，並且理解不能。只有那張用許多顏色標示地鐵路線及車站的優雅地鐵平面圖，還能賦予某種表象的秩序。

他漸漸了解地鐵圖是便利的象徵，讓生活比較輕鬆，卻與其上都市的現實形貌毫不相似。這就像隸屬於某個政黨似的（他因為這麼想而感到自豪）。某次宴會，理查試圖向滿臉困惑的陌生人解釋地鐵圖與政治的相似處，之後，他決定政治都留給別人去評論。

他遲緩地藉由不斷浸淫其中與累積雜學的過程（那就像雜音，只是雜學比較有用）繼續了解這座城市。當他明白，真正的倫敦市本身不超過一平方哩，這個過程也隨之加速。

這一平方哩從東邊的艾德門延伸到西邊的報社街和老貝利的法庭，是個很小的自治區，目前是倫敦金融機構的大本營，也是這一切的發源地。

兩千多年前，倫敦曾是泰晤士河北岸的塞爾特村落，後來羅馬人偶然來此，安頓下來，倫敦便開始緩慢成長。約莫一千年後，西陲才與王室的西敏市接壤。而後，倫敦橋一建好，倫敦便跨越河流，直接連繫薩隆克鎮。倫敦不斷拓展，原野、森林、沼澤逐漸在繁榮的城鎮間消失。它持續擴張，在成長時接觸到其他小村落，諸如東邊的白教堂、狄普福，西邊的哈默史密斯、牧羊人草叢，北邊的肯登、伊斯靈頓，南邊泰晤士河對岸的巴特西、藍伯斯。倫敦把這些小村子全都合併，就如同一池水銀，遇到較小的水銀珠便加以併入，只留下它們的名稱。

倫敦最後變得巨大而矛盾。這裡是好地方，也是不錯的城市，但所有的好地方都要付出代價，而且要償付的程度就跟其餘的好地方一模一樣。

再一陣子，理查發現自己把倫敦的樣貌當作是理所當然的。沒有多久，他開始因為不曾參觀過倫敦景點而自豪。（倫敦塔例外。梅德姑媽來倫敦度週末時，理查發現自己成了心不甘情不願的護花使者）。

但潔西卡改變了這一切。理查發現，他在那些記不起來的週末時光中，曾陪她去過國立美術館、泰特美術館等地。在這些地方，理查體認到在博物館附近走太久腳會痛；他知道不要多久，世上所有偉大的藝術瑰寶在他腦中會糊成一片；而博物館的餐廳竟厚著臉皮對一塊蛋糕加一杯茶索取高價，幾乎超出人類可理解的範圍。

「這是妳的茶和奶油夾心餅。」理查對潔西卡說：「買一幅丁托列托的畫也花不了這麼多錢。」

「別那麼誇張。」潔西卡愉快地說，「再說，泰特美術館也沒有丁托列托的作品。」

「我應該點那塊櫻桃蛋糕的，」理查說，「這樣他們就可以再買一幅梵谷了。」

理查在兩年前一趟去法國度週末的旅行認識潔西卡——精確地說，他是在羅浮宮注意到她的。理查當時正在找一同出遊的同事，他抬頭盯著一件龐大的雕塑品，往後退時踩到潔西卡。當時她正在讚嘆一顆頗有歷史意義的巨大鑽石。理查設法用法語向她道歉，但因為不會說，只好放棄，轉用英語說不好意思，然後再因為自己得用英語說不好意思一事，設法用法語道歉。到後來他才發現潔西卡根本就是英國人。此時她決定：理查應該買個昂貴的法式三明治加一杯價格離譜的氣泡蘋果汁，向她賠罪。一切就是這麼開始的，真的。自此之後，理查一直無法說服潔西卡他實在不是會去美術館的那種人。

不去美術館或博物館的週末，理查會在潔西卡購物時跟著她。她會逛街。大體而言，她都去騎士橋的高級商店街。從她位於肯辛頓的公寓到騎士橋只有一小段路程，坐計程車距離更短。理查會一路伴隨潔西卡，去逛哈洛德或夏菲尼高這種令人望而生畏的大型百貨商場。一定要到這些店，潔西卡才買得到珠寶、書籍、日常用品等等一切。

理查深受潔西卡吸引。她很漂亮，相當風趣，而且有確定的人生方向；而潔西卡則認為理查擁有無限可能性，只要遇到正確的女人在後方駕馭著他，就會成為某種完美的婚姻裝飾品。要是理查多用點心就好了。潔西卡會這麼自言自語，因此她送給理查一些《成功的穿著》、《成功男人的一百二十五種嗜好》之類的書，還有類似軍事、戰爭類的經營書。理查總會說「謝謝」，而他本來真的打算要看。潔西卡會在夏菲尼高百貨的男裝部，為理查挑選她認為他該穿的衣服——而理查也真的會穿——無論是週一還是週五。然後，在他們初次相遇滿一年的那天，她對理查說，該挑選訂婚戒指了。

「你為什麼要跟她在一起？」蓋瑞問。他們在公司的企業客戶部，時間是十八個月後。「她好可怕。」

理查搖搖頭。「一旦了解她就會知道她真的很可愛。」

蓋瑞放下從理查桌上拿的塑膠巨魔玩偶。「她竟然讓你玩這種東西，我真是驚訝。」

「我們沒討論過這件事。」理查邊說邊從桌上的怪物玩偶裡拿起一隻。它有一頭亂蓬蓬的螢光橘髮，表情還有一點困惑，彷彿迷了路似的。

事實上，他們確實討論過這個話題。潔西卡曾說服自己相信，收集巨魔玩偶是一種討人喜歡的古怪舉動，大概可以拿來跟斯德頓先生的天使收藏相比。

當時的潔西卡正在籌劃斯德頓先生的天使收藏品巡迴展。最後她得到一項結論：偉大的人一向會收集某樣東西。不過理查其實不是真的在收集巨魔，他是在辦公室外的人行道上撿到一隻，然後為了讓自己的工作環境有點個性，便把玩偶放在電腦螢幕上方。其他巨魔玩偶在接下來幾個月也隨之而來，都是那些發現理查喜歡這種醜怪小物的同事送的。理查收下，有條不紊地在電話和潔西卡的相框旁繞桌擺好。

相框上黏了一張黃色便利貼。

這天是星期五的下午。理查發現，假使狀況可以擬人，一定都是懦夫，因為它們不會單獨出現，而是成群冒出，一口氣跳到他身上。就用這個特別的星期五當例子吧。潔西卡在上個月就提醒他不下十次，這會是他生命中最重要的一天。所以很不幸，儘管他在家裡的冰箱上黏了便利貼，辦公桌上潔西卡的照片上也貼了一張，他還是把這件事忘得一乾二淨。

此外還有溫茲沃斯報告。這份報告已經遲交了，現在正占用了他腦中大多部分。他檢查另一列數字，發現第十七頁不見了，便趕緊將那頁再列印一次，然後再看完一頁。如果他可以不受干擾地完成這件事……如果（奇蹟中的奇蹟）電話沒響……可是電話響了。他手忙腳亂地拿起話筒。

「喂？理查嗎？總經理想知道他什麼時候可以拿到報告。」

理查看了一下手錶。「西維亞，再五分鐘，就快好了，只要再附上損益平衡表的投影片就行了。」

「謝了，我就下去拿。」西維亞是總經理特助——她喜歡這麼說，而且一向能讓大家感染到她俐落且高效率的風格。理查笨拙地掛上話筒，電話馬上又響起。「理查，」話筒中傳來潔西卡的聲音，「我是潔西卡，你沒忘了吧？」

「忘了？」理查試圖回想自己可能忘了什麼。他盯著潔西卡的照片想找線索，卻發現自己需要的線索都寫在一張黏在她額頭的黃色便利貼上。

「理查？把話筒拿起來。」

他拿起話筒，看著便利貼上的字說：「對不起潔絲，沒有，我沒忘，晚上七點瑪麥森義大利餐廳。我要到那裡跟妳會合嗎？」

「理查，我叫潔西卡，不叫潔絲。」她停了一會兒。「你上次都那樣了。我看不必，理查，恐怕你在自家後院也會迷路吧。」

理查原本想指出大家都會把國立美術館與國立肖像美術館搞混，而且在雨中站了一整天的人也不是她。（就理查的觀點，淋這場雨跟在上述兩處逛到腳痛的有趣程度是一模一樣。）但他考慮之後決定不說。

「我到你家跟你會合，」潔西卡說，「我們可以一起走過去。」

「也對，潔絲……潔西卡──對不起。」

「理查，你有確認我們的訂位吧？」

「有。」理查用誠摯的口氣撒謊，另一線電話開始響。「潔西卡，聽我說，我……」

「好吧。」潔西卡說完立刻掛了電話。他接起另一線。

「嗨迪克！是我蓋瑞啦！」蓋瑞就坐在離理查幾張桌子的地方，他招了招手。「我們還要去喝一杯嗎？是你說我們可以重看一次梅夏姆報表的。」

「蓋瑞，你可以把這該死的電話掛掉了，我們當然要去啊。」理查放下話筒。便利貼底端有個電話號碼，他在幾週前用便利貼寫了備忘錄給自己。理查有訂位，他幾乎可以確定自己有這麼做，但他沒再確認。他一直想去處理，但要做的事實在太多了。他知道自己還有很多時間，但狀況總會成群結隊冒出來……

西維亞現在就站在他身旁。「迪克？溫茲沃斯報告呢？」

「西維亞，就快好了……呃，再等我一下好嗎？」

他按完電話號碼，鬆了一口氣，有人接起電話。「瑪麥森義大利餐廳，能為您服務嗎？」

「是這樣的，」理查說，「我要訂位，三個人，今天晚上。我想我應該有訂。如果有的話，那我要確認今晚的訂位；如果沒有，我想知道可不可以訂。麻煩你了。」沒。他們今晚的訂位紀錄中沒有馬修或斯德頓，也沒有巴特蘭（那是潔西卡的姓氏）。至於如果現在要訂位……

令理查不快的並非那些字眼，而是傳達訊息的語調：今晚的訂位應該要在幾年前就先訂好——又或許，按照理查父母的說法，這都只是某種暗示。總之今晚不可能訂到了。就算是教宗、英國首相或法國總統在今天傍晚蒞臨此處，若事先沒有確認訂位，也會被請回街頭，鬧出國際大笑話。「但這是為我未婚妻的上司訂的，我知道我應該早點打來。我們只有三人，能不能請你……」

對方掛斷了。

「理查？」西維亞說話了，「總經理正在等。」

「妳覺得，」理查問，「如果我再打過去，說我願意多付點錢，他們會不會給我一個位子？」

在她的夢中，他們全在房裡。她的父母、哥哥、小妹。他們全站在舞廳裡盯著她看。他們都臉色蒼白、表情嚴肅。母親波緹亞撫摸她的臉頰，告訴她，她正處於危險中。朵兒在夢中笑著，說她知道。母親搖頭：不、不——她正處於危險中，現在，就是現在。

朵兒張開眼睛，門悄悄打開。她屏住呼吸。石頭上的腳步聲很輕。或許他不會注意到我，她心想，或許他會走開。然後她心中強烈地想著：我肚子餓了。

腳步聲在猶豫。她知道自己隱密地躲在一堆報紙和破布下。入侵者也可能無意傷害她。但他聽不到我的心跳嗎？朵兒心想。腳步聲更接近了，這時她知道自己該怎麼做，但也因此感到害怕。突然間，有隻手掀開掩蓋她的東西，她把目光往上移，看到一張面無表情也沒有毛髮的臉。那臉上擠出一個邪惡的笑容。她滾開、扭身，對準她胸口的刀鋒劃過了上臂。

在此之前，她從沒想過自己辦得到。她沒想過，只要夠勇敢、夠害怕，或夠絕望，就能讓她敢這麼做。但她伸出一隻手到對方的胸口、然後「打開」……

那人倒抽一口氣倒在她身上。這感覺又溼又溫又滑。她連滾帶爬地從那人身下鑽了出來，腳步蹣跚地離開房間。
她在外面的低窄地道喘氣，靠著牆抽搐、嗚咽。她已經用盡最後的力氣，現在精疲力竭了，肩頭也開始抽痛。她心想：是因為刀。但她安全了。
「天啊……喔天啊！」有個聲音從她右側暗處冒出。「她竟然逃出了羅斯先生的手掌心，要是我就絕對逃不過，凡德摩先生。」那聲音聽來彷彿灰泥。
「嗯，我也絕對逃不過，格魯布先生。」左側有個語調平板的聲音說。
一道光線劃亮、閃爍搖曳。「儘管如此，」格魯布的雙眼在地底的黑暗中微微發亮，「她不可能從我們手裡逃走。」
朵兒抬起膝蓋、用力往他鼠蹊一撞，右手壓著左肩向前衝。
她拔腿奔跑。

「迪克？」
理查揮開一切干擾。現在人生幾乎都在他掌握之中，只要再一點點時間……
蓋瑞又叫了他的名字。「迪克，已經六點半了。」
「什麼！」他把紙筆、試算表、巨魔玩偶都塞進公事包，倏地關上，拔腿就跑。
離開時，他順便披上外套。蓋瑞跟在後面。「那我們要去喝一杯了嗎？」
理查停頓了一會兒，心中知道：如果沒趕去赴約他就完蛋了。「蓋瑞，很抱歉，我這次得爽約了。我今天晚上得去見潔西卡，我們要請她的老闆吃飯。」
「斯德頓先生？斯德頓家族的……斯德頓家的人？」理查點點頭。他們迅速跑下樓梯。「你一定會很開心，」蓋瑞語帶嘲弄，「那隻黑礁湖來的生物現在還好吧？」

「蓋瑞，潔西卡其實是依爾福人，而且她依舊是我生命中的光明與摯愛，真是感謝你這麼關心她。」兩人來到大廳，理查急忙衝向自動門，但門居然沒有打開。

「已經過六點了，馬修先生。」大樓警衛費吉斯先生說，「你必須簽退。」

「我受夠了，」理查喃喃自語，「我真的受夠了。」

費吉斯身上隱約能聞得到藥膏味，而且有個流傳已久的謠言說，他蒐藏的色情書刊數量驚人。他遵從門禁之嚴格，瀕臨瘋狂邊緣。就算整層樓值錢的電腦設備突然都被撤走，此處只剩兩株棕櫚樹及總經理的黃麻羊毛地毯，只要一過傍晚，他依舊沒有自己的生活。

「所以今天不喝了？」

「蓋瑞，對不起，你星期一可以嗎？」

「好啊，星期一沒問題，那星期一見了。」

費吉斯檢視兩人的簽名，確定他們沒有隨身偷帶電腦、棕櫚樹或地毯，才按下桌下的按鈕讓門滑開。

「門啊。」理查說。

地下通道岔成幾條不同的路線，她像無頭蒼蠅一樣挑選路徑，低頭奔過坑道，跌跌撞撞、迂迴而跑。格魯布與凡德摩在她身後步伐悠哉，如同維多利亞時代的貴族參觀水晶宮，悠閒愉快。只要遇到十字路口，格魯布就跪地找出最新近的血跡，再循著血跡往下追。他們就像土狼，把獵物弄得精疲力竭。他們可以等。他們有的是時間。

好運總算站到了理查這一邊。他攔下一輛黑色計程車。司機是個上了年紀的老頭，他開了非正規的路線載他回家——其中有些街道理查根本沒見過。老頭說個沒完，從倫敦市內的交通問題、如何最有效地打擊犯罪，到當天引發爭議的政治議題都有。理查發現，只要車上有個還活著、還會呼吸、會說英文的乘客，倫敦的計程車司機就會囉唆不停。理查跳下計程車，卻把小費和公事包一起留在車上，他又趕忙招手，在計程車開上大馬路前攔住。他拿回公事包、跑上樓梯、衝進自己的公寓。他一進玄關就開始脫衣服，公事包邊旋轉邊飛越客廳，砰一聲落到沙發上。他從口袋掏出鑰匙，妥當地放在玄關桌子，確保自己不會忘記。

他衝進臥室。門鈴響了，正在套上最好的西裝的理查急忙衝向對講機。

「理查？我是潔西卡。我希望你已經準備好了。」

「喔，我好了，馬上下去。」他套上一件大衣後立刻離開，把身後的門用力甩上。潔西卡在樓梯下面等，她一向都在那裡等。潔西卡不喜歡理查的公寓，因為這裡讓身為女性的她感到不自在。公寓裡一定會看到理查的內衣褲——或者該說到處都是，更甭提浴室洗臉槽上有牙膏凝成的髒兮兮塊狀物。所以，不，這不是潔西卡會喜歡的地方。

潔西卡長得很美，美得理查偶爾會不自覺盯著她看，納悶她怎麼會跟自己在一起？他們會在漆黑中做愛——在潔西卡時髦的肯辛頓公寓裡。黃銅床上鋪著涼爽的白色亞麻床單（潔西卡的父母告訴她絨毛被單已退流行）。完事後，她會緊緊抱住理查，用捲捲的棕色長髮磨擦理查的胸膛，低聲告訴他自己有多麼愛他。而理查也會對她說自己非常愛她，希望能永遠跟她在一起。他們兩人都對此深信不疑。

「很好，凡德摩先生，她已經慢下來了。」

「是慢下來了，格魯布先生。」

「凡德摩先生，她一定流了不少血。」

「可愛的血，格魯布先生，可愛又溼黏的血。」

「距離不遠了。」

卡嗒一聲，彈簧刀彈開，聲音空虛、寂寞又黑暗。

「理查？你在做什麼？」潔西卡問。

「沒什麼，潔西卡。」

「你該不會又忘了鑰匙吧？」

「沒有，我沒忘。」理查不再拍打自己，轉而把雙手深深伸進大衣口袋。

「聽好，今天晚上見到斯德頓先生的時候，」潔西卡說，「你知道，他不只是個非常重要的人，同時也是白手起家的企業主。」

「我真是等不及了——」理查嘆口氣。

「理查？你說什麼？」

「我說我迫不及待。」理查說，語氣中多加了些熱誠。

「喔。走快點啦。」潔西卡說，開始流露出比較沒那麼淑女的氣場，如果要描述，大概像是神經緊繃吧。「我們絕不能讓斯德頓先生等。」

「沒錯，潔絲。」

「別這樣叫我，理查。我討厭綽號，聽起來有一種被看輕的感覺。」

「給點零錢吧？」有個男人坐在門口。他的鬍子黃灰相間，雙眼深陷、眼神黯淡。那塊手寫吊牌用磨損的細繩繞過脖子，掛在胸前，讓每個看得見的人都知道他無家可歸，而且肚子很餓。這一點不用吊牌也看得出來。理查的手已經在口袋裡摸索，想掏出一枚硬幣。

「理查，我們沒時間了。」潔西卡說。無論施捨或投資，她都講求合情合理。「聽好，我真的希望你給別人留下一個好未婚夫的印象。未來的配偶能留下好印象是非常重要的。」她露出笑容，抱了一下理查，說：「理查，我真的很愛你，這你知道吧？」

理查點點頭，他確實知道。

潔西卡看了一下手錶，加快腳步。理查慎重地將一英鎊往後彈入空中，讓它朝著坐在門口的男人飛去。那人用汙穢的手接住。

「訂位沒什麼問題吧？」潔西卡問。面對這種直截了當的問題，理查不太會說謊，只應了聲：「嗯！」

她選錯了——通道尾端是一面空白的牆。若是往常，就算這樣也很難阻擋她，但她好累、好餓，傷口也好痛……

她倚在牆上，感覺臉靠著粗糙的磚塊。她喘不過氣，哽咽啜泣；她的手臂僵冷，左手已失去知覺；她走不動了，開始覺得世界一片模糊；她想停下腳步，躺下來睡上個一百年。

「喔，真是老天保佑，凡德摩先生，我看到的東西你也看到了吧？」那聲音柔柔緩緩接近，他們一定比朵兒想像的更近。「我的小眼睛偵查到了一些什麼，那就是……」

「馬上就要死了，格魯布先生。」一道平板的聲線在朵兒上方說道。

「我們的委託人一定會很高興。」

女孩從自己的靈魂深處，從所有痛楚、傷口和恐懼中，擷取出一切可能派得上用場的東西。她衰弱、疲倦，耗盡力氣；她無處可逃，精疲力竭，也沒有時間了。「如果這是我打開的最後一道門，」她默默向上蒼祈求，「到什麼地方都好……只要是……安全的地方……」然後她的思緒一陣紊亂。

「遇到誰都……」

昏倒前，她試圖開啟一道門。黑暗將她吞沒，她聽到格魯布的聲音，彷彿來自遙遠的地方。「該死的混帳。」

理查與潔西卡沿著人行道走向餐廳。她挽著理查的手臂，踩著高跟鞋，盡量快走，理查加快腳步跟上。街燈與打烊的商店照亮了路徑。他們經過一排看起來隱隱約約的高大建築物，散發廢棄而孤寂的氛圍，由高大的磚牆隔起。

「你不會真的答應他們多付五十英鎊，好讓我們今天晚上有位子吧？理查，你真是個笨蛋。」潔西卡說，黑色眼珠中閃爍怒火。

「他們沒有保留我訂的位，又說位子都訂滿了。」兩人的腳步聲在高牆上傳出回音。

「他們可能會讓我們坐在廚房旁邊，」潔西卡說，「或門邊。你有告訴他們這是幫斯德頓先生訂的嗎？」

「有啊。」理查回答。

潔西卡嘆了口氣，繼續拖著他走。一道門出現在牆上，就在他們前方不遠處。有人跨出門外，搖搖晃晃站了好長一段時間，最後倒臥在水泥地上。理查嚇了一跳，停下腳步。潔西卡用力拉著他往前走。

「聽好，你跟斯德頓先生說話時千萬不要打斷他，也不要跟他唱反調——他不喜歡有人唱反調。他說笑話的時候你就笑，如果你不確定他有沒有說笑話，就看我，我會……嗯，輕輕敲食指。」

他們已沿著人行道走到那人身旁，潔西卡跨過那團蜷縮的身軀。理查遲疑了一下。「潔西卡？」

「也是，他或許會以為我覺得無聊。」她沉默了一會兒。「我想到了，」她高興地說，「他如果說了個笑話，我就拉拉自己的耳垂。」

「潔西卡？」理查不敢相信她居然對腳下的人視而不見。

「幹麼啦？」因為這場模擬作戰遭到打斷，她相當不悅。「妳看。」

理查指著人行道。那人臉朝下，身上裹著笨重的衣服。潔西卡抓住他的手，把他拉到自己身邊。

「好的，理查，如果你稍微看一下他們，他們就全都會朝你走過來。但其實他們都有家可歸，這女的只要睡飽了，我相信她一定沒事。」

潔西卡繼續說：「對了，我告訴斯德頓先生，我們……」而理查單腳跪地。「理查？你在做什麼？」

是女的？理查往下看，的確是女孩子。

「她不是喝醉，」理查說，「她受傷了。」他看著自己的指尖。「她在流血。」潔西卡低頭看著他，表情緊張又茫然。「我們就快遲到了。」她表示。

「**她受傷了。**」

潔西卡回頭看了人行道上的女孩一眼。優先順序。理查眼中沒有優先順序。「理查，我們就快遲到了。會有別人經過這裡的，會有別人幫她。」

女孩臉上沾滿塵土，衣服也被血浸溼。「她受傷了。」理查只是這麼說，臉上露出潔西卡從未見過的表情。

「理查！」潔西卡對他發出警告，但又稍微緩和下來，提出折衷方案。「不然就撥九九九叫救護車，快點，現在就撥。」

突然間，女孩張開眼睛，滿是塵土與血汙的臉上是一雙無神的大眼。「拜託不要去醫院，他們會找到我的。帶我去安全的地方，求求你。」她的聲音好虛弱。

「妳在流血。」理查邊說邊察看她是從哪裡冒出來，但牆上空無一物，也沒有破洞，只有磚頭。他把目光移回來，看著女孩動也不動的身軀，問：「為什麼不去醫院？」

「救救我……」女孩低吟著閉上眼睛。

理查又問她一次。「妳為什麼不想去醫院？」這次她完全沒有回應。

「你打電話叫救護車的時候，」潔西卡說，「不要報自己的名字，不然你可能得做筆錄什麼的，那我們就會遲到……理查？你在做什麼？」

理查已經抱起女孩，潔西卡露出驚訝的神色。「我要把她帶到我住的地方，潔絲，我就是不能把她留在這裡。請轉告斯德頓先生，說我非常抱歉，但這是緊急狀況，我相信他會諒解的。」

「理查．奧利佛．馬修，」潔西卡冷冷地說，「你馬上給我把那女的放下來、回來這裡，不然我們的婚約立刻取消。我警告你！」

理查感到黏稠溫熱的血浸溼了襯衫。他領悟到，有時你根本無能為力。他走開來，把潔西卡留在身後；而她就這麼站在人行道上，淚水湧上眼眶。

理查一路走，沒有停下來思考。但這不代表他沒有任何決斷力。他腦中某個還有理智的地方，有個──有個正常明理的理查．馬修──正在述說他這行為多麼荒謬。他應該只要叫警察或救護車就行了；抬走一個受傷的人是很危險的；他真的重重傷了潔西卡的心；他今晚得睡沙發了；他把自己唯一一件、最好的一件西裝給毀了；那女孩的味道真難聞……然而，理查發現自己邁出一步，又一步。他手臂用力，忍受背痛，不理會路過行人的目光，只是一直向前走。不久，他到了自己公寓一樓的大門，吃力地爬上樓梯，站在自家門外，才想到他把鑰匙放在玄關桌上……

女孩伸出髒兮兮的手放到門上，門旋即打開。

真沒想到我會因為大門沒鎖好這麼高興，理查想。他把女孩抱進去，用腳把身後的門關起，把女孩放到自己床上。他的襯衫浸滿鮮血。

女孩似乎是半清醒狀態。她雙眼閉著，眼皮卻在跳啊跳。理查脫下她的皮衣，看見左上臂到肩膀有道很長的傷口，不禁抽了口氣。「我要去叫醫生，」他說得很小聲，「妳聽到了嗎？」

女孩張開眼睛，露出恐懼神色。「求求你不要。沒事的，情況沒有看起來那麼糟，我只要睡一下就好，不用醫生。」

「但妳的手臂……肩膀……」

「我明天就好了，求求你……」她的音量幾乎細不可聞。

「我想……好……好吧。」理查的理智已開始恢復正常。「我可以問一下──」

但女孩睡著了。理查從衣櫥裡拿出一條舊圍巾，緊緊繞住女孩的左上臂和肩膀──他可不希望女孩還沒看到醫生就在他床上流血致死。他躡手躡腳走出臥室，順手把房門帶上，坐在電視機前的沙發，想弄清楚自己到底幹了什麼事。

第二章

他在地底某個深處。可能是隧道，或下水道。光線閃爍著透入，四周一片昏暗。他不孤單，雖然看不見其他人的臉孔，但還有人在他身旁走。現在，他們奔跑，穿越下水道內側，濺起泥水和穢物。小水滴緩緩在空中灑落，在黑暗中顯得晶瑩剔透。

他繞過轉角，那頭野獸正在等他。

野獸非常巨大，填滿了地下道。那顆碩大的頭低垂，身體上毛髮倒豎，在冷冽的空氣中呼出溫熱鼻息。他起初猜想是某種野豬，但隨即又想到，野豬不可能這麼巨大。那應該是其他種雄性野獸的體型。

野獸盯著他，時間彷彿暫停百年。他也舉起長矛。他瞄了自己的手一下，再次握緊，卻察覺那不是自己的手——手臂上覆滿黑毛，指甲幾乎像是爪子。

野獸衝了過來。

他擲出長矛，卻已經太遲。他感到野獸鋒利的獠牙劃開他身側，生命正逐漸流失到泥地。他發覺自己臉朝下跌入水中，黏稠鮮血的漩渦將水染紅。他盡全力想放聲大叫，設法要醒過來，但只能呼吸到泥和血和水，只能感覺到痛苦……

「做噩夢？」女孩問。

理查從沙發上坐起身，大口喘息。窗簾仍是拉上，電燈和電視也還開著，但他可以從縫隙透進來的微光看出已是早晨。他在沙發上摸索，找遙控器關掉電視——那東西一整晚都卡在他腰後。

「對，」他說，「算是吧。」

他揉揉眼睛、驅走睡意，檢視一下自己的狀況，很高興地發現自己至少在睡前脫掉了鞋子和外套。他的襯衫前方有片乾掉的血跡和泥巴，那個無家可歸的女孩什麼也沒說，但看起來很糟：髒兮兮、乾掉的褐色血跡下是一片蒼白膚色，她個子很小，身上套著各種衣服，一件套一件。這些衣服很奇特：汙穢的天鵝絨布、泥濘的蕾絲。透過衣服上的裂縫和破洞，還看得到裡層其他樣式的衣服。理查覺得她看起來就像在午夜的時候，去搶劫維多利亞暨亞伯特博物館的流行歷史區，然後把搶來的東西全穿在身上。她的短髮滿是汙泥，泥巴底下可能本來是暗紅色。

「妳醒了。」理查說。

「這是誰的莊園？」女孩問，「是誰的封地？」

「什麼？」

她露出懷疑的表情環顧四周。「這裡是哪裡？」

「這裡是牛頓大廈，在小康姆丹街上……」理查停了下來。女孩拉開窗簾，對著刺眼的陽光眨眼。她從理查的窗口盯著外頭的平常景色，卻驚訝地瞪大眼睛，看著樓下的汽車、巴士、雜亂的小麵包店、藥局、雜貨洋酒店等店鋪。

「我在倫敦上層。」她低聲說。

「沒錯，妳是在倫敦。」理查感到不解，什麼上層？「妳昨晚可能是受了驚嚇還是怎樣，妳手臂上有道很嚴重的傷口。」理查等她開口解釋。她瞥了理查一眼，轉頭繼續看下面的巴士和店鋪。理查接著說：「我……呃……在人行道上發現妳，妳流好多血。」

「別擔心，」她認真地回答，「大部分都是別人的血。」

女孩讓窗簾落回原處，開始解開手臂上那條浸滿血漬的皺圍巾。她查看傷口，皺了皺臉。「我們得想辦法處理一下，你要不要幫我？」

理查開始有點反胃。「我對急救真的沒什麼概念。」

「好吧，」她回答，「你要是真的這麼容易想吐，那只要拉好繃帶，幫我在我搆不到的地方把繃帶綁好就行了。繃帶你總有吧？」

理查點點頭。「喔，有，在急救箱裡。浴室，洗臉槽下面。」說完，他走進臥室換衣服，邊換邊想襯衫上的汙漬能不能清掉（這是他最好的襯衫，這是……天啊，這是潔西卡買給他的，她一定會昏過去）。

血水讓他想起某件事，或許是以前做過的什麼夢，可儘管他絞盡腦汁，卻再也想不起夢的內容是什麼。他拔起塞子，放掉洗臉槽的水，重新放滿清水，加進少量消毒水。刺鼻的消毒水味似乎在感情與藥效上有極佳影響，剛好可以治療他目前的詭異狀況——還有他的訪客。女孩靠在洗臉槽旁，理查將溫水潑灑在她的手臂和肩膀上。

理查從來沒有自己以為的那麼容易吐。或者應該這麼說：有血腥畫面時他會想吐；厲害的殭屍片、甚至是露骨的醫學類劇情片都會讓他蜷縮在角落，呼吸急促、手摀雙眼，喃喃說些像是「播完再告訴我」之類的話。但面對真正的血、真正的痛苦，他就只是這麼動手處理。他們清理好傷口（受傷的程度似乎比理查前晚看到的輕很多），用繃帶包紮起來。女孩盡力不在處理過程中亂動。理查發現自己腦海裡不禁想著：她多大了？汙泥底下的她長什麼樣？她為何流落街頭？還有……

「你叫什麼名字？」女孩問。

「理查。理查．馬修，小名迪克。」女孩點點頭，彷彿要將這些刻入腦海。門鈴響起。理查看著亂七八糟的浴室，又看著女孩，心想，不知道這畫面在外面的人眼中會是什麼情景。可能會是……

「老天，」他想到最嚴重的一種，「一定是潔絲，她絕對會把我給宰了。」損害控制、損害控制。「聽好，」他對女孩說，「妳在這裡等。」

他隨手關上浴室的門，走到玄關，打開前門，無聲地做了個深呼吸，緊張的情緒頓時放鬆。按門鈴的不是潔西卡，而是——誰？摩門教徒？耶和華見證人？警察？他看不出來。總之，一共兩個人。

他們身穿黑色西裝，上頭不但沾了些油汙，邊緣也有些磨損，就算是自認對打扮有障礙的理查，也覺得他們大衣的剪裁很怪。他們的西裝可能是某個兩百年前的裁縫，聽人描述現代西裝後做出來的——而且是在沒有親眼見到客人的情況下裁製。整體外觀都不對，飾物也一樣。

狐狸與狼，理查不由自主地想。眼前的人（也就是狐狸）比理查矮一些，頭髮油膩平直，是很不自然的橘色；而且他臉色蒼白黯淡。理查開門後，他先是一笑，接著就張開嘴，露出像墳場墓碑一樣亂七八糟的牙齒。「日安，先生，今天真是風和日麗。」

「喔，你好。」理查回了一句。

「我們正挨家挨戶進行私人調查，此事有點棘手，你介意我們進門嗎？」

「呃，現在不太方便。」理查接著問，「你們是跟警察一起來的嗎？」第二位訪客（就是他覺得像狼的高個子）留了小平頭，頭髮是灰黑色，站在同伴後方不遠處，胸前抱著一疊影印紙。他到現在都沒說一句話，只是面無表情地矗立在那裡。但現在他笑了一聲，音調低沉且卑鄙，隱含某種不良企圖。

「警察？唉唉，」個子較小的人說，「我們才沒那麼好運。執法工作的確很誘人，但命運女神並沒有把這種牌發給我跟我老弟，我們只是普通老百姓。容我介紹一下，我是格魯布，這位是我弟弟凡德摩。」

他們看起來不像兄弟——甚至不像理查看過的任何東西。「你弟弟？」理查問，「那你們應該同姓啊？」

「我真是太吃驚了，凡德摩先生，他頭腦很好啊。可是機靈敏捷又怎麼樣呢？我們有些人就是太過敏銳……」他說著說著便往前靠，踮起腳尖，臉湊向理查。「這可能會弄傷自己喔。」理查不由得退後一步。「我們可以進去嗎？」格魯布問。

「你們要做什麼？」

格魯布用一種假情假意的愁悶姿態嘆了口氣。「我們在找妹妹，」他解釋道，「那個難以捉摸的孩子，任性又固執，我們守寡的母親都要傷透心了。」

「逃家。」凡德摩輕聲解釋，把一張影印傳單塞到理查手中。「她腦袋有點……不清楚。」他像是要補充一樣在太陽穴旁轉動一指，以舉世皆通的手勢表示她腦筋有問題。

理查低頭看著那張紙。

上面寫著：

你見過這個女孩嗎？

文字下有張女孩的影印照片，長得就跟浴室那位年輕小姐一模一樣，只是比較乾淨，頭髮也比較長。

另外還寫著：

她的名字叫朵琳。
會咬會踢，逃家多時。
若見到懇請通知。
若協尋歸來，定有重賞。

下面是一行電話號碼。理查把目光移回照片——這絕對是浴室裡的女孩。「沒有，抱歉，我恐怕沒見過她。」

然而，凡德摩沒在聽他說話，而是抬起頭嗅著空氣，就像聞到怪味或臭味一樣。理查伸手把那張紙還給他，這個大個子卻把理查推到一旁，直接走進公寓，像頭四處覓食的狼。理查追上去。「你在做什麼？給我站住！滾出去！聽好，你不可以進去……」凡德摩直接衝向浴室，而理查只能期望那女孩（她叫朵琳嗎？）夠鎮定，知道要把門鎖起來——但她沒有。凡德摩一推門就開了。他走進浴室，而理查（他覺得自己像條沒用的小狗，只會對著郵差的腳後跟狂吠）也跟著進去。

浴室不大，裡面有浴缸、馬桶、洗臉槽、幾瓶洗髮精、一塊肥皂，還有一條毛巾。理查幾分鐘前離開浴室時，裡面還有個全身血汙的髒女孩、滿是血水的洗臉槽、打開的急救箱。現在，這裡只隱約留下清理過的痕跡。

浴室不可能有給女孩藏身的地方。凡德摩踏出浴室，推開臥室的門，走進去四處查看。「我不知道你們是在做什麼，」理查說，「但你們兩個如果不馬上滾出我的公寓，我就要打電話報警了。」

凡德摩原本在查看理查的客廳，聞言轉身走向他。理查突然發現，自己這輩子從沒有這麼害怕過另一個人類。

狐狸格魯布說：「哎呀，凡德摩先生，你是怎麼回事？一定是我們親愛的好妹妹讓他太傷心，他才會這麼奇怪。凡德摩先生，快向這位先生道歉。」

凡德摩點點頭，思索片刻。「我本以為我想上廁所，但現在不用了。對不起。」

格魯布推著前方的凡德摩穿過玄關。「好了，現在，我相信你一定會原諒我弟弟的失禮行為，他只是太擔心我們可憐的母親還有妹妹。在我們說話的當下，她還在倫敦街頭遊蕩，沒人疼愛也沒人關心，也難怪他會這麼心神不定，就連我也是。不然他真的是個很好相處的人。我說得沒錯吧？大塊頭？」然而，他們已走出理查的公寓，來到樓梯井。凡德摩什麼也沒說，看起來也沒有因哀傷而心神不寧。格魯布轉向理查，努力擠出狐狸般的笑臉。「你如果見到她，一定要告訴我們。」

「再見。」理查說完，便把門關好鎖上，扣上門鍊——他在這裡住到現在，這是他第一次這麼做。

理查一提到報警，格魯布就去把電話線剪斷，他正納悶自己是否剪對了線。二十世紀的通訊科技不是他最擅長的。他從凡德摩手中拿了一張影印傳單，放在樓梯井的牆壁上。「來，吐痰！」他對凡德摩說。

凡德摩從喉頭清出一大口痰液，俐落地吐在傳單背面。格魯布將傳單往牆上用力一拍，黏在理查的門旁。傳單馬上貼住了，而且貼得很牢。

那上面寫著：**你見過這個女孩嗎**？

格魯布轉向凡德摩。「你相信他說的話嗎？」

他們轉身走下樓梯。「鬼才相信。」凡德摩說，「我都聞到她了。」

理查在前門等著，直到聽見數層樓下的大門關上，才順著玄關走回浴室。這時電話突然發出好大聲響，把他嚇了一跳。他急忙衝回玄關、拿起話筒。「喂？喂喂？」

話筒沒傳出聲音，反而有卡嗒一聲，潔西卡的聲音從電話旁的答錄機傳出來。她說：「理查？我是潔西卡，很遺憾你不在家，因為這是我們最後一次交談，我真的想要當面告訴你這件事。」但理查發現電話完全不通。話筒後面拖著一條約三十公分的電線，尾端被俐落剪斷。

「你昨晚實在讓我非常難堪，理查。」對方繼續說，「我很抱歉，我們的婚約已經吹了。我不打算把戒指還給你，也不打算再跟你見面。再會。」

錄音帶停止轉動，又是卡嗒一聲，小紅燈號開始閃爍。

「壞消息嗎？」女孩問。她就站在理查後面，在公寓廚房裡，手臂的繃帶包紮得妥妥當當。她拿出茶包放進馬克杯，茶壺的水滾了。

「沒錯，」理查回答，「都完了。」理查走向她，把寫著**你見過這個女孩嗎？**的傳單遞給她。「這就是妳，對吧？」

她揚起一邊眉毛。「照片是我沒錯。」

「那妳叫……朵琳？」

她搖搖頭。「我叫朵兒。理查馬修迪克，你要加糖跟奶精嗎？」然而，理查覺得自己跟這種稱呼不搭。他說：「理查，叫我理查就行了。我不要加糖。」接著他又說：「呃，如果這不算是私人問題……妳能不能告訴我妳出了什麼事？」

朵兒把滾水倒進馬克杯。「你還是**不要**知道比較好。」她簡單地說。

「喔，呃……如果我說錯了什麼——」

「沒有，理查。說真的，你還是不要知道的好。這對你不會有什麼好處。你已經做夠多了。」

朵兒拿起茶包，遞給他一杯茶。他從朵兒手中接過，才發現自己仍拿著聽筒。「嗯……我是說，總不能把妳丟在那裡不管吧。」

「你可以，」女孩說，「但你沒有。」她身體靠在牆上，凝視窗外。理查走到窗邊向外看。格魯布與凡德摩正從對街的麵包店走出來，**你見過這個女孩嗎？**的海報就貼在窗戶上最顯眼的地方。

「他們真的是妳哥哥？」

「拜託，」朵兒說，「你開玩笑嗎？」

他啜口茶，試圖假裝一切正常。「那妳剛才在哪裡？」

「我就在這裡啊。」朵兒說，「嘿，那兩人還在附近，我們得送個口信給……」她頓了一下。「給某個幫得上忙的人。我不敢離開這裡。」

「妳沒有地方可以去嗎？我們可以打電話給誰？」

她從理查手中拿起那個沒有用的聽筒，電線還垂著，她搖搖頭。「我朋友電話通不到。」她邊說邊把聽筒放回去。聽筒擺上話機，顯得無用且寂寞。她很快露出淘氣的笑容說：「麵包屑。」

「什麼？」理查說。

臥房後面有扇小窗戶，看出去就是屋瓦和導水管。朵兒站到理查床上，伸手搆到窗戶後打開，在四周撒下麵包屑。「我還是不懂。」理查說。

「你當然不懂。」她表示同意，「好了，噓——」窗外一陣翅膀拍動的聲音，飛來一隻紫灰綠相間的鮮豔彩鴿，啄著麵包屑。朵兒伸出右手把鳥捉起，鴿子好奇看著她，卻不抗議。

他們坐在床邊。朵兒要理查捉住鴿子，好將紙條繫在鴿子腳上。她用理查用來收電費帳單的鮮藍色橡皮筋綁好。理查對養鴿沒什麼興趣，即使日子順心如意時也一樣。「我看不出這有什麼意義，」他解釋道，「我是說，這又不是傳信鴿，只是普通的倫敦鴿——會在納爾遜將軍銅像上拉屎的那種。」

「沒錯。」朵兒說。她的臉頰上有擦傷，髒髒的紅髮也很紊亂——只是亂，但不糾結。她的眼睛……理查發現自己無法辨別她的眼睛是什麼顏色。不是藍，不是綠，不是棕，也不是灰；這雙眼讓他想到燃燒的蛋白石，呈現鮮明的綠和藍，甚至在朵兒移動時會有紅色和黃色閃爍。她從理查手中輕輕抱回鴿子舉高，直直望著鴿子的臉。鴿子把頭歪向一邊，用圓圓的黑眼珠盯著她。「好了，」朵兒發出聽來像鴿子咕咕聲的清脆聲音，「克波爾，你要去找迪卡拉巴斯侯爵，聽清楚了嗎？」

鴿子也向她發出清脆的咕咕聲。

「很好。聽好，這很重要，因此最好……」鴿子用有點不耐煩的咕聲打斷她。「對不起，」朵兒說，「你當然清楚該怎麼做。」她把鴿子拿到窗口，讓鳥飛出去。

理查用詫異的表情看完整個過程。「我得說，牠好像真的聽得懂妳的話。」他說話的同時，鴿子的身影在空中縮小，最後消失在屋頂後。

「厲害吧。」朵兒說，「好了，現在就只能等了。」

她來到臥室角落的書架，找到一本理查根本不知道自己有的《曼斯菲爾德莊園》，走進客廳。理查跟了過去。她舒舒服服坐在沙發上，翻開書本。

「所以，那是朵琳的暱稱？」他問。

「什麼東西？」

「妳的名字。」

「不是。我叫朵兒。」

「怎麼寫啊？」

「D—O—O—R，朵兒，就是門的意思。」

「喔。」他覺得自己得說點話，所以他說：「朵兒？門？這是什麼怪名字？」

朵兒用色澤奇異的眼睛看著他。「這就是我的名字。」然後又繼續讀珍．奧斯汀的小說。

理查拿起遙控器打開電視，轉臺，又轉一臺，嘆口氣，再轉了一臺。「所以我們要等什麼？」

朵兒翻過一頁，連頭也沒抬。「等回應。」

「什麼樣的回應？」

朵兒聳聳肩。「就是回應。」這個動作讓理查注意到她的皮膚很白，上面的泥土和血漬都已洗淨。他不禁納悶，朵兒是因為生病、失血、很少出門，還是貧血才會如此蒼白。雖然她看起來年紀輕輕，但說不定坐過牢。或許那個大塊頭說的是實話，這女孩真的腦筋有問題。「那個，那些人來的時候……」

「人？」她蛋白石般的眼睛一閃。

「格魯布跟……呃……凡士林？」

「凡德摩才對。」她沉思片刻，點點頭。「我想……也沒錯，你可以說他們是人。各有兩條腿、兩隻手、一顆頭。」

理查繼續說：「他們來這裡的時候——就是剛剛——妳人在哪裡？」

她舔了一下手指翻頁。「我就在這裡。」

「可是……」理查停了下來，不知該說什麼。公寓裡沒有地方可以讓她藏，可是她又沒離開。但是……

一陣刮擦聲傳來，有個比老鼠還大的黑影從電視下的一堆錄影帶中衝出。「我的老天！」理查說，他使出全力將遙控器朝黑影一丟，丟進那堆錄影帶裡，發出一聲巨響，黑影就不見蹤跡了。

「理查！」朵兒說。

「沒事，」他解釋，「我想只是老鼠之類的吧。」

朵兒狠狠瞪著他。「那當然是老鼠。你嚇到牠了啦！可憐的小東西。」她四下查看房間，用門牙縫輕聲吹出口哨。「嗨？」她喊著，跪在地板上，《曼斯菲爾德莊園》已被她丟到一邊。「嗨？」

朵兒轉頭瞪了理查一眼。「你要是傷到牠……」她語帶威脅，輕聲對著房間說：「對不起，他太白痴了，哈囉？」

「我不是白痴。」理查說。

「噓——嗨？」有顆粉紅鼻子和小小的黑眼睛從沙發下探出，接著，除了頭之外的部分也跟著出現，小心翼翼探查著環境。如果說是老鼠，牠也未免太大了，理查非常確定這一點。「嗨，」朵兒溫柔地說，「你還好吧？」然後伸出一隻手。那隻動物爬了過來，跳到她手臂上，依偎在她臂彎。朵兒用手指撫摸牠的身側。牠的身體是深棕色，有條粉紅長尾巴，側面似乎繫著什麼東西，好像是一張折起來的紙片。

「是老鼠。」理查說。

「沒錯，你要向牠道歉。」

「什麼？」

「向牠道歉。」

他可能沒聽清楚朵兒說的話，搞不好快發瘋的人是他才對。「跟老鼠道歉？」

朵兒不發一語，只是使了個眼色。「對不起，」理查正色向老鼠說，「如果嚇到了你，希望你不要介意。」

老鼠抬頭看著朵兒。「沒有，他是認真的，」朵兒說，「不是隨口說說。好了，你拿了什麼來給我？」她在老鼠身側摸索，找到一個捲得很緊的棕色紙卷。綁起紙卷的東西很像是鮮藍色的橡皮筋。

她打開紙卷。這張邊緣破爛的棕色紙片上寫滿細長的黑色字跡。朵兒看完後點點頭。「謝謝你，」她對老鼠說，「感謝你所做的一切。」老鼠隨即蹦到沙發上，向上瞪視理查片刻，消失在陰影中。

那名叫朵兒的女孩把紙片遞給理查。「拿著，」她說，「看上面的字。」

◇

隨著秋意越來越濃，當天傍晚的倫敦中央區已慢慢暗下。理查搭地鐵到圖騰漢廳路，正沿著牛津街往西走。他手裡拿著那張紙片。牛津街是倫敦的零售業中心，即使是在這種時候，人行道上仍擠滿觀光和逛街的人潮。

「這是個訊息，」把紙片交給理查時，她說，「迪卡拉巴斯侯爵傳來的。」

理查確定自己之前聽過這個名字。「是，但他沒明信片了嗎？」

「這樣比較快。」

理查經過耀眼喧鬧的維京百貨商場，然後是販賣倫敦警察頭盔和小輛紅巴士的紀念品專賣店，隔壁是一家單片販售的披薩店。接著他右轉。

「你必須照上面寫的指示走，設法不要讓任何人跟蹤。」她嘆口氣，接著說：「我實在不該讓你涉入這麼深。」

「如果我依照這些指示走……能讓妳更早離開這裡嗎？」

「能。」

他轉進漢威街。雖然離明亮喧囂的牛津街只有幾步路，但他簡直像是到了另一座城市：整條漢威街空蕩蕩，像廢棄了一般。小路狹窄黑暗，只比巷子大一點；滿滿都是陰暗的唱片行和沒開的餐廳，唯一的光線來自各建築物樓上的隱密酒吧。理查沿著路走，感覺很毛。

「『……右轉到漢威街，往左到漢威廣場，再右轉到歐米走廊。在第一盞街燈處停下……』妳確定這樣對嗎？」

「沒錯。」

理查不記得有歐米走廊這東西，但他以前來過漢威廣場。當地有家印度餐廳，位於地下室，他朋友蓋瑞非常喜歡。在理查的印象中，漢威廣場是條死胡同……曼迪爾到了，就是那家餐廳。他經過明亮的前門，餐廳的階梯好誘人，通往地下室，然後他左轉……

他錯了，這裡確實有條歐米走廊，他看到路標就高掛在牆上。

歐米走廊西1

難怪他以前沒注意到。那彷佛只是房舍間的一條窄巷，僅有劈啪作響的煤氣燈照亮。他想，那些東西現在已經很少見了。他把紙片拿到煤氣燈下面，看著上頭的指示。

「『反方向轉三次』？」

「反方向就是逆時鐘，理查。」

他轉了三次，感覺很蠢。「我只是要見妳朋友，幹麼要做這些？我是說，這些胡鬧的舉……」

「這不是胡鬧，真的。你就……還就我一下好嗎？」朵兒對他微笑。

他轉完，沿著巷子走到底。什麼都沒有，沒半個人影，只有一個金屬垃圾桶。桶子旁邊……可能是一堆破布吧。「嗨？」理查叫道，「有人在嗎？我是朵兒的朋友。哈囉？」

沒有，那裡半個人影都沒有。理查鬆了一口氣。現在他可以回家，向女孩說明什麼事都沒發生，然後他就要通知相關單位，讓他們把事情全解決乾淨。他把紙片緊緊揉成一團，朝垃圾桶一丟。

——理查先前以為的破布攤開、變大，以流暢的動作站起，一手在半空中接住了小紙團。

「我想，這應該是給我的。」迪卡拉巴斯侯爵說。他穿著時髦的黑色大外套——不太像長禮服，也不完全是軍用雨衣——還有黑色長筒靴，外套下面是件稍嫌破舊的衣服，極黝黑的臉上有一雙閃閃發白的眼睛。他笑開來，露出白牙，但牙齒又隨即消失，好像在嘲笑自己剛剛講的笑話。他向理查一鞠躬，說道：「我是迪卡拉巴斯，在此聽候差遣。請問你是……？」

「嗯，」理查說，「呃……嗯……」

「你是理查．馬修，救了咱們家受傷的朵兒的年輕人。她現在還好吧？」

「呃，她還好。手臂還有點……」

「她的復原速度絕對能讓人大吃一驚。她的家族擁有驚人的恢復力。我真的沒想到竟然有人能殺得了他們，是不是？」那個自稱迪卡拉巴斯侯爵的男人沿著巷子不停來回走動。理查知道，他應該就是那種片刻也靜不下來的人，就像大貓。

「有人殺了朵兒的家人？」理查問。

「重複我說的話是不會有什麼進展的，你說是吧？」侯爵說。他站在理查面前。「坐下。」他下令道。理查環顧巷子四周，想找東西坐，但侯爵往他肩上一推，讓他倒在鵝卵石上。「她很清楚我的價碼不便宜，她提出什麼報酬？」

「什麼？」

「條件是什麼？年輕人，她派你到這裡協商，而我的價碼不便宜，也從不提供免費服務。」

理查盡量在仰臥的狀態下聳了聳肩。「她說，她要你護送她回家——雖然沒人知道她家在哪兒。另外，要為她安排一名保鑣。」

即使停下了腳步，侯爵的眼睛也不斷持續轉動：上上、下下，骨碌轉，好像在找些什麼，在想些什麼。加加、減減、評估。理查不禁納悶此人的神智是否清醒。

「那她提出的報酬是？」

「呃，什麼都沒有。」

侯爵吹吹指甲，在那件顯眼的外套翻領上磨亮，轉身離去。「她提出的報酬是……什麼都沒有？」他似乎覺得受到冒犯。

理查連忙爬起來追上去。「呃，她完全沒提到錢，只說欠你一個人情。」

那雙眼迸出光芒。「到底是怎樣的人情？」

「一個很大的人情，」理查回答，「她說她會欠你一個非常大的人情。」

迪卡拉巴斯自顧自地露齒笑開，就像饑餓的花豹發現迷路的鄉下小孩。他突然怪罪理查。「格魯布和凡德摩就在附近，你卻留她一個人？你還在磨蹭什麼？」迪卡拉巴斯蹲下，從口袋拿出一個小型金屬，插入巷子邊的水溝蓋，一轉就輕易打開。侯爵收好那個金屬，從另一個口袋掏出一件東西。理查不禁想到長煙火或是火把。侯爵一手握住，另一手在上面摸來摸去，尾端隨之迸出鮮紅火焰。

「我可以問一個問題嗎？」理查說。

「當然不行，」侯爵回答，「你不要問問題，你也不會得到答案。你不要走錯路，甚至不能想現在遇到什麼事。懂了嗎？」

「可是——」

「最重要的是：沒有可是。」迪卡拉巴斯說，「時間非常緊急，走吧！」他指著水溝蓋掀開後露出來的深孔。理查開始移動，沿著洞裡固定在牆上的金屬階梯往下爬。他覺得目前的狀態遠超出理解範圍，只是他也沒想到要再進一步發問。

理查搞不清楚他們在哪裡。這似乎不是下水道，或許是電話纜線的涵洞，或是迷你火車的隧道，或是……其他東西。他知道自己對倫敦下面的世界沒什麼概念。他緊張兮兮地走著，深怕腳會踢到什麼東西，在黑暗中絆倒，然後扭傷腳踝。迪卡拉巴斯在前面邁步走著，一副滿不在乎，顯然不在意理查有沒有跟上。深紅色火焰在隧道牆上投射出巨大的影子。

理查跑步追上。「讓我想想……」迪卡拉巴斯說，「我得帶她去市場。下次開市……嗯，如果我沒記錯，那是在兩天後，而我的記性一向很好。我可以把她藏到那時。」

「市場？」理查問。

「流動市集。但你還是不要知道的好。別再問了。」

理查環顧四周。「呃，我原本想問你我們現在在哪裡。不過，你大概會拒絕回答吧。」

侯爵再度露齒而笑。「很好，」他嘉許地說，「你的麻煩已經夠多了。」

「你說得沒錯，」理查嘆了口氣，「我的未婚妻把我甩了，而且我大概得去買個新電話。」

「聖殿拱門在上！電話根本不算什麼麻煩。」迪卡拉巴斯將火把靠牆放在地上，火把依然劈啪作響、熊熊燃燒。他開始爬固定在牆面的梯子，理查遲疑了一下，跟著爬上去。梯條冰冷生鏽，他爬的時候可以感到鐵條在手中脫皮，鐵屑掉進他的眼睛和嘴巴裡。下方的深紅色火焰閃爍，不久便熄滅。他們在一片漆黑中攀爬著。

「所以，我們要回去找朵兒嗎？」理查問。

「那要到最後。有些小事情我要先安排好——為了保險起見。還有，我們接觸到日光時不要往下看。」

「為什麼？」理查問。當日光照到他臉上，他往下一看。

這的確是日光（但怎麼會是日光？他的腦袋深處有個小小聲音問著。他進入巷子時接近夜晚，那大概是……多久？一小時前嗎？），而且他握住的金屬梯是沿著非常高的建築物外側一路往上（可是幾秒鐘之前他爬的梯子是在裡面的，這是同一道梯子不是嗎？）。理查還可以看到，下面就是……倫敦。

迷你汽車，迷你的計程車跟巴士，迷你建築物。樹木，超迷你卡車，矮矮小小的人。它們在理查下方的視野裡湧進又湧出。

你可以說理查怕高，這麼說完全正確，但這並不足以說明整個情況。理查討厭懸崖和高聳的建築物，而且還不用想到太深入就會產生恐慌——全身僵硬、心跳激烈、無聲吶喊的恐懼。如果太過靠近邊緣，他就會覺得自己像被別的東西控制，他會發現自己走向懸崖邊緣，一腳踩空，有種無法完全信任自己的感覺。比起害怕墜落，他更怕這樣。所以他稱之為「暈眩」。他討厭暈眩，也討厭這樣的自己，因此總會盡量遠離高處。

理查整個人僵在梯子上，雙手緊抓橫條。他眼睛好痛，痛感就在眼球後方某處。他的呼吸開始過急，幾乎快喘不過氣。「有人……」他頭上傳來幸災樂禍的聲音，「把我的話當耳邊風是吧？」

「我……」理查的喉頭哽住。他嚥了嚥口水，潤潤喉嚨。「我爬不上去了。」他的手心在冒汗，要是汗流過多讓他往下一滑，那該怎麼辦？

「你當然爬得上來，你要是爬不上來，也可以待在那裡，掛在牆壁外面，一直到手凍僵、腿不聽使喚，然後瞬間掉落，慘死在一千尺底下。」理查抬頭望著侯爵，侯爵低頭看著他，依然面帶微笑。他看到理查正看著自己，便將雙手都放開，還對理查搖搖手指。

理查感到交感神經傳來的一陣暈眩流過全身，邊喘氣邊說：「混蛋。」他右手放開梯子，往上移八寸，抓住上一根橫桿，抬起右腳往上移動一格，接著換左手，再來一次。過了一陣子，他發現自己到達一個平坦的屋頂邊緣，便趕緊跨過去，癱軟在上面。

理查注意到侯爵沿著屋頂邁步往前，走得越來越遠。他用手碰了碰屋頂，感覺著腳下堅固的建築。他的心臟仍在胸腔裡怦怦跳不停。

一個粗啞的喊聲從遠處傳來。「迪卡拉巴斯，沒人要你到這裡來！走開，滾出去！」

「老貝利，」理查聽到迪卡拉巴斯說，「你氣色看起來真好。」

有人拖著腳走到他身邊，一根手指輕戳他肋骨。「你還好吧小夥子？我那裡在煮一些燉肉，你要不要來一點？是椋鳥肉。」

理查張開眼睛，說：「不用了，謝謝。」

他先看到的是羽毛。他不確定是羽毛大衣、披風，還是某種沒有名字的怪毯子。總之，不管那是什麼外衣，全都蓋滿了密密麻麻的羽毛。羽毛頂端有張臉孔，留了絡腮鬍，面容和藹有皺紋；下面的身體沒覆蓋羽毛，而是纏繞著好些繩索。理查不禁想起小時候家人帶他去看的舞臺劇：魯賓遜飄流記。如果魯賓遜遭遇船難的地點是在屋頂而非荒島，看起來大概就是這副模樣。

「小夥子，大家都叫我老貝利。」那人說。他摸索著用線掛在脖子上的扁眼鏡，把眼鏡戴好後透過鏡片端詳著理查。「我不認得你。你效忠哪個貴族？叫什麼名字？」

理查撐起上半身，改為坐姿。他們在一棟老舊建築物的屋頂上，建築物以褐色石塊建造，上方還有一座塔。石像鬼承受日晒雨淋，有的缺了翅膀或四肢，有幾個甚至缺了頭，陰鬱地從高塔的角落突出。理查聽到遙遠的底下傳來警用汽笛的尖嘯，還有變小聲的交通轟鳴；屋頂另一端，高塔的陰影下有個看起來像帳篷的東西。那是個老舊的褐色帳篷，有縫縫補補的痕跡，還沾滿了白色鳥糞。理查正要開口把名字告訴老人。

「你，給我閉嘴，」迪卡拉巴斯侯爵說，「不許再說半個字。」然後他罵起老貝利。「要是把鼻子湊到不該聞的地方……」他在老人的鼻子下彈指一啪，發出好大聲響，讓對方跳了起來。「就會把鼻子給弄丟。言歸正傳。老貝利，有個人情你欠了我二十年，一個很大的人情。現在我要討回來。」

老人眼一眨，小聲地說：「我真是個笨蛋。」

「而且還是個老笨蛋。」侯爵也表示同意。他將手伸到外套內袋，拿出一個銀盒，尺寸比鼻菸盒大些，比雪茄盒小些，裝飾則華麗許多。「你知道這是什麼吧？」

「我寧可不知道。」

「你得替我好好保管。」

「我才不要。」

「你沒有選擇餘地。」侯爵說。屋頂老人從他手中接過盒子，惶恐地用兩手握住，彷彿那東西隨時會爆炸。侯爵用腳下的方頭黑靴輕踢理查。「好了，我們最好趕往下個地點，你說是不是？」說完，他邁步穿越屋頂，理查連忙起身跟上，盡量遠離建築物邊緣。侯爵來到高塔邊，旁邊有一堆高聳的煙囪，他打開一道門，兩人沿著照明不良的迴旋梯往下走。

「那人是誰？」理查問，透過微光看清前方。腳步聲在金屬梯上傳出陣陣回音。

迪卡拉巴斯侯爵一哼。「我的話你一句也沒聽進去是吧？你已經惹了麻煩上身。你做的每一件事、說的每一句話、聽到的每一個字，都只會讓情況更糟。你最好祈禱自己不要牽扯太深才是。」

如今，周遭已伸手不見五指。理查到達最後一級階梯時稍微絆了一下，才發現自己找的梯級根本不在那裡。「注意頭。」侯爵邊說邊打開一道門。雖然如此，理查的額頭卻重重撞上某個東西。他大叫一聲「哎喲」後穿出一道矮門，用手遮住刺眼的光線。理查揉揉前額、又揉揉眼睛。剛才穿越的門通往他公寓大樓內的清潔用具儲藏室，裡面擺滿掃帚、老舊拖把、各式各樣清潔劑、洗滌粉、石蠟。這個小房間位於樓梯井間，後面看不到任何階梯，只有一道牆，上頭掛著滿是汙漬的舊月曆，這玩意兒沒什麼用——除非一九七九年再重來一次。

侯爵正在檢視貼在理查家門旁的那張「**你見過這個女孩嗎？**」傳單。「她這個角度不好看。」

理查關上儲藏室的門，從後口袋掏出鑰匙，打開自家前門。他到家了！他透過廚房窗戶又看到外面的夜色，不禁鬆了一口氣。

「理查，」朵兒說，「你成功了！」她趁理查不在時清洗了一番——至少從那一層層的衣服判斷，她已經盡力洗掉看起來最糟糕的髒汗和血漬，臉上手上的汗垢也不見了。她洗過的頭髮呈赤褐色，還帶點紅銅及青銅。理查不禁猜想她到底幾歲。十五？十六？還是再大一點？他還是看不出來。

朵兒穿著理查發現她時身上的那件棕色皮衣。皮衣很大，可以把身體完全包住，就像舊式的飛行夾克。或許就因為這樣，朵兒看起來比實際體型更小，甚至更孱弱。

「是啊。」理查回答。

迪卡拉巴斯侯爵以單腳對著女孩跪下，低頭說道：「小姐。」

她似乎有些彆扭。「請起身，迪卡拉巴斯。我很高興你來了。」

他穩穩地站起身。「我都懂。人情和很大……這幾個字眼同時都用上了。」

「這待會兒再說。」朵兒走向理查，以雙手握住他的手。「理查，謝謝你，我真的非常感激你做的一切。我把床單換好了，真希望還能做些其他的事來報答你。」

「妳要走了？」

她點點頭。「我會很安全的——大概吧，我希望。至少短時間內不會有問題。」

「妳現在要去哪裡？」

朵兒露出溫柔的笑容搖搖頭。「呃，這不能告訴你。我就要從你的生活中離開了，你真的是好人。」她踮起腳尖，在理查的臉頰上一親，就像朋友那樣。

「萬一我要連絡妳……」

「你不會需要的，絕對不會。那個……」然後她停頓片刻。「真的對不起，請原諒我。」

理查尷尬地低頭看著自己的腳。「沒什麼好對不起的啦。」他說，接著又猶豫地補上一句：「其實這滿好玩的。」然後才抬起頭。

但那裡根本沒有人。

第三章

星期天早上，理查把梅德姑媽幾年前聖誕節送的蝙蝠車電話從櫥櫃底層拿出來，接到牆上的通訊埠。他想打電話給潔西卡，但一直打不通。潔西卡的答錄機沒開，手機也關掉了。理查猜想潔西卡是否回去她父母在郊區的房子，但他不想打電話到那邊去。他覺得潔西卡的父母著實令人惶恐，而且讓人心慌的原因各有不同，他們都沒有真心把他當成未來的女婿。實際上，潔西卡的母親在某個場合曾不經意對他說，他們對他跟潔西卡的關係有多失望。潔西卡的母親深深相信，只要潔西卡願意，絕對可以找到更好的對象。

理查的雙親都死了。他的父親在他還小時因心臟病發突然去世，隨後，他母親的生命力也慢慢流失。理查一離開家，她就性命垂危。理查搬到倫敦六個月後又搭火車回蘇格蘭，前往某家鄉下小醫院，坐在病床旁陪她度過生命中最後兩天。有時她認得理查，但其他時候，她卻以丈夫的名字呼喚他。

理查坐在沙發上沉思。前兩天的事情變得越來越不真實，越來越不像真的發生過。唯一真實的是潔西卡在答錄機裡的留言，她說她再也不想見到理查。那個星期天，理查一再播放這段留言，每次都希望她可以緩一緩，也許能從她的聲音中聽到一些溫暖。但他不斷失望。

他原想出門去買一份週日報紙，後來又決定不買。潔西卡的老闆亞諾德．斯德頓，那個有著層層下巴、長得像漫畫中那些誇張角色的傢伙。他擁有英國每一家週日報紙，而其餘的則都被魯伯特．梅鐸集團買走。他自己的報紙談的都是他，別家報紙談的也都是他。理查心想，如果看了週日報紙，最後大概只是不斷提醒自己上週五沒去參加的那頓晚餐。因此，他反而泡了個長長的熱水澡，吃了幾個三明治，喝了幾杯茶，看一些週日午後的電視節目，在腦中想像自己跟潔西卡的對話。在一段段心靈交流的談話結尾，兩人都會擁抱，然後在混雜狂野、憤怒、熱情與淚水的情緒中做愛，最終一切就會雨過天青。

星期一早上，理查的鬧鐘沒響。他在八點五十分衝上街，揮舞著公事包，像瘋子似地在馬路上東張西望，希望能攔到計程車。他鬆了一口氣，因為一輛黑頭車正沿著馬路朝他開來，車頂那塊黃色的「計程車」招牌閃閃發亮。他對計程車招了招手，呼喊幾聲。

那輛計程車緩緩從理查身邊滑過，完全忽視他的存在，在街角轉個彎就不見了。又來了一輛計程車，又一個黃色燈號，代表它是空車。這一次，理查直接站到馬路中央，揮手要它停下，它轉了個彎繞過他，繼續往前開。此時，理查開始喃喃咒罵，跑向最近的地鐵站。

他從口袋掏出一大把硬幣，壓下購票機的按鈕，選擇到查令十字路的單程票，然後把零錢塞進投幣口——他投下的每一枚硬幣都直接穿過機器內部，噹啷一聲掉到底端托盤，沒有車票跑出來。他換了另一臺購票機，還是沒有結果，所以他再換一臺……理查跑到票亭抱怨，打算用人工方式購票，裡面的售票員正在跟某人講電話。儘管理查大吼著「喂！」和「請問一下！」（也可能是因為他這麼大聲），拚命用硬幣敲打塑膠製的剪票口，對方還是拿著電話講個不停。

「幹！」理查罵了一聲，直接從剪票口走過去。沒人阻止他，好像根本沒人在乎。他一路猛衝、氣喘吁吁、汗流浹背，沿著電扶梯跑下去，剛好趕在列車進站時到達擁擠的月臺。

小時候，理查做過噩夢，夢裡的他根本就不存在。不管他在夢裡弄出多大的噪音、做了什麼事，完全不會有人注意到他。理查開始有種似曾相識的感覺。人群在他面前推來推去，他被下車的通勤人潮推擠過來，又被上車的通勤人潮推擠過去。

理查在人群中拚命往前擠，當刺耳的關門聲響起，他的一隻手臂已伸進車廂，就快擠進去了。他想把手抽回，但大衣的袖子夾住，他開始猛搥車門，大聲喊叫，希望駕駛至少把門打開一點，讓他拉出袖子，可是列車反而開始離站，迫使他沿著月臺一路狂奔。他腳步紊亂，車速卻越來越快。他把公事包丟在月臺上，用另一隻手拚命拉扯袖子，袖子嘶一聲裂開，他往前撲倒，在月臺上擦傷了手，褲子膝蓋處也磨破了。他蹣跚地爬起身，沿著月臺往回走，撿起公事包。

他查看扯破的袖子，看一下擦傷的手，再看一眼磨破的褲子，走上石梯，出地鐵站。出站時也沒人跟他查票。

「真的很抱歉我遲到了。」理查對著辦公室滿滿的人說。牆上時鐘指著十點三十。他把公事包丟到自己的椅子上，用手帕抹去臉上的汗水。「你們一定不會相信我到這裡的途中發生了什麼事，」他喘口氣繼續說，「簡直就像一場噩夢。」

——他低頭看著自己的辦公桌，有東西不見了。說得更精確一點，是所有東西都不見了。「我的東西到哪裡去了？」他問辦公室裡的人，還把音量提高了一些。「我的電話呢？那些巨魔娃娃呢？」他拉開辦公桌抽屜，裡面也空無一物，甚至連一張巧克力棒包裝紙或一根扭曲的迴紋針都沒有，彷彿理查根本沒有使用過這張桌子。這時，西維亞朝他走來，邊走邊跟兩個肌肉相當發達的男士說話。理查走上前問道：「西維亞？這是怎麼回事？」

「您有什麼事情嗎？」西維亞很有禮貌地說。她對那兩名壯漢指了指辦公桌，兩人隨即各抬起桌子一角，搬到辦公室外面。「小心一點。」西維亞跟他們說。

「我的桌子……他們要搬到哪裡去？」

西維亞看著他，表情有點迷惑。「你是……」

我受夠了，理查心想。「我是理查，」他用挖苦的語調說，「理查・馬修。」

「喔。」西維亞說。但接著她的注意力就像滑過防水布的水滴，又從理查身上飄開。「不對，不是那邊！天啊！」她對著搬走理查辦公桌的工人叫道，急忙追了上去。

理查看著她離開。他穿過辦公室來到蓋瑞的位子，他正在回覆電子郵件。理查看著螢幕：蓋瑞寫的電子郵件裡充滿露骨的性暗示，而且不是寫給他女朋友的。理查感到十分尷尬，趕忙繞過桌子走到另一邊。

「蓋瑞，這是怎麼回事？這是開玩笑還是怎樣？」蓋瑞環顧四周，好像聽到了什麼聲音。他敲了一下鍵盤，啟動螢幕保護程式（是隻跳舞的河馬）。蓋瑞甩了甩頭，似乎要讓腦袋清醒些。他拿起電話撥號。理查伸出手，啪一聲將電話切斷。

「聽好了，這一點也不好玩，我真不知道你們這些人在搞什麼鬼。」理查說完，蓋瑞終於抬頭看他，這讓他大大鬆了一口氣。理查繼續說：「如果我是被開除了，直接說就好，但像這樣裝成我不存在，實在是……」

蓋瑞笑了一下，說：「你好，我叫蓋瑞・普諾魯，需要幫什麼忙嗎？」

「我想不必了。」理查冷冷丟下這句話，隨即離開辦公室，連公事包也忘了拿。

理查的辦公室位於一棟高聳建築物的三樓，雖然老舊，但通風良好。大樓就在濱河街旁。潔西卡工作的地點是倫敦商業金融中心裡一棟玻璃建築，只要走十五分鐘就到。

理查沿路慢跑，不到十分鐘就來到斯德頓大樓。他直接經過一樓那個穿著制服值勤的警衛，走進電梯，搭到樓上。電梯裡裝有鏡子，他在上樓途中注視自己，發現領帶鬆脫一半，歪歪斜斜；大衣袖口撕裂，褲子也破了，頭髮更是一團亂……天啊，他看起來好狼狽！

電梯裡傳來一陣笛聲，門也隨之打開。潔西卡工作的樓層相當寬闊，裝潢簡約低調；電梯旁有位接待員，散發自然優雅的氣質。理查覺得她的薪水一定高得嚇人。

她正在看《柯夢波丹》雜誌，理查走到她身邊，她沒把頭抬起來。

「我要找潔西卡．巴特蘭，」理查說，「我有很重要的事情必須找她談。」

接待員根本就不理他，只是專注地檢視自己的指甲。理查穿過迴廊，來到潔西卡的辦公室，開門走進去。她正站在三張巨幅海報前面，每張上面都印著極為顯眼的「英國天使巡迴展」標語，而且三張天使的形象都不同。理查一進門，潔西卡隨即轉過身，露出親切的微笑。

「潔西卡，感謝上帝！我終於找到妳了。我不知道我是快瘋了還是怎樣。最開始是今早我攔不到計程車，然後是辦公室、還有地鐵站……」他把撕裂的袖口給潔西卡看。「我好像變成一個不存在的人。」潔西卡的微笑又加深一些，並用安慰的表情看著他。「嗯……」理查說，「關於那天晚上的事……我很難過。呃，我難過的不是因為那天的行為，而是傷了妳的心……我真的很抱歉。情況都失控了，而我根本就不知道該怎麼辦。」

潔西卡點點頭，臉上依舊帶著同情的笑。她說：「你一定會覺得我很差勁，但我實在不擅長記別人的臉，但給我一點時間，我一定會想起來。」

直到此刻，理查才發現這都是真的，某種無名的恐懼開始在胃裡翻攪。今天遭遇的瘋狂事件都是真的發生！不是開玩笑、不是騙局、不是惡作劇。「沒關係，」他呆滯地回了一句。「不用麻煩了。」

他離開辦公室，沿著迴廊往外走。快到電梯時，潔西卡喊出了他的名字。

「理查！」

他轉過身。原來這真的是惡作劇，是精心策劃的報復行動，他可以理解。

「理查……馬伯利對吧？」潔西卡似乎因為自己能想起這些資訊而感到自豪。

「是馬修才對。」理查說完，隨即進入電梯。梯門在後方關閉，發出悲涼、顫抖的低沉笛音。

理查走回自己的公寓，既難過又生氣，而且不得其解。偶爾他會舉起手來招計程車，但從未真心指望車子會停下——而且真的沒半輛停。他腳痛、眼睛痛，但他知道，再過不久他就會從「今天」醒過來，然後一個合理點、像樣點、真實點的星期一將隨之展開。

理查回到公寓，先將浴缸放滿熱水，脫了衣服丟到床上，然後光著身子走過玄關，爬進舒服的熱水裡。就在他快要打盹的當下，突然聽到鑰匙轉動的聲響，接著門開門關，有個溫和的男聲說：「沒錯沒錯，你們是我今天最先帶來參觀的客人，不過，跟你們一樣感興趣的人可不少喔。」

「這裡沒有我想像的那麼大，跟你營業處送來的資料有出入。」一個女人說。

「沒錯，是很小巧，但我認為這樣反而是優點。」

理查連浴室的門也沒鎖，畢竟這裡只有他一個人住。

有個聲音比較粗嘎的男人說：「我以為你說這間房子沒有家具，但依我看，家具還挺多的嘛。」

「真奇怪，這些家具八成是前任房客留下來的吧。他們都沒告訴我。」

理查從浴缸站起身，又突然想到自己一絲不掛，而且那些人隨時可能走進來，所以又坐了回去。

他急切地環顧浴室，想要找條毛巾。

「啊，喬治，你看，」女人說，「有人在這椅子上留了一條毛巾。」

理查拿了幾樣東西來代替，包括菜瓜布、半瓶洗髮精和一隻黃色橡皮鴨——但馬上又因為覺得不合適而丟到一邊。

「浴室是什麼樣的？」女人問。理查連忙抓起一條擦臉的毛巾遮住胯部，然後站起來背靠著牆，準備面對這窘迫至極的場面。浴室門推開，三個人走了進來：一個是身穿駝色絨毛外套的年輕人，還有一對中年夫婦。理查想知道他們是否也跟自己一樣尷尬。

「這浴室有點小。」女人說。

「是挺小巧，」駝色絨毛外套男人反應很快地做出更正，「容易保持乾淨。」

女人用手指沿洗臉槽邊緣摸了一下，皺起鼻子嗅了嗅。

「我想我們看好了。」中年男人說，然後三人走出浴室。

「這裡似乎在各方面都滿合適的。」女人說。他們對話的音量越變越小。理查爬出浴缸，倚靠著門，看到掛在玄關椅子上的毛巾，身體一傾抓了過來。

「我們就租下來吧。」女人說出她的決定。

「決定好了嗎？」駝色絨毛外套男人脫口問道。

「我們想要的就是這樣，」女人解釋道：「或者說我們將來就想要弄成這樣，但之後會比較有家居感就是了。星期三這屋子可以準備好嗎？」

「當然沒問題，我們明天就把這些垃圾都清出去。」

理查裹著毛巾，身上還在滴水，而且有點冷。他在門口怒視他們。「這些不是垃圾，」他說，「這是我的東西。」

「那麼，我們會去你的營業處拿鑰匙。」

「不好意思，」理查哀怨地說，「我住在這裡耶！」

他們從理查身旁經過，走到前門。

「跟你們做生意很愉快。」駝色絨毛外套男人說。

「你們……你們有聽到我說的話嗎？這是我的公寓，我住在這裡！」

「如果你把合約細節傳真到我辦公室……」聲音粗嘎的人說，砰一聲隨手把門關上，徒留理查站在這個曾屬於他的公寓玄關。他在一片寂靜中因寒冷而顫抖。「這一切的一切，」理查像是對著全世界宣告、像是要抵抗眼耳口鼻接收到的一切證據，「──根本沒有發生！」

蝙蝠電話發出尖銳刺耳的聲音，它的車頭燈閃爍。理查小心翼翼拿起聽筒。「喂？」線路傳來細碎的爆裂雜音，似乎是從非常遙遠的地方打來的。另一頭的聲音聽起來很陌生。「馬修先生嗎？」對方問，「是理查．馬修先生嗎？」

「是。」他欣喜若狂地說：「你聽得見我！喔感謝老天！你是誰？」

「我跟我的同事在上星期六見過你，馬修先生。我曾向你詢問一位年輕小姐的行蹤，你還記得嗎？」對方說起話油腔滑調，淫猥不已，像狐狸般狡猾。

「啊，是你。」

「馬修先生，你說朵兒沒有跟你在一起，不過我們有理由相信你另有隱瞞，你沒有說實話。」

「你說你是她哥哥是嗎？」

「四海之內皆兄弟啊，馬修先生。」

「她已經不在這裡了，而且我也不知道她在什麼地方。」

「這點我們明白，馬修先生，你說的這兩件事我們都十分清楚。坦白說，馬修先生──你應該希望我坦白一點對吧？如果我是你，就不會再去擔心那位年輕小姐，她的日子所剩無幾──恐怕不到兩位數字。」

「那你何必打電話給我？」

「馬修先生，」格魯布用親切的口吻說：「你知道自己的肝臟是什麼味道嗎？」理查默不吭聲。

「凡德摩先生答應我說會親自把你的肝臟挖出來。然後，在他把你那悲慘的喉嚨割斷之前，會先將肝臟塞進你嘴裡，這樣你就會知道是什麼味道，你說是不是？」

「我要報警！你不能這樣恐嚇我！」

「馬修先生，你可以打電話給任何人。不過，你竟然認為我們是來恐嚇你的，這真是遺憾。我跟凡德摩先生向來不恐嚇別人，你說是不是？凡德摩先生？」

「你們不是嗎？那你現在是在幹什麼？」

「我們只是來跟你做個約定。」格魯布的聲音穿透靜電、回音和嘶嘶聲，「而且我們知道你住在哪裡。」他說完就把電話掛斷。

理查緊握聽筒，盯著它猛按三次鍵盤上的「九」。

「緊急勤務中心，」勤務處的接線員說，「你需要什麼協助？」

「麻煩接警察局。剛才有人威脅要殺我，而且我認為他不是在開玩笑。」

對方沒再說話。理查希望自己正被轉接到警察單位。過了一會兒，那個聲音又說：「緊急勤務中心。喂？有人在嗎？哈囉？」

理查掛斷電話，走進臥室，穿上衣服，因為他裸著身體，又冷又怕，而且不知道自己還能做什麼。

最後，經過一番審慎考慮，理查從床底下拿出黑色運動袋，放了幾雙襪子進去；還有內褲，T恤，護照，錢包。他身上穿著牛仔褲、慢跑鞋、厚運動衫；他想起那名自稱朵兒的女孩說再見的模樣，她當時欲言又止、她說她很抱歉……

「妳都知道，」理查對著空蕩蕩的公寓喃喃自語，「妳早知道會發生這種事。」他走進廚房，從大碗裡拿起一些水果放進袋子，然後把拉鍊拉上，走出公寓，進入黑暗的街道。

提款機呼一聲收下理查的卡片，說：輸入密碼。他鍵入密碼（D—I—C—K）可是螢幕一片空白。提款機接著說：請稍候。但螢幕又是一片空白。機器深處發出轟隆隆聲。

卡片無效，請連絡發卡單位。提款機發出一陣巨大聲響，又把卡片吐了出來。

「給點零錢好嗎？」背後一個疲憊的聲音說。理查轉身，那老頭子很矮，頭頂微禿，糾結的鬍鬚散亂灰黃成一團，輪廓因黑泥髒汙被刻劃得很深。他穿著破爛的深灰色毛衣，外面套了件髒外套。他的眼睛是灰色的，而且溼溼黏黏。

理查把卡片給他。「拿去吧，送給你。如果你領得出來，裡面大概有一千五百英鎊。」

那人用烏黑的雙手接過卡片，正反面翻看一下，淡淡地說：「非常感謝你，這東西再加六十便士就夠我喝一杯不錯的咖啡了。」他把卡片還給理查，開始沿著街道往前走。

理查拎起袋子從後面追上去。「喂！等等，你看得見我？」

「我的眼睛又沒有問題。」那人回答。

「我說，」理查說，「你聽過一個叫做『流動市場』的地方嗎？我必須到那裡去，有個叫朵兒的女孩……」老頭開始神色緊張，往後退了幾步。「喂，我是真的需要幫忙。」理查說，「拜託你！」

那人看著他，臉上毫無憐憫。理查嘆了口氣。「好吧，很抱歉打擾你了。」他轉過身，兩手緊緊抓住袋子提把，不讓手顫抖，沿著大街慢慢離去。

「喂。」老頭斷聲說。理查回頭看他一眼，他正在招手。「來吧，跟我來，動作快點。」他急忙往路旁幾棟廢棄房子的臺階走下去——臺階上散落許多垃圾，似乎通往棄置的地下公寓。理查跌跌撞撞尾隨在後。臺階底有一扇門，老頭一把推開，等理查通過之後，又把門關起來。一穿過門，周遭就變成一片漆黑。接著傳來一陣刮擦聲，火柴點著了火，發出嗶嗶波波的聲響。那人把火柴移到鐵道員用的舊油燈上，點燃燈芯，散發比火柴稍弱的微光。他們一起穿越這個黑暗之處。

四周有股霉味，像腐敗陰暗的舊磚頭散發出的味道。「這裡是哪裡？」理查輕聲問。他的嚮導噓一聲，要他安靜。兩人來到另一扇位於牆壁中的門。那人以某種節奏敲著門，過了一段時間，門就打開了。

短暫的一瞬間，理查被突如其來的光線刺得睜不開眼。他站在一個巨大的圓頂房間裡。這是個位於地底的大廳，裡面到處都是火光及煙霧，到處都有小火堆，模糊的人影站在火堆旁，在鐵叉上燒烤小動物；人們在火堆間跑來跑去，這幅情景讓理查想起地獄——應該說是他學生時代認為的地獄。他的肺被煙霧熏得很難受，便咳了一聲——此時，百雙眼睛都轉過來盯著他，百雙眼睛眨也不眨，露出不友善的目光。

一個男人朝他們跑來，他有一頭長髮，濃淡不勻的褐色鬍子，破爛的衣衫綴滿獸毛——橘色、白色、黑色，活像花貓。他的個子應該比理查高，但走路時顯然駝著背，雙手握在胸前，手指緊扣。「怎麼回事？這是誰？他是什麼人？」他詢問理查的嚮導，「你把誰給帶來了？伊利亞斯德，你快說快說快說！」

「鼠言長老，他是從『上面』來的。」嚮導說。（理查不禁想：他叫伊利亞斯德？）「他在打聽朵兒小姐，還有流動市場，所以我就把他帶來見你了。我想你一定知道該怎麼處置他。」理查身旁現在站了十幾個綴滿獸毛的人，男女都有，甚至還有幾個小孩。他們移動的方式是急停奔跑：先靜止一下，然後快速朝理查衝來。

鼠言長老將手伸進獸皮補丁的破衣中，拿出一根散發邪惡氣息的銀色玻璃棒，約八寸長，下半段以劣質獸皮纏繞，充當握柄。火光照在玻璃棒前半段，發出耀眼光芒。鼠言長老將玻璃棒對準理查的喉嚨。

「嗯沒錯！沒錯沒錯沒錯！」他興奮到有點結巴，「我確實知道該怎麼處置他。」

第四章

格魯布與凡德摩借住在一棟維多利亞時期的醫院地下室。這醫院因為健康保險的預算刪減，十年前就關閉了。房地產商人原本說有意將醫院轉建成一塊豪華住宅區，但醫院一關，他們馬上就不見蹤影，這棟醫院便矗立在原地，年復一年。它灰暗空虛、乏人問津，窗戶以木板封起，出入口則用大鎖扣上；屋頂腐朽不堪，雨水不時從天花板滴下，將潮溼和腐敗的氣息擴散到整棟建築物。醫院中央有個採光井，可讓灰濛暗淡的光線透射進來。

醫院的地下室在空蕩的病房下面，由一百多個小房間組成。有些空無一物，有些還有棄置的醫療用品；某個房間放著一座巨大矮胖的金屬暖爐，隔壁則有堵塞又缺水的馬桶和蓮蓬頭；地下室地板大多覆蓋著一層薄薄的油膩水漬，映照出破爛天花板的腐朽和陰暗。

若你沿著醫院的階梯往下走，直直朝最底層前進，經過幾個棄置的淋浴室後，通過員工的廁所，再過滿地碎玻璃的房間，那兒天花板整個坍塌，可直接望見上面的樓梯井。之後，你會看見一把生鏽的小鐵梯，原本塗的白色油漆都因潮溼變成長條狀剝落；假使沿著鐵梯往下，越過樓梯底的一片溼濡，穿過半腐朽的木門，將會進入地窖。一百二十年來，醫院的廢棄物都堆積在這偌大的房間裡，最後遭人遺忘。這個地窖就是格魯布和凡德摩暫居之所。地窖的牆壁相當潮溼，天花板還會滴水，一堆怪東西堆在角落，慢慢腐敗，而其中一部分曾經是有生命的。

格魯布與凡德摩正在消磨時間。凡德摩不知從哪裡抓來一隻蜈蚣，這隻橘紅色生物幾乎有八寸長，還有毒性極強的毒牙。他讓這隻毒物在自己手上跑來跑去，看著牠在手指間盤繞，從一隻袖口消失，一分鐘後再從另一隻袖口冒出來。格魯布玩弄著刮鬍刀片──他在角落找到一整盒用蠟紙包好的五十年前的刮鬍刀片，不斷思考要拿這些刀片來搞些什麼。

「凡德摩先生，」格魯布終於說話了，「能否勞煩你把你的綠豆眼轉到這裡來。」

凡德摩用巨大的姆指和食指小心翼翼抓住蜈蚣的頭，讓牠停止蠕動。他看著格魯布。

格魯布左手放在牆上，五指張開，右手則拿了五片刮鬍刀片，仔細瞄準後射向牆壁。每片刀片都嵌入牆中，介於指頭之間，彷彿簡陋版的飛刀特技。格魯布把手移開，讓刀片留在牆上，清楚顯示出手指先前所在的位置。他轉身面向搭檔，準備接受讚賞。

可是凡德摩不覺得有何特別。「這有什麼好得意的？你連一根手指都沒射中。」

格魯布嘆了一口氣。「是嗎？啊，該死，你說得沒錯。我怎麼會這麼笨？」他把刮鬍刀一片一片從牆上拔下，丟到木桌上。「不如你示範一下要怎麼做才對。」

凡德摩點點頭，把蜈蚣放回空的橘子果醬瓶，左手貼在牆上，再舉起右手。他那把鋒利且重量剛好的邪惡小刀就握在右手中。凡德摩瞇眼一射，刀刃插入潮溼的石灰牆──而且途中首先貫穿了他的手背。

電話響起。

凡德摩回頭看了格魯布一眼，表情相當得意。他的手仍釘在牆上。「這麼做才對。」

房間角落有一臺老舊的電話，是兩段式的古董話機，用木材及合成樹脂製成，從一九二〇年代以來就沒用過，一直放在醫院裡。格魯布拿起聽筒，聽筒尾端連著一條絕緣電線。他對著話機底座的話筒說話。「這裡是格魯布和凡德摩，」他四平八穩地說，「值得信賴的老字號，專門排除障礙、解決麻煩——去除煩人的四肢、打斷惱人的牙齒。」

電話另一頭的人說了幾句話，格魯布開始阿諛奉承，凡德摩則猛拉自己的左手，卻拔不起來。

「喔，是是是，確實如此。您這通電話讓我們原本陰沉無趣的日子充滿光明和喜悅，我真不知該如何表達內心的感激。」又一陣停頓。「當然當然，我馬上閉嘴，不要諂媚奉承，我非常樂意。很榮幸那個……呃，我們查到了什麼？嗯，我們知道……」一陣停頓。格魯布挖了挖鼻孔，若有所思。他耐著性子說：「不知道，此刻我們不知道她人在何處，但我們也不必知道。反正她今晚就會在市場現身，那時我們再把她給抓起來……」他的嘴巴一抿。「我們無意違反他們的市場休戰協定，而是會等她離開市場再……」格魯布之後就不再說話，只是仔細聆聽，偶爾還點點頭。

凡德摩試圖用右手把小刀從牆上拔出來，但刀子卡得很緊。

「是的，這或許可以安排。」格魯布對著話筒說，「呃，我的意思是說，我會妥善安排的。當然沒問題，我了解……對了，閣下，或許我們可以談談……」但對方已經掛了電話。格魯布盯著聽筒看了一會兒才放回話機的架上。「你還真以為自己很聰明啊。」他喃喃自語，隨後又注意到凡德摩似乎陷入尷尬的處境。

「不要動。」他往前傾，把釘在凡德摩左手背上的刀子從牆壁拔出來，放在桌上。

凡德摩甩甩左手，活動一下手指，把刀刃上的灰泥屑擦拭乾淨。「誰打來的？」

「我們的僱主。」格魯布回答，「看來另一個人無意解決這問題。真是菜，八成因為朵兒是女人吧。」

「那麼我們不能再去殺她了嗎？」

「這個嘛，凡德摩先生，我認為只是時間早晚的問題。現在朵兒小姐似乎昭告天下，說今晚她要在市場裡僱用一名保鑣。」

「所以？」凡德摩對著刀子插進手背的地方吐了一口唾液，在刀子穿出掌心的位置也吐了一口。他用粗大的姆指擦揉唾液，傷口隨即闔起、縮小，然後就完全看不見了。

格魯布從地板撿起他那件厚重、破舊的黑色外套穿上。「所以，凡德摩先生，我們為何不也去僱一名保鑣？」

凡德摩將小刀放回袖子上的皮套，穿上自己的外套，雙手伸入口袋內掏摸，發現裡頭還有一隻完好無缺的老鼠，感到高興不已。很好，他肚子餓了。他對著老鼠流露出強烈情感，彷彿一名將要解剖人生摯愛的病理學家。他仔細思考格魯布的最後一句話，突然理解他的同伴邏輯有問題。「我們不需要保鑣，格魯布先生。我們是要傷害人，不是被人傷害。」

格魯布把燈關掉。「喔，凡德摩先生……」他邊說邊享受這些字眼組出的音調，因為所有文字的音調他都喜歡。「如果別人來砍我們，我們會流血嗎？」

凡德摩在黑暗中思索了一會兒，非常肯定地回答。「不會。」

「上層世界派來的奸細，」鼠言長老說，「是不是？我應該把你從咽喉一路割開到胃，再用你的內臟來算命。」

「聽我說，」理查背靠牆壁，一把玻璃匕首正抵住他的喉結，「我想你有點誤會了。我叫理查．馬修，我可以證明自己的身分：我有借書證。信用卡……還有其他東西。」他急迫地補了一句。

由於目前有個瘋子打算用一塊碎玻璃割開自己的喉嚨，理查的注意力變得異常敏銳，他發現大廳另一端全都是人，頭壓得很低，但有個小黑影正沿路走向他們

「我想，只要稍微思考一下就能知道我們只是一群傻子。」理查說。可是他搞不清楚這句話到底

有何意義，只是隨口就說了。畢竟只要他還在說話，就表示他還活著。「現在，你可以把那東西拿開了嗎？還有……喂！那是我的袋子。」有個穿著破爛、年近二十的瘦弱女孩拿了理查的袋子，粗魯地將他的私人物品全部倒在地上。

大廳中的人群仍低著頭，小黑影則越靠越近，最後來到理查身邊的人群旁。但他們全都看著理查，沒有一個人注意到小黑影。

那是一隻老鼠。牠抬起頭，好奇地望著理查。理查腦中突然冒出一個怪異的印象：那隻老鼠曾用油亮的小黑眼對自己眨了幾下。接下來，老鼠發出一陣響亮的短促叫聲。

握著玻璃匕首的人跪到地上，圍在他身旁的人也跟著跪下。遲疑一會兒後，那名流浪漢（就是伊利亞斯德）也跪了下來，表情顯得更加尷尬。沒過多久，還站著的人只剩理查。瘦弱女孩用力拉他的手肘，讓他也單腳跪下。

鼠言長老的頭壓得非常低，長髮都拖到地上了。他對老鼠發出短促的聲音，時而皺鼻，時而露牙，時而發出吱吱叫，彷彿他也變成了一隻巨大的老鼠。

「喂，有誰可以告訴我……」理查咕噥著說。

「安靜！」瘦弱的女孩要他閉嘴。

老鼠踏出一步，有點倨傲地跨進鼠言長老骯髒的雙手。那人恭謹地捧著老鼠，抬到理查面前。老鼠檢視理查的五官，尾巴微微擺動。「這位是灰毛部族的長尾族長，」鼠言長老說，「他說你看起來非常面熟，他想知道先前是否曾見過你。」

理查看著老鼠，老鼠也看著理查。「我想是有可能。」理查承認。

「他說他當時是為迪卡拉巴斯侯爵履行一項義務。」

理查更加仔細地盯著老鼠。「就是那隻老鼠？那就對了，我們見過面。其實我那時還用電視遙控器丟牠。」站在四周的一些人看來極為震驚，瘦弱女孩甚至還尖叫了一聲。理查幾乎沒注意到他們。無論如何，在眼前這瘋狂狀況中至少還有他熟悉的東西。「嗨，小老鼠，真高興再見到你。你知道朵兒到哪裡去了嗎？」

「小老鼠！」女孩用一種介於尖叫與驚嗆的語調說。她的破爛衣服上別著一顆沾滿水漬的大紅鈕扣，就像釘在生日卡片上的那種，卡片上往往有黃色字體印著：**我十一歲了**。

鼠言長老揮舞手中的玻璃匕首，藉此告誡理查：「你不可以跳過我直接跟長尾族長說話。」老鼠以短促的聲音發出命令，那人臉一沉。「他？」鼠言長老輕蔑地看著理查，「不行，我不能放過人類。那倒不如讓我直接把他的喉嚨割開，再丟給陰溝族……」

老鼠再次吱吱出聲，語氣非常堅決，然後從那人的肩膀跳到地上，消失在牆上眾多洞孔之一。

鼠言長老站起身，一百多雙眼同時看向他。他轉身面對大廳，注視自己的臣民，他們都還蹲跪在冒著油煙的火堆旁。「你們這群人在看些什麼？我真不懂！」他大吼大叫，「誰在轉鐵叉？誰？你們想讓食物烤焦嗎？這裡沒什麼好看的，走開！快回去工作。」理查緊張地站起來，左腿已經麻了。他揉著腳，想讓血液流通，他的腿就像扎上大針小針般刺痛。鼠言長老看了伊利亞斯德一眼。「得把他帶到市場去，這是長尾族長的命令。」

伊利亞斯德搖搖頭，朝地上一啐。「不，我不要帶他去，我這條命會沒有，因為那趟路。你們鼠言人一向待我不錯，但我不能回到那裡，這你知道。」鼠言長老點點頭。他收起匕首，放進外袍的獸皮下，露出黃牙，對理查微微一笑。「你都不知道自己剛才有多幸運。」

「我知道，」理查說，「我真的知道。」

「不，」那人說，「你不知道，你真的不知道。」他搖了搖頭，難以置信地碎念著。「小老鼠哩。」

鼠言長老挽著伊利亞斯德的手臂走了幾步路，來到理查的聽力範圍之外才開始說話，邊說還不時回頭看著理查。

瘦弱女孩正在吃理查帶來的香蕉，她吃得那樣狼吞虎嚥，大概是理查見過最不情色的吃法。

「妳知道嗎，那原本是我的早餐。」理查說。女孩略帶內疚地抬頭看著他。「我叫理查，妳叫什麼名字？」

女孩幾乎把理查帶來的水果都吃光了。她嚥下最後一點香蕉，稍微遲疑一下，淺淺一笑，說了幾個字——聽起來像是安娜希斯亞❷。「我肚子餓了。」

「我也是。」理查對她說。

她瞄了大廳另一頭的小火堆一眼，再轉頭看看理查，又露出笑容。「你喜歡貓嗎？」

「喜歡，」理查回答，「我滿喜歡貓的。」

安娜希斯亞鬆了一口氣。「腿肉還是胸肉？」

名叫朵兒的女孩沿著短巷往前走，後面跟著迪卡拉巴斯侯爵。倫敦還有一百多條像這樣的小街道或巷弄，是舊時代遺留下來的痕跡，三百年來都沒改變，連尿味聞起來都跟三百年前佩皮斯時代一樣。離破曉還有一小時，但天空已經開始發亮，轉成荒涼的鉛灰色。縷縷薄霧像飄浮在空中的蒼白幽靈。

大門用木板條草率封起，上面貼著已被人遺忘的樂團或早就關門大吉的夜總會海報。兩人站在大門前，侯爵仔細瞧著每一片木板條、釘子和海報，但似乎沒有特殊之處——不過他的表情本來就不太有變化。

「所以這就是入口？」他問。

---

❷ Anesthesia。意為麻醉、麻木。

朵兒點點頭。「這是其中一個。」

侯爵兩臂交疊在胸前。「那接下來呢？要說『芝麻開門』還是要做什麼其他的？」

「我不想繼續了，」朵兒說，「我真的不確定我們這樣做對不對。」

「好極了，」侯爵鬆開手臂，「那就再會囉。」他腳跟一轉，準備沿著來時路往回走，朵兒一把抓住他的手臂。「就這樣？你要丟下我嗎？」

侯爵露出皮笑肉不笑的表情。「當然，我可是個大忙人。有很多事要處理，很多人要照料。」

「好吧，等一下。」她放開侯爵的袖子，咬著下脣。「上次我還在這裡的時候……」她的聲音越來越細小，最後幾乎聽不到。

「上次妳還在這裡的時候發現家人都死了。就這樣，也沒什麼好解釋的。如果妳不打算進去，那我們的合作關係就到此結束吧。」

她抬頭望著侯爵，清秀的面容在破曉前的光束中顯得蒼白。「就這樣？」

「我只能祝福妳未來有更好的發展，但恐怕我得懷疑妳能不能活到那時候。」

「你真的很自以為是，我說的對吧？」

侯爵沒有答話，朵兒走回門前。「好吧，來，我帶你進去。」她將左手放在封住的門板上，右手牽著侯爵的褐色巨掌。她細小的手指與侯爵粗大的指頭相互纏繞。她閉起眼睛。

……某個東西發出颯颯聲響，開始抖動、變化……

……門往黑暗處潰散崩解……

記憶仍然鮮明，好像只是幾天前的事。朵兒穿進無門之屋，大聲叫喊：「我回來了！有人在家嗎？」她從前廳溜到餐廳，再到圖書室，接著到畫室，都無人回應。她又走向另一個房間。

家裡的泳池在室內，是維多利亞式，用大理石和生鐵建造而成。朵兒的父親還很年輕時發現這座即將拆除的廢棄游泳池，便將之納入無門之屋的結構。或許在外面的世界、在倫敦的上層，這房間已被摧毀，早被人遺忘。朵兒不知道家中各個房間實際上在什麼地方。她爺爺建造這棟房子時幅員橫跨整個倫敦：從這裡弄來一個房間，再從那裡弄來一個房間。這些房間各自分離，而且都沒有門。她父親後來又加了些房間進去。

朵兒沿著舊游泳池的邊緣漫步，很高興自己回到了家，但她對家裡空無一人的情況感到不解。接著她低頭往下看——

有個人浮在水面，他的身後跟著兩團鮮紅，一團從喉嚨流出來，另一團來自鼠蹊部。那是朵兒的哥哥。天啊，他的眼睛張得好大，瞳孔整個發白。朵兒發現自己張大了嘴，還聽得見自己的驚慌尖叫。

「好痛！」侯爵說。他用力揉著額頭，轉了轉脖子，像是要舒緩突然產生的疼痛痙攣。

「回憶，」朵兒解釋，「都銘刻在牆裡。」

他揚起一眉。「妳應該事先警告我。」

兩人來到寬闊的白色房間，每面牆上都掛滿圖片，每張圖都是另一個不同的房間。白色房間沒有門——沒有任何出入口之類的東西。「這裝潢真有意思。」侯爵頗為讚賞。

「這裡是入口大廳，我們可以經由這裡到屋裡的任何一個房間，房間都是相連的。」

「其他房間在什麼地方？」

朵兒搖搖頭。「我不知道，可能在很遠的地方吧，都散落在下層世界的各個角落。」

侯爵邁步疾走，步伐急促，勉強把整個房間繞了一遍。「真是了不起！一個組合屋！每個房間都在其他地方，實在太有想像力了！朵兒，妳爺爺很有遠見。」

「我從來不認識他。」朵兒吞吞口水又繼續說，但語氣比較像在自言自語。「我們在這裡應該很安全，沒人能傷害我們，只有我的家人能夠自由出入。」

「希望妳父親的日誌能給我們一些線索，」侯爵說，「我們從哪裡開始找起？」朵兒聳了聳肩膀。

「妳確定他有寫日誌？」侯爵再確認一次。

朵兒點點頭。「他一向都待在書房，把房間與外界的連結暫時封閉起來，一直到聽寫完紀錄為止。」

「那我們就從書房開始吧。」

「可是我已經看過了，真的，我看過了，就在我清理屍體的時候……」朵兒開始啜泣，發出低沉而粗啞的嗚咽，聽起來像是從她身體深處流洩而出。

「好了好了。」迪卡拉巴斯尷尬地說。他邊輕拍她的肩膀邊補了一句。「好了。」他不擅長安慰別人。

朵兒那對顏色奇異的眼睛裡充滿淚水。「你能不能……能不能給我一點時間？我馬上就沒事了。」侯爵點點頭，走到房間另一端。當他回頭，朵兒仍獨自站在那兒，身影嵌在掛滿圖片的白色入口大廳。然後，她抱住自己，開始顫抖，哭得像個小女孩。

理查還因為損失袋子而感到氣惱。

鼠言長老仍待在原地。他聲明，長尾族長完全沒提到要把東西歸還給理查，只說要把理查帶到市場。然後長老告訴安娜希斯亞，由她負責將這個上層來的傢伙帶到市場，而且——沒錯，這是命令。所以不要再哭哭啼啼，趕緊出發吧。

交代完畢後，鼠言長老轉頭對理查說，如果讓他（也就是鼠言長老）再看到他（指理查），那麼他（還是指理查）麻煩就大了。他最後再重申一次，說理查根本不知道自己有多麼幸運。理查要求長老把東西還給他——至少皮夾得還吧——但鼠言長老不予理會，直接把兩人帶到一扇門前，等他們進去之後，就把門鎖了起來。

理查和安娜希斯亞並肩走進黑暗。

她手上拿著一盞用蠟燭、罐頭、幾根鐵線和廣口玻璃瓶臨時拼湊成的提燈。理查的眼睛迅速適應了黑暗，對此他感到非常訝異。他們似乎正在穿越一個又一個的地窖和地下儲藏室。理查偶爾會認為自己在地窖的遠方角落看到動靜，但不管那是人類、老鼠或其他東西，等他們到達時，無論是什麼都早早不見蹤影。理查試著把那些動靜告訴安娜希斯亞，她卻總是發出噓聲，要理查安靜。

理查感到臉上有一陣冷風，鼠女似乎突然蹲了下來，把提燈放在一旁，使勁拉著牆上的格狀鐵窗。窗子突然打開了，她跌了個四腳朝天。她作勢要理查爬進去。理查蹲下，慢慢鑽進牆上的洞，大概爬了一呎左右，地板就整個不見了。

「喂，」他低聲說，「這裡有個洞。」

「那洞不會很深，」女孩告訴他，「繼續走。」

女孩隨手關起鐵窗。她現在以很不舒服的姿勢擠在理查身旁。「拿去。」她將提燈遞給理查，讓他握好把手，費勁地爬進漆黑一片的洞裡。「好了，」她說，「沒有看起來那麼可怕，對不對？」她的臉出現在理查懸空的腳下幾呎處。「來吧，提燈拿給我。」

理查把提燈移下去，女孩必須跳起來才構得著。「好，」她低聲說，「現在你可以下來了吧。」理查緊張兮兮地往前挪，爬過邊緣，懸空一會兒後，才把兩手放開。他手腳著地落在潮溼的軟泥上，手上的泥巴隨意抹在運動衫上。前方幾呎處，安娜希斯亞正在開另一扇門。一等兩人穿門而過，她隨即關起。「我們現在可以說話了。不能很大聲。但如果你想說話，我們可以說。」

「喔，謝了。」理查應道，彷彿想不出該說些什麼。「呃，妳是老鼠對吧？」

女孩咯咯笑了起來，像日本女孩一樣在笑的時候用手遮著自己的臉。她搖搖頭說：「我才沒有那麼好運呢！我是鼠言人，我們跟老鼠交談。」

「什麼？只是跟牠們聊天嗎？」

「喔，不只。我們還幫牠們做事。」她暗示的語調似乎想表達一些根本不會出現在理查腦海的事物。「你知道的，有些事情老鼠沒辦法做——我是說，牠們沒有手指、沒有大姆指、沒有某些東西……啊，不要動……」她突然把理查壓在牆上，用一隻髒兮兮的手摀住他的嘴，把燭火吹熄。

什麼事也沒發生。

然後理查聽到遠方傳來說話聲。兩人在寒冷的黑暗中靜靜等待，他打了個哆嗦。有些人從他們身旁走過，彼此低聲交談。等到所有聲音都靜止，安娜希斯亞才把手從理查嘴上移開，重新點燃蠟燭，繼續前進。「他們是什麼人？」理查問。

女孩聳了聳肩膀。「那不重要。」

「妳怎麼知道他們不會想見到我們？」

她用極度悲憫的表情看著理查，就像試圖對幼兒講理的母親。她的表情好像在說：對，火很燙！所有的火焰都很燙，請你相信我好不好？「走吧，我知道一條捷徑，可以讓我們更快通過倫敦上層。」

他們爬了幾階石梯，女孩又推開一扇門。穿過去後，門也隨之關起。

理查一臉茫然地看著四周。他們正站在河堤上，這條幾哩長的步道是維多利亞時代沿泰晤士河北岸建造而成，包含下水道系統和新建造的地鐵，特區線，取代了五百年前在泰晤士河沿岸發出惡臭的淤泥灘。現在仍是晚上——或許是隔天的夜晚了——理查不確定他們在黑暗的地底下到底走了多久。

月亮未露臉，但夜空相當爽朗，秋日星辰閃爍其間，還有許多街燈、建築物、橋上燈火，看起來像是位於地表上的點點繁星，隨著夜晚泰晤士河的水流而閃爍不定，映照這座城市。理查心想：真是人間仙境。

安娜希斯亞吹滅燭火。理查問：「妳確定這樣走沒錯嗎？」

「確定，」她回答，「絕對不會錯。」

他們慢慢接近一張木製長椅，看到椅子的瞬間，理查覺得那彷彿是他這輩子最想要的東西。「我們可以坐下來嗎？只要一下子就好。」

女孩聳聳肩，他們分坐在兩頭。

「星期五那天，我還在倫敦一家非常出色的投資分析事務所上班。」

「投資是什麼？」

「是我的工作。」

她滿意地點點頭。「好吧，然後呢？」

「沒什麼，只是這讓我想起我自己。昨天……對這裡的人而言我好像根本不存在。」

「那是因為你真的不存在啊。」安娜希斯亞解釋。

深夜中，一對情侶沿著河堤朝他們慢慢走來，手牽著手坐到了長椅中央，剛好卡進理查跟安娜希斯亞中間。他們開始激情擁吻。「喂！」理查對他們喊叫。男人把手伸進女人的毛線衣，熱情地四處遊走，就像孤身的旅人發現未經探索的新大陸。「我要回到原先的生活去。」理查對這兩人說。

「我愛妳。」男人對女人說。

「但你老婆……」她邊說邊舔著男人的側臉。

「叫她去死吧。」男人說。

「別這樣，」女人醉醺醺地咯咯笑，「但我倒是想爽到死……」她把一隻手放到男人的褲襠，而且還笑個不停。

「走吧。」理查對安娜希斯亞說。這張長椅好像又變成他最不想待的地方。

他們起身離去。安娜希斯亞好奇地回頭瞄了長椅上的情侶一眼，那兩人都快要躺下來了。

理查悶不吭聲。「有什麼不對嗎？」安娜希斯亞問。

「每件事都不對！」理查回答，「妳一直都住在地底嗎？」

「才不是，我是在這裡出生的。」她遲疑了一下，「你又不會想瞭解我。」然而，理查有點訝異地發現，他真的想瞭解。

「我想，真的。」

女孩用手指撫摸著脖子上那條項鍊粗糙的石英珠，她吞了口口水，說：「本來有我、我媽媽，還有一對雙胞胎……」她突然不再說話，嘴巴緊閉。

「說吧，」理查說，「沒關係的，真的。」

女孩點點頭，深呼吸，繼續說。她說話時沒看理查，而是盯著前方的地面。「嗯，我的母親生下我，還有兩個妹妹，但她神智有點不太正常。有一天，我從學校回到家，看到她一直哭、一直哭，身上都沒有穿衣服，還一直摔東西，像盤子之類的。但她從來不打我們，一次也沒有。那個社會局的女士來把雙胞胎帶走，而我則必須去跟姨母住。她那時跟那個男的住在一起，我很討厭那個人，尤其是我姨母不在家的時候……」女孩的聲音突然停下，沉默了好長一段時間，理查還以為她說完了。但她又接著說下去。「反正，他常打我、欺負我。最後，我把事情告訴姨母，結果她就打我，說我撒謊，說要叫警察把我抓走。但我沒有撒謊，所以我就逃走了。那天是我生日。」

他們走到亞伯特橋，這座庸俗的歷史建築連接河堤尾端的契爾西區，還有南邊的巴特西區。橋上掛著數千盞白色小燈。

「我沒有地方可以去，天氣又好冷。」女孩又停頓下來。「我睡在街上，所以就趁白天比較暖和的時候睡覺，晚上則不停到處亂逛。那個時候我才十一歲。我偷別人家門階上的麵包和牛奶來吃，可是我討厭做這種事，所以開始到街上的市場閒晃，拿爛蘋果和橘子，或別人丟掉的東西。後來我病得非常重，那時我住在諾丁丘的天橋下面。等我醒來，人就已經在倫敦下層了。那些老鼠發現了我。」

「妳有想辦法回到以前的生活嗎？」理查問，還用手比了比，示意那些安靜、溫暖、有居民的房子，開在夜晚路上的汽車，真實的世界……

她搖搖頭。只要是火都會燙人，寶貝，你終究會明白。「不要妄想了。只有二選一，沒有人可以兼得。」

「我很難過。」朵兒遲疑地說。她的眼珠布滿血絲，好像用力擤過鼻子、用力擦過眼窩跟臉頰上的淚痕。

侯爵等著她平靜，一邊從外套的眾多口袋之一拿出幾枚舊硬幣和骨頭，玩起擲蹠骨遊戲，藉此打發時間。他抬起頭冷冷地看著朵兒。「真的嗎？」

她咬著下唇。「不，不是真的，我不難過，我只是一直拚命跑、拚命躲、又拚命跑……這是我第一次有機會可以……」她沒再說下去。

侯爵一把撈起所有硬幣和骨頭，放回原先的口袋。「妳先走。」他跟在朵兒背後，來到掛滿圖片的牆壁前。朵兒一手放在父親書房的圖片上，再用另一手抓著侯爵粗大的黑手。

……現實的時空開始扭曲……

他們在溫室裡澆花。波緹亞會先為一株植物澆水，將水流導引到植物根部的泥土，避開葉子和花辦。「水澆在鞋子上，」她告訴自己最年幼的女兒，「不是澆在衣服上。」

英格絲有自己專用的小灑水壺，她對此非常自豪。這個灑水壺跟她母親的一樣，都是用鋼做成，再漆上亮綠色。母親每澆完一株植物，英格絲就會用她的小灑水壺再澆一次。「澆在鞋子上。」她對母親說。小女孩開始微笑，最後忍不住大笑。

她母親也笑了起來，直到狡猾的格魯布突然將她的頭髮用力往後扯，刀從一隻耳到另一隻耳，直到那白皙的喉嚨完全被割斷。

「嗨，老爸。」朵兒輕聲說。

她用手指輕觸父親的胸膛，撫摸他臉部的輪廓。他是個削瘦、拘謹的男人，頭髮幾乎掉光。看起來跟普羅佩洛❸那樣的獨裁者很像，迪卡拉巴斯侯爵心想。他覺得有點不太舒服，最後一幅畫面令他感到痛苦，但他還是進入了波提科伯爵的書房。這是他初次造訪。

侯爵看了一下房間，環顧周遭的每個細節：從天花板懸吊下來的充填鱷魚，皮面精裝書，一個星盤，凸透鏡和凹透鏡，模樣古怪的科學儀器。各個牆面掛上他從未聽過的國家和城市的地圖。這裡有張書桌，上面堆放手寫信件；桌後的白牆上有塊紅褐色血跡，桌上放著一小張朵兒的全家福，他的目光停在上面。「妳的母親、妹妹、父親、哥哥都死了，妳是怎麼逃過一劫的？」

朵兒把手放下來。「我只是運氣好，正好離家到外面去探索幾天……你知道基爾本河附近還有一些羅馬軍隊駐紮嗎？」

侯爵不知道，因而有點惱怒。「有多少人？」

朵兒聳了聳肩。「幾十個。我想，他們應該是第十九軍團的逃兵吧，我的拉丁文不是很好。總之，我回來的時候……」她哽咽、停頓，蛋白色眼睛中注滿淚水。

「振作，」侯爵簡明扼要地說，「我們需要妳父親的日誌，我們必須找出這是誰幹的。」

朵兒對著他皺起眉頭。「我們早就知道是誰幹的，就是格魯布和凡德摩……」

他張開一手，邊說邊搖著手指。「他們只是爪牙，背後還有指使者下達命令，要置妳於死地。那兩個傢伙的價碼可不便宜。」他環視凌亂的書房，問道：「他的日誌在哪裡？」

「不在這裡。我早告訴你我找過了。」

「我還以為妳的家族都很擅長找門——不管是明顯的門還是隱藏起來的門。」

朵兒怒瞪他一眼，閉上眼睛，將食指和姆指放在鼻梁兩側。同時，侯爵檢視波提科書桌上的物品：一座墨水臺、一枚棋子、一顆獸骨骰、一只金懷錶、幾根鵝毛筆，還有……

有意思。

那是個小型雕塑，像野豬，或蹲伏的熊，也可能是公牛，總之有點難說。它的大小跟大型棋子差不多，以黑曜石粗略雕成。它讓侯爵想起某種東西，卻又說不出是什麼。侯爵若無其事地拿起來，翻轉數次，用手指摸了摸。

朵兒把手從自己的臉移開，似乎一臉茫然困惑。

「有什麼問題嗎？」侯爵問。

「在這裡。」她直截了當地回答，然後穿過書房，先看了看一邊，再轉頭看看另一邊。侯爵慎重地將雕刻品收進內袋。

朵兒站在高高的書櫃前。「這裡。」她伸出一手，弄出一陣喀嚓聲，書櫃側面的一個小面板應聲

---

❸ 普羅佩洛（Prospero）：莎翁名劇《暴風雨》中的一名魔法師，同時也是一座島嶼的統治者。有人認為普羅佩洛就是莎士比亞個人的寫照。

翻開。她把手伸進漆黑之中，拿出一個大小和形狀都跟小砲彈差不多的東西，然後交給侯爵。那是一顆球，用黃銅和拋光的木材做成，裡面嵌了磨亮的赤銅和玻璃鏡片。侯爵從她手中接過那東西。

「就是這個？」

朵兒點點頭。

「幹得好。」

她黯然地說：「我不懂先前怎麼會找不著。」

「當時妳很沮喪，」侯爵安慰她，「而我則認定它就在這兒，而且我很少犯錯。那麼……」他把小木球高高舉起，光線從磨亮的鏡片透射進去，黃銅和赤銅的配件也閃爍光芒。侯爵痛恨讓別人知道自己對某件事一無所知，但他還是開口問了：「這東西要怎麼用啊？」

安娜希斯亞帶著理查來到橋南端的小公園，沿著牆邊的石階往下走。她重新點燃廣口瓶裡的蠟燭，打開一扇讓工人出入的門，進去後隨手關上。他們又走下幾級階梯，四周被黑暗籠罩。

「有個叫朵兒的女孩，」理查說，「她年紀比妳小一點，妳認識她嗎？」

「朵兒小姐，我知道她是誰。」

「所以她是哪個莊園的人？」

「不是莊園，她是雅克家族的成員。她的家族曾經非常顯赫。」

「曾經？他們怎麼了嗎？」

「有人把他們全殺了。」

啊，理查現在想起來了。迪卡拉巴斯侯爵提過此事。此時一隻老鼠突然從他們面前跑出來，安娜希斯亞停在石階上，恭敬行禮。「大人好。」她對老鼠說。理查則隨口說了一句：「嗨。」老鼠只看了兩人一眼，便朝石階急奔而下。

「對了，」理查問，「流動市場是什麼？」

「它非常大，」女孩說，「不過鼠言人很少需要去那裡。老實說……」她遲疑了一下。「不行，你一定會笑我。」

「我不會的。」理查誠懇地說。

「好吧，」女孩說，「其實我有點害怕。」

「害怕？市場有什麼好怕的？」

這時，他們走到石階的底部，安娜希斯亞猶豫了一下，然後往左轉。「不不，市場有個休戰協定，如果有人敢在那裡傷人，整個倫敦下層都會傾巢而出，去對付那個人。」

「那妳還有什麼好怕的？」

「是到那裡的路程可怕。市場每次都在不同的地點舉行，所以才叫流動市場。開市的時間點會是今晚……」她撫弄著脖子周圍的石英珠，神情緊張。「而我們又必須經過一個非常危險的區域。」她聽起來確實很害怕。

理查壓下伸手抱住她的念頭。「那個區域是指哪裡？」女孩轉身面向理查，將頭髮從眼睛前面撥開，默默告訴了他。

「騎士橋？」理查複述一次，然後輕聲笑開。

女孩掉頭就走。「看吧？我就說你會笑我。」

這些深埋在地底的隧道，是在二次大戰早期為了建造倫敦地鐵北段延伸出去的高速線而挖的。數千名英國士兵駐紮在此，排泄物需利用壓縮空氣排放到更上方的下水道；隧道兩側設有一整排鐵架床鋪讓士兵睡。大戰結束後，這些鐵架床仍留在原地，鐵床下方堆放許多硬紙箱，每個箱子都裝滿信件、檔案、紙張。這些祕密——而且是最無聊的祕密——就這樣堆放在地底，最後被人遺忘。一九九〇年初期，隧道因經濟考量完全封閉，那一箱箱祕密被搬走，經由掃瞄儲存在電腦裡，其餘的要不是以碎紙機銷毀，就是直接燒掉。

瓦爾尼就住在深底隧道的最底層，遠在坎登鎮地鐵站正下方。他用廢棄的鐵架床堵住唯一的出入口，並加以裝飾。他喜歡武器，還自己動手做，利用各種撿來、拿來或偷來的物品（像是汽車或機械零件）改造成鉤子、彈簧刀、十字弓、弩箭、棍子、闊劍、圓頭棒，還有用來打破城牆的小型投石器和拋石機。這些都懸掛在深底隧道的牆上或角落，散發不友善的氛圍。

瓦爾尼跟公牛看起來沒兩樣，只不過這頭公牛剃光了毛髮，角也拔了，而且全身刺滿刺青，牙齒幾乎斷光。此外，他還會打鼾。他腦袋旁那盞油燈調得很暗。此刻的他正在一堆破布上呼呼大睡，一把自製的雙刃劍就在手邊地上。有隻手來調亮油燈，瓦爾尼立刻抓起雙刃劍，眼睛還沒完全睜開，人已經站了起來。他眨了眨眼，環顧四周——四下無人，那堆堵住出入口的鐵架床也沒動過。他放低手中的劍。

一個聲音說：「喂！」

「嗯？」瓦爾尼應道。

「沒想到吧。」格魯布走到光線下。

瓦爾尼退了一步。這是大錯特錯：一把匕首抵住他的太陽穴，刀尖就在他的眼睛旁。「我勸你不要亂動，」格魯布用和善的語氣說，「否則凡德摩先生那把討人厭的老舊尖刀可能會造成一點『小意外』。大部分的意外都是在家裡發生的，我說得沒錯吧，凡德摩先生？」

「我不相信統計數字。」凡德摩以平板的語調回答，瓦爾尼身後伸出一隻戴著手套的手，揑彎了他的劍，把這團扭曲的物品丟到地上。

「你好嗎?瓦爾尼?」格魯布問，「為了今晚的市場，我們相信你一定把身心狀況都調整好了吧?你知道我們是誰嗎?」

瓦爾尼盡力以最不會動到身體的方式點點頭。這動作可以不必牽引任何一條肌肉。他知道格魯布和凡德摩是什麼來歷，他的眼睛在牆上搜索。啊，有了!流星鎚!一顆插滿鐵釘的木球連在鐵鍊上，在房間的遙遠角落……

「據說有位年輕小姐會在今晚挑選保鑣，你有沒有想過接下這項任務?」格魯布剔著他墓碑般的牙齒。「我要聽到明確的回答。」

瓦爾尼使出看家本領，以意志力撿起流星鎚。現在……輕輕地……慢慢地……他將流星鎚從掛鉤拿下，再拉到隧道的圓弧最頂端——然後他說：「瓦爾尼是下層世界最厲害的刺客、最強守衛。人人都說我是獵人之後的第一人。」

瓦爾尼用意志力將流星鎚移到格魯布腦門上方的陰影中。他會先打碎格魯布的腦袋，然後解決掉凡德摩……

流星鎚飛速朝格魯布的腦袋落下，瓦爾尼也趁機撲到地上，躲開正對自己眼睛的尖刃。格魯布沒抬頭看，也沒轉身，只是迅速地移開腦袋，流星鎚隨即從他身旁掠過，砸到地上，噴起許多磚頭和水泥碎片。凡德摩單手抓起瓦爾尼。「扁不扁他?」他問自己的搭檔。

格魯布搖搖頭，表示還不行。他對瓦爾尼說：「不錯嘛。聽好，『最厲害的刺客、最強守衛』，我們要你今晚到市場去，我們要你不管用什麼手段，都得成為那位年輕小姐的貼身保鑣。等你拿到工作，不要忘記一件事：你可以保護她躲開世上一切麻煩，不過當我們要抓她，你就得閃到一邊。懂了嗎?」

瓦爾尼用舌頭舔了舔牙齒的缺口。「這是在賄賂我嗎？」

凡德摩撿起流星鎚，用另一手一段一段扯下鐵鍊，將扭曲的鐵環丟到地上。喀噹。「不是。」凡德摩說。喀噹。「我們是在恐嚇你。」喀噹。「如果你不照格魯布的話去做，我們就……」喀噹。「……把你扁得……」喀噹。「慘兮兮。之後再……」喀噹。「……把你宰了。」

「啊，」瓦爾尼說，「那我不就得為你們工作了？」

「嗯，沒錯。」格魯布說，「恐怕我們沒有什麼商量的餘地。」

「我沒什麼問題。」瓦爾尼說。

「很好，」格魯布說，「歡迎加入。」

這是一臺外型優雅的大型機械裝置，以拋光的胡桃木和橡木、黃銅和玻璃、赤銅和透鏡組成。鑲嵌用來裝飾的象牙雕刻、石英稜鏡、黃銅齒輪和彈簧。整座裝置比寬螢幕電視還要大很多，但它本身的螢幕不超過六寸。裝在裡面的放大鏡可將照片的尺寸變大，側面有根很大的黃銅號角──模樣就像老式留聲機上的喇叭。如果牛頓在三百年前發明出電視機加錄影機的混合體，看起來大概就會像這樣……好吧，其實看起來應該差不多就是這樣。

「看好了。」朵兒說完，把木球放到平臺上。光線穿過機械，投射到球體裡，木球開始不停旋轉。一張像是皇室成員的臉孔出現在小螢幕上，顏色鮮明、表情生動。過沒多久，號角傳出說話聲，其中還夾雜著細碎的爆裂聲響。「……這兩座城市居然靠這麼近，」那聲音說，「但所有事物卻又那麼遙遠：一邊是位居上位、擁有一切的人，一邊是一無所有的人，而我們介於兩者之間，生在夾縫之中。」

朵兒注視著螢幕，看不見她臉上的表情。

「……儘管如此，」她父親說，「我還是認為，讓我們這些住在下層世界的人民陷入泥沼的，就是心胸狹窄的黨派之爭。貴族階級和封建體制不但荒謬，還會造成分裂。」波提科伯爵穿著熏上煙塵的舊外套，戴著無邊便帽。他的聲音猶如跨越了好幾世紀，而非幾天或幾星期。他咳了一聲。「並不是只有我有這樣的想法。有些人希望維持現狀，有些人希望情況惡化，還有些人……」

「妳可以把速度調快嗎？」侯爵問，「直接跳到最近的紀錄？」

朵兒點點頭。她扳動側面的象牙槓桿，影像隨即重疊、破碎、又再度重整。

波提科伯爵現在穿著一件長外套，無邊便帽不見了，臉側有一道鮮紅色傷口。他不再坐在書桌前，說話的聲音也很小、很急促。「我不知道誰會看到這段影片，也不知道誰會發現。但無論你是誰，請把影片交給我的女兒，朵兒，如果她還活著……」突然間，一連串靜電雜訊把畫面和影像給消除了。再接下來……「朵兒？孩子，情況很糟，我不知道他們什麼時候會找到這裡來。我想，我可憐的波緹亞和妳的哥哥妹妹都已經死了。」聲音和畫面品質開始變差。

侯爵瞄了朵兒一眼，她已滿臉淚痕，淚水從眼裡流出，沿著臉頰閃出光芒。她顯然沒發現自己正在哭，因此也沒想到要把淚水擦掉。她只是盯著父親的影像，聆聽父親說的話。喀啦——嗶滋嗶滋——喀啦。「聽我說，女兒，」她過世的父親說，「去找伊斯靈頓……妳可以信賴伊斯靈頓……妳一定要信任伊斯靈頓……」他的影像開始模糊，鮮血從額頭流進眼窩，他隨手擦掉。「朵兒，為我們報仇，為妳的家人報仇。」

黃銅號角傳出砰然巨響。波提科轉頭看著螢幕外的地方，緊張又困惑。「怎麼回事？」他說，然後走出鏡頭。有段時間，螢幕裡的影像都沒變化，一直照著書桌與後面的白色牆壁。接著，一道鮮血以拋物線飛濺到牆壁。朵兒彈動側面槓桿，發出啪一聲，讓螢幕變成空白。她轉過頭。

「拿去。」侯爵遞了一條手帕給她。

「謝謝。」她擦乾臉上的淚水，用力擤了擤鼻子，看向遠方。最後她說：「伊斯靈頓。」

「我從沒跟伊斯靈頓做過交易。」侯爵說。

「我還以為那只是傳說。」她應了一句。

「絕對不是。」侯爵走到書桌另一頭，拿起金色懷錶，用姆指挑開。「作工真細。」他端詳著。

朵兒點點頭。「那是我父親的。」

侯爵喀啦一聲把懷錶蓋上。「該去市場了，快開市了，時間可不站在我們這邊。」

朵兒又擤了一次鼻涕，雙手深深插入皮夾克口袋，轉過身來，稚嫩的臉孔上眉頭緊蹙，顏色奇特的眼珠閃爍光芒。「你真的認為，我們可以在市場找到有辦法對付格魯布和凡德摩的保鑣嗎？」

侯爵露出白牙對她微笑。「自從獵人隱退後就沒有適合的人了。所以找不到的。老實說，我打算馬虎一點，找個可以拖延時間讓妳及時脫身的人。」他將錶鍊尾端扣到自己的背心上，把懷錶滑進襯衫口袋。

「你在做什麼？」朵兒問，「那是我父親的懷錶。」

「他再也用不到了，不是嗎？」他調整了一下金色錶鍊。「好了。嗯，看起來真優雅。」他注意到朵兒臉上的神色迅速轉換。起初相當生氣，最後是無可奈何。

最終，朵兒只說：「我們該走了吧。」

「騎士橋離這裡不遠了。」安娜希斯亞說。

理查希望她說的是真話。他們現在已經點了第三根蠟燭，燈光在滲出水珠的牆壁上閃爍不定，不斷向前延伸的通道似乎永無止境。理查很訝異他們還在倫敦底下，而且忍不住疑心他們根本快走到了威爾斯。

「我真的很怕，」女孩繼續說，「我以前從來沒越過那座橋。」

「妳不是說妳去過那個市場嗎？」理查大惑不解。

「那是流動市場啊，呆子，我不是告訴過你它會移來移去、每次地點都不一樣嗎？我上次去的地方是在大鐘塔裡頭，就那個叫做大什麼鐘的。另一次是在……」

「大笨鐘？」理查猜道。

「或許吧。我們是在一個有許多大齒輪不停轉動的地方，我就是在那裡弄到這個的……」她晃了晃脖子上的項鍊，晶瑩的石英在燭火照耀下散發出黃色微光。她像孩子般笑了起來。「你喜歡嗎？」

「很漂亮。貴不貴？」

「我用一些東西換來的，這裡的交易方式是以物易物。」他們在角落轉了個彎，橋梁隨即映入眼簾。理查心想，這可能是五百年前泰晤士河上的某一座橋梁：一座巨大石橋橫跨一片黑色缺口，直到右邊，但橋梁上頭不見天空，橋下也不見水波，只是一個勁兒地朝黑暗延伸。理查不禁納悶到底是誰建造了這座橋？是什麼時候建的？他很好奇這種東西怎麼會存在於倫敦下層，卻沒人知道？理查突然覺得胃裡一沉，他意識到自己對這座橋產生了嚴重的恐懼感。

「我們一定得跨過去嗎？不能走別的路去市場嗎？」他們在橋梁入口停了下來。

安娜希斯亞搖搖頭。「我們可以進入市場所在的『地方』，但市場實際上不在那兒。」

「什麼？這太荒謬了吧！我是說，一個東西要不是在，不然就是不在，不對嗎？」

女孩搖搖頭。後面傳來一陣嘈雜，有人把理查推倒在地。他抬頭往上一看，有個塊頭很大的傢伙正惡狠狠地瞪著他。此人刺了粗陋的刺青，穿著像是從汽車裡割下來的橡膠和皮革胡亂拼湊的衣服。大塊頭身後還有十幾個人，男的女的都有，全都像是要去參加低俗化妝舞會的痞子。「有人……」瓦爾尼心情似乎不太好，「……擋住我的去路，走路的時候應該把照子放亮一點。」

理查小時候有一次從學校走回家，在路旁水溝裡遇到一隻老鼠。老鼠一看到他，馬上用後腿直立起來，又叫又跳，他被嚇壞了。理查往後退了幾步。一隻這麼小的老鼠竟然跟比自己大那麼多的人類對抗，他感到十分訝異。但安娜希斯亞現在就站在理查和瓦爾尼中間，她的體型還不及對方的一半，然而她卻瞪著那名巨漢，齜牙咧嘴，像生氣的老鼠般尖聲對應。瓦爾尼退了一步，朝理查的鞋子一啐，轉身走開，帶著他那群跟班跨過橋，隱沒到黑暗之中。

「你還好吧？」安娜希斯亞邊問邊扶理查起身。

「我沒事，」理查說，「妳剛才真是勇敢。」

她不好意思地低下頭。「我才不勇敢呢。我還是很怕那座橋，就連他們也會怕，所以他們才要一起過橋，人多比較安全。」

「如果你們打算過橋，那我跟你們一起走。」一個女子的聲音從他們背後傳來，聲線圓潤而性感。理查聽不出女人的口音，他轉過身，看到一個身材高䠷的女人站在那裡。女人有一頭黃褐色長髮，皮膚是蜂蜜色，身上穿著灰棕混雜的斑紋皮衣，肩上背著一個壓扁的皮製行李袋。她拎著棍子，皮帶上套著匕首，手腕還掛著手電筒。她毫無疑問是理查見過最美的女人。

「人多比較安全，歡迎妳跟我們一起。」他稍微遲疑了一下，說：「我叫理查．馬修，這是安娜希斯亞。在我們兩人中，只有她知道自己在做什麼。」鼠女顯得洋洋得意。

穿皮衣的女人上下打量了理查一番。「你是從倫敦上層來的。」她對理查說。

「沒錯。」儘管理查對這個陌生的異世界仍有一種強烈的迷失感，但他至少學會該如何玩這場遊戲。他的理智還是想不通自己到底在什麼地方、又是為何來到此處，但他已經懂得依循這裡的規則。

「跟鼠言人一起行動？我的老天！」

「我是他的守護人。」安娜希斯亞不服輸。「妳又是誰？妳效忠什麼人？」

女人微微一笑。「我不效忠任何人。你們有人走過夜晚的騎士橋嗎？」安娜希斯亞搖搖頭。「是嗎？這下有趣了。」

他們走向橋面。安娜希斯亞將提燈交給理查，說：「拿去。」

「謝謝。」理查看著穿皮衣的女人，「真的有什麼很可怕的東西嗎？」

「只有橋上的夜色而已。」她回答。

「橋上的約瑟？」

「我是說夜色，就是白天結束後來臨的黑夜。」

安娜希斯亞在黑暗中尋找理查的手，理查將她的小手緊緊握住，她回眸笑了笑，也緊握著。一踏上夜晚的騎士橋，理查便開始理解「黑暗」一詞：黑暗是真正而實體的存在，絕非只是缺乏光線。他感到黑暗碰觸皮膚，搜尋、游移、探索，滑過他的思緒，溜進肺部，跑到眼球後方，從嘴巴鑽進去……

他們每走一步，蠟燭的光線就暗一分。理查發現同樣的情形也發生在皮衣女人拿的手電筒上。他覺得那不太像是光線轉弱，反倒像黑暗變強。他眨了眨眼，專注地看著前方——除了完全而且徹底的黑暗外，什麼都沒有，只有樹葉沙沙作響，或某種東西蠕動的聲音。理查眨著眼睛，在黑暗中什麼也看不見，四周的響聲更加邪惡、更加飢渴。他想像自己聽到一些聲音：一大群醜惡的巨魔就在橋下……

黑暗中，有個東西從他們身旁溜過去。「那是什麼？」安娜希斯亞發出一短聲尖叫，她的手在理查手中顫抖。

「噓——」女人低聲說，「別吸引它的注意。」

「怎麼回事？」理查低聲問。

「黑暗降臨，」皮衣女人非常小聲地說，「夜晚來了。從穴居時代開始，所有夢魘都會在太陽落下後跑出來，那時我們怕得必須依偎在一起，才能獲得安全感、獲得溫暖。現在，這些夢魘降臨了。」女人對他們說。「該是畏懼黑暗的時刻了。」理查知道有東西正在爬上自己的臉，他閉上眼睛，但這麼做其實與他目前看到、感受到的沒什麼差別。黑夜完全籠罩四周，幻覺也開始冒出來。

他看到一個翅膀和頭髮都起火燃燒的人影，穿過夜色，朝他落下。

他舉起手臂揮舞，但什麼東西也沒有。

潔西卡看著他，眼神輕蔑。他想對潔西卡大喊，說他很抱歉。

一步接著一步走。

他是個小孩，晚上從學校走回家，沿著沒有街燈的馬路走。無論他走了多少回，這趟路都沒變得容易一些，也沒變得好一些。

他在下水道深處，迷失在迷宮中。野獸正在等他。他聽得到水滴緩慢滴落，他知道野獸正等著他。他握緊長矛，野獸的喉嚨深處發出低沉怒吼，從他身後傳來。他轉身，野獸以一種磨人的緩慢速度在黑暗中慢慢朝他衝來。

野獸全力衝刺。

他死去。

繼續往前。

野獸以磨人的緩慢速度，在黑暗中一次又一次，慢慢朝他衝來。

黑暗中傳出劈啪響，一團火焰亮得刺眼，嚇得理查瞇起眼睛，往後退了一步。那是燭火，就在玻璃瓶裡。他從不知道一根蠟燭可以燒得這麼明亮。理查托住提燈，喘了幾口氣，深呼吸，身體微微顫抖，心臟劇烈跳動，但緊張的情緒已經放鬆。

「看來我們成功過橋了。」皮衣女子說。

理查的心臟在胸腔裡跳個不停，導致他有段時間沒辦法說話。他強迫自己調和呼吸、冷靜下來。他們在一個很大的前廳，和另一端的前廳完全一模一樣——事實上理查有種奇怪的感覺：這裡就是他們剛才離開的房間。但此處的陰影更加深刻，還有些殘像在他眼前飄浮，就像被閃光燈照到眼睛後看到的東西。「我想，」理查吞吞吐吐地說，「我們沒有真的遇到什麼危險吧……那就跟鬼屋一樣，不過就是黑暗中有些聲響，其他都是想像力作祟。真的沒有什麼好怕的，對吧？」

女人幾乎是用憐憫的眼神看著理查。他突然領悟到：沒人牽著他的手。「安娜希斯亞？」

橋梁頂端在黑暗中傳來輕柔的聲音，像樹葉沙沙響，或是嘆息。幾顆形狀不一的石英珠沿著彎曲的橋面「啪嗒啪嗒」朝他們滾來。理查撿起一顆。這是從鼠女的項鍊上掉落的。他張大了嘴，卻發不出聲音，最後才終於又把聲音找回來。「我們最好……我們得掉頭，她……」

女人舉起手電筒，讓燈光照在橋面上。理查可以看到整座橋，但上面空無一物。「她到哪裡去了？」

「不見了，」女人冷漠地說，「黑暗把她抓走了。」

「我們得趕緊想辦法。」理查著急地說。

「想什麼辦法？」

理查又張開嘴，但這次卻無話可說，只好閉上。他用手指撫摸著石英珠，同時看著地上其他的珠子。

「她不見了，」女人說，「過橋是要通行費的，你該慶幸自己沒被抓走。如果你想去市場，就穿過這裡，沿著那條路往上走。」她比了比一條狹窄的通道，路隱沒在前方的昏暗中，即使她用手電筒照射，也是幾乎看不見。

理查沒動，他感到全身麻木，無法相信鼠女就這麼不見了。是消失了？被拐走了？走散了？還是……而他更無法相信的是皮衣女子竟能繼續前進，好像剛剛沒發生什麼不尋常的事，好像這相當稀鬆平常。但安娜希斯亞不可能會死啊……

最後他做出了結論：女孩不可能死。因為如果她死，就都是他的錯。她根本沒有要求跟理查一起過橋。理查緊緊握著手中的石英珠，用力到手掌感到一陣疼痛。他想起安娜希斯亞給他看這條石英項鍊時臉上得意的表情；他想著自已在認識女孩之後的幾個小時變得多麼喜歡她。

「你要一起過去嗎？」

理查在黑暗中站了一會兒，隨即將珠子小心地放進牛仔褲口袋，跟了上去。他跟在女人身後，隔著幾步距離，但突然想起自己還不知道對方的名字。

第五章

拿著油燈、火炬、手電筒或蠟燭的人在周遭的黑暗中悄無聲息地走著，這幅情景讓理查想起過往看過的紀錄片——發著光的魚群在海裡急速游動。深海中住的都是眼睛已退化的生物。

理查隨著皮衣女子往上爬了幾級。石階邊緣鑲嵌金屬。他們立刻在地鐵站內加入了排隊的人潮，等著要穿過柵欄。柵欄打開了一尺左右的縫隙，後面有出入口可通往人行道。

正前方有兩名少年，手腕上各綁了一條繩子，由一個表情呆然的禿頭男子握住，男人身上散發一股甲醛味。排在他們正後方的是個鬍子灰白的人，肩上蹲了一隻黑白相間的小貓。這隻貓舔完自己又熱情地舔著男人的耳朵，接著就蜷縮在他肩上睡著了。隊伍移動得很慢，最前端的人影一個接一個溜過柵欄與牆壁的空隙，隱沒在夜色之中。

「理查．馬修，你為何要到市場來？」皮衣女子低聲問。理查還是分不出她的腔調，開始猜測她搞不好是非洲人，或澳洲人——也可能來自更奇特的偏遠地區。

「我是想來這裡見幾個朋友……呃，好吧，其實是一個朋友。在這個世界我認識的人不多，跟安娜希斯亞也算剛認識而已，不過……」理查的音量突然變小，問了他直到此刻才敢提出的問題。「她死了嗎？」

女人聳聳肩膀。「嗯，算是吧。你既然抵達市場，我相信她的犧牲就算值得。」

理查渾身發抖。「我覺得不值得。」他感到一陣空虛，還有強烈的孤獨。他們慢慢接近隊伍的最前端。「妳是做什麼的？」

女人微微一笑。「我提供個人的身體服務。」

「喔，是怎樣的個人身體服務？」

「我出租自己的身體。」女人回答得相當直截了當。

「啊。」理查一聽，就懶得再追問下去，也不想要她解釋這句話的含意，不過他心裡已經有譜了。他們跨進夜色。理查回頭看了一眼，車站上方的看板寫著「騎士橋」。他不知道自己該笑還該哭。現在大概快天亮了吧。他低頭看一下手錶，但見到數位面板空白一片時，他再也不大驚小怪了。或許是電池沒電，或許……他想，或許，更可能是倫敦下層的時間不同於他過往熟悉的時間。他對此毫不在乎，就這麼脫下手錶丟進附近的垃圾桶。

古怪的人群川流不息地穿越馬路，走進前面的兩扇大門。「是那裡嗎？」他惶惶不安地問。

女人點點頭。「就是那裡。」

這棟建築物很大，插了數千盞明亮的燈火。正對面的牆上，有顯眼的盾形紋章旗幟，驕傲地向眾人宣告，此處是英國王室成員指定販售各樣物品的地方。理查曾經花了許多週末拖著痠痛的雙腳，跟在潔西卡後面，逛遍倫敦所有知名商店。因此，就算沒有那塊巨幅招牌，他還是一眼就認了出來。

「哈洛德？」

女人點點頭。「只有今晚，市場下次不知會在哪裡舉行。」

「我的意思是……」理查強調，「哈洛德百貨啊。」他的語氣像是在說晚上溜進這裡會遭天譴。

他們從側門走進去。建築物內部很暗，他們經過外幣匯兌處，繞過禮品包裝區，穿過另一個賣太陽眼鏡和小雕像的昏暗房間，走進埃及室。五彩繽紛的光線打在理查身上，有如海浪拍岸。他的同伴轉身對著他，用蜂蜜色的手背掩住桃紅色雙唇，慵懶地打了個呵欠，微微一笑，對理查說：「好了，你已經到了這裡，非常安全，身體也沒什麼大礙。我還有生意要談，再會了。」她以敷衍的態度點點頭，隨即消失在人群之中。

理查站在原地，獨自在擁擠的人群裡感受著周遭的氣氛。這裡真是一團亂——亂得誇張。喧鬧、匆促、無禮、失序。但就許多方面來說，卻又有趣到了極點。人們相互爭論、討價還價、大聲叫嚷、高聲歌唱。他們積極地招徠顧客，使勁兜售貨物，大肆宣揚商品的優點。音樂震天價響，十幾種不同曲風，用許多不同的樂器、十幾種不同方式演奏。其中大部分都是即興改良，聽來怪腔怪調的。理查聞得到食物的氣味。什麼食物都有——咖哩和辛香料的氣味最明顯，其次是串燒烤肉和蘑菇的味道。百貨公司裡到處都是攤位，有的在白天銷售香水、手錶、琥珀或絲巾的專櫃旁，有的甚至就設在專櫃裡。人人都在買東西，人人都在賣東西。理查開始漫步穿過擁擠的人潮，聽著市場的叫賣聲。

「最新鮮的美夢、最頂級的噩夢——我們都有！來這裡買第一流的噩夢喔！」「武器大拍賣！快武裝自己！保護你的地窖、洞穴或洞口！你想揍人嗎？我們也有！來喔鄉親，進來參觀一下……」

「垃圾！」理查走過散發惡臭的攤位時，一名肥胖的老女人朝著他的耳朵尖喊。「廢物！」她繼續叫，「渣滓！破爛！動物的內臟！破瓦殘礫！這裡可說是應有盡有！這裡沒有任何完美的東西！爛貨、破銅爛鐵、一堆沒用的爛貨，絕對能讓你滿意！」

某個身穿盔甲的男人敲打著一面小鼓，反覆說道：「失物大拍賣！來來來，自己挑。失物大拍賣！這裡絕對沒有你要找的東西，每樣東西保證都是合法弄丟的。」

理查在百貨公司的巨大空間裡到處亂逛，看到眼花撩亂。他連這市集裡到底擠了多少人都猜不出來。一千？兩千？還是五千？

有個攤位高高堆滿瓶子，有裝滿的，也有空的，形狀和尺寸都不盡相同，從裝酒的酒瓶到微微發光的大瓶——裡面搞不好只裝了神燈精靈。另一個攤位賣提燈，燈裡的蠟燭用多種蠟膏和動物油脂凝製而成；有個男人身上插著……很像是孩童的斷手。理查經過時，他將一枝蠟燭伸到他面前，低聲說道：「先生，要不要光榮之手？可以拿到貝德福郡的森林之丘上，保證有效。」理查加快腳步，他不想知道光榮之手是什麼，也不想知道有什麼功效。他經過一個攤位，攤子上販售光采奪目的金銀首飾。另一個攤位也賣首飾，但看起來像是用古董收音機的真空管和電線製作而成。有幾個販售各類書籍和雜誌的攤位，也有販賣衣服的攤位——那些縫補過的舊衣看來十分詭異；他經過幾個刺青師傅、經過一個顯然是小型奴隸市場的地方（他避得遠遠的）；一張牙醫的治療椅，上面擺著一支手動鑽頭，旁邊有一群苦著臉的人站在那裡排隊，等著那個年輕小夥子幫他們拔牙或填補蛀齒；一個彎腰駝背的老頭在賣一些很奇怪的東西，有可能是帽子，也可能是現代藝術品；他看到一個非常像移動式淋浴裝置的玩意兒，甚至還有鐵匠……

每隔幾攤就有人賣食物。有些人直接把咖哩、馬鈴薯、栗子、大蘑菇、異國麵包等東西放在火堆上烹煮。理查實在想不透，這些從火堆冒出來的煙為何沒觸動建築物的消防灑水系統？他也想不透為何沒人去搜括這間百貨公司的商品？為何要設置自己的小攤？把百貨公司裡的東西直接拿走不就好了？然而他心裡很清楚，此時此刻最好不要冒險去詢問任何人……光從外表，他就很容易被人認出是來自倫敦上層，若是太過大意，更容易引發他人猜疑。

理查認定這群人一定有特殊的族群分類，他試著挑出幾個較明顯的：有些族群看起來彷彿從歷史課本逃出來；某些族群讓他想起嬉皮；有穿灰衣、戴墨鏡的白化症患者；有打扮光鮮、穿著時髦西裝、戴黑色手套的危險人物；有高大而姿態瀟灑的女人，三兩成群地走著，彼此遇見時還會點頭致意；有的人頭髮糾纏打結，看起來應該住在下水道，而且身上的臭味簡直可以熏死人。另外還有上百種不同的族類……

他想著，不知道正常的倫敦——他熟悉的倫敦——看在外人眼裡會是什麼模樣，這個念頭讓他的膽子頓時大了起來。他開始沿途詢問身旁的人。「對不起。我在找一個叫迪卡拉巴斯的男人，還有叫朵兒的女孩，你知道在哪裡可以找到他們嗎？」人們會搖搖頭，說聲抱歉，眼神隨即轉往他處，離他遠去。

理查往後退了一步，不小心踩在某人腳上。而那個某人至少有七尺高，全身長滿薑黃色毛髮，還有一嘴大尖牙。那個某人舉起簡直有羊頭那麼大的手臂拎起理查，將他的臉湊到自己嘴邊。理查差點就要窒息。「我真的很抱歉，」理查說，「我……我在找一個叫朵兒的女孩。你知不知道……」但那個某人把他往地上一丟，逕自走開。

附近又傳來一陣食物香氣。自從他婉拒了雄貓最好的一塊肉後（他真的想不起這是幾小時前的事），就一直想辦法要自己忘掉腹中感受到的飢餓，但現在他發現自己正猛吞口水，思路也開始停滯。

隔壁食物攤的女人有一頭鐵絲般的頭髮，身高還不及理查的腰。理查試圖跟她說話，她卻搖了搖頭，舉起一根手指從嘴唇左邊比到右邊，表示她不能說話——或是她無法說話，也可能是她不想說話。理查只好比手畫腳地跟她交涉，說想要一塊白乾酪、一個生菜三明治，還有一杯聞起來像是自製檸檬汁的飲料。這些食物總共花了他一枝原子筆，還有一盒他根本不記得有帶在身上的火柴。那個矮小的女人一定覺得自己在這筆交易中占了不少便宜，因為她在理查端走食物時，還朝餐盤裡丟了幾塊堅果餅乾。

理查站在人群中聽音樂（有人將《綠袖子》這首傳統抒情歌謠唱成了「依呀依呀唷」這樣的通俗小調，原因不明），他一面看著這風格奇特的市場，一面吃著三明治。

他吞下最後一口三明治，卻突然驚覺自己沒注意食物的味道，立刻決定細嚼慢嚥，仔細品嘗餅乾。

他啜飲最後一口檸檬汁——喝完了。

「先生，需要小鳥嗎？」旁邊一個興高采烈的聲音問。「我這裡有白嘴鴉、渡鴉、烏鴉和椋鳥，都是很好、很聰明的鳥。高雅、聰明又漂亮。」

理查回了一句。「不用了，謝謝。」隨即轉身離開。

攤位頂端掛了手寫招牌，上面寫著：

老貝利的鳥群與情報

另外還有其他較小的招牌散放四周，例如「你想知道什麼，我們什麼都知道！」、「別處找不到！最豐滿的椋鳥！」或是「要白嘴鴉找老貝利就對了！」理查不禁想起剛到倫敦時見過的一個人，那人常站在萊斯特廣場地鐵站外，胸前背後各掛著一個巨大的手寫招牌，規勸世人說「蛋白質、蛋、肉、豆子、乳酪吃得越少、坐得越少，欲望越少」。

鳥兒不時在小籠子裡跳躍、拍翅，看起來就像被電視天線纏住。「還是說，你想要的是情報？」老貝利繼續說，用推銷員的話術吸引理查注意。「想要屋頂的地圖？歷史？神祕知識？如果是連我不知道的事，那聽我一句，你最好放棄吧！」老頭仍穿著羽毛大衣，綁著繩索。他向理查眨眨眼，戴上一副用細繩掛在脖子上的眼鏡，仔細端詳對方。「等一下……我認得你！你那時跟迪卡拉巴斯侯爵在一起，在屋頂上——還記得嗎？我是老貝利啊！還記得我嗎？」他伸出手，熱情地拍打理查的肩膀。

「其實呢，」理查說，「我正在找尋侯爵，還有一位叫朵兒的年輕小姐。我想他們應該是在一起的。」

老人抖了一下身體，幾根羽毛從大衣脫落，引發周遭的鳥兒齊聲喧鬧，表示不滿。「消息！消息！」他對著擠滿人的房間叫道，「看到沒有？我早就說過了！多元化。我說要多元化經營！你總不可能永遠都賣白嘴鴉給人家煮來吃啊……不管怎樣，白嘴鴉吃起來就像煮過的拖鞋，而且牠們都有夠笨，腦袋裡面只有豆腐渣。你吃過白嘴鴉嗎？」理查搖搖頭。不管怎樣，他很確定自己沒吃過。「你要給我什麼？」老貝利問。

「你的意思是？」理查小心地在老人跳躍式的問話中穿梭，從一塊浮冰跳到另一塊浮冰上。

「如果我給你情報，那我會得到什麼？」

「我身上連半毛錢也沒有，」理查無奈地說，「而且我才剛把原子筆給了別人了。」

老貝利把理查口袋裡的東西全掏出來。「啊，」老貝利說，「這個！」

「我的手帕？」理查問。那不是什麼特別乾淨的手帕，那是梅德姑媽在他上次生日時送的禮物。

老貝利一把搶過手帕在頭上揮，似乎相當高興。

「不必害怕，小夥子，」他得意洋洋地唱道，「你的旅程就要結束了。下去那裡、穿過那道門。你一定會看到他們，他們正在甄試。」他指著哈洛德百貨一間往外延伸的美食館，有隻白嘴鴉呱了一聲，給人一種不祥的預感。「閉上你的鳥嘴！」他怒斥那隻白嘴鴉，然後轉頭對理查說：「謝謝你的小旗子。」他興奮地繞著自己的攤位手舞足蹈，揮舞理查的手帕。

甄試？理查心想，然後笑了出來。這已無關緊要，最重要的是，他的旅程——如同那個屋頂老頭所說——就要結束了。他朝美食館走去。

個人風格對保鑣而言幾乎代表一切。每個保鑣都有一、兩項特殊本領，而他們也迫不及待想向世人展示。此刻，輪到「破脣」對上「無名浪子」。

無名浪子看來有點像十八世紀初的公子哥兒。他找不到真正的浪子衣著，只好在救世軍商店裡找些東西勉強湊合。他臉上抹了白粉，嘴脣則塗成紅色。至於無名浪子的對手破脣，長得簡直像場噩夢——假設某人觀看電視轉播的相撲比賽，一邊還聽巴布．馬利❹的雷鬼樂，然後不小心陷入夢鄉，就可能做這種噩夢。此外，破脣還是一名高大的拉斯特法里教徒❺，雖說他看起來只像是個過胖的巨嬰。

這兩人面對面，站在由觀眾、保鑣和遊客圍成的圈子中央，動也不動。浪子比破脣高出整整一個頭；但另一方面，破脣的體重大概等於四個浪子，兩人各帶了一口大皮箱，裡面塞滿豬油。他們彼此瞪視，視線沒有離開過對方。

迪卡拉巴斯侯爵輕敲朵兒的肩膀，指了指。*有事情要發生了。*

前一刻，這兩人還面無表情地站著，只是注視著對方。但下一瞬間，浪子的頭往後急仰，像是被擊中臉部一般，一道紅紫色瘀青出現在他臉頰上。浪子噘起雙脣，揚了揚眉毛。「啦！」了一聲，擦著口紅的嘴脣扯裂，露出陰森恐怖的笑容。

浪子做了個手勢，破脣站不穩，隨即捧住腹部。

無名浪子肆無忌憚地嘻嘻笑開，揮舞著手指，送出飛吻給幾名觀眾。破脣怒瞪浪子，開始增強自己的精神攻擊，鮮血漸漸從浪子的嘴脣滴下，他的左眼逐漸腫脹，腳步也開始不穩。觀眾發出讚嘆的窸窣聲。

「這事實上沒什麼了不起的。」侯爵低聲向朵兒說。

無名浪子突然一個踉蹌跪下，像是有人猛推他一把，逼他以難看的姿勢跌倒在地。他一陣抽搐，似乎有人用力踢他的肚子。看情況，破脣已經獲勝。觀眾意思意思地給了點掌聲。浪子痛苦地扭動身體，把血吐在哈洛德百貨的生鮮魚肉館地上的鋸木屑。最後他被幾個朋友抬到角落，傷得極重。

「下一個。」侯爵說。

下一個保鑣候選人還是比破脣瘦（大約是浪子身材的兩倍半，只帶了一口塞滿豬油的皮箱）。他全身都是刺青，身上穿的衣服像是用老舊的汽車座椅和橡膠坐墊縫成，頂著一顆光頭，露出一口爛牙，輕蔑地對著眾人呵呵笑。「我叫瓦爾尼。」他說，清了清喉嚨，吐了口綠痰在鋸木屑上，隨即走進圈中。

「兩位，你們準備好就開始吧。」侯爵說。

破脣像相撲力士般赤著腳在地板上踏步，一二、一二。他惡狠狠地瞪著瓦爾尼，瓦爾尼的前額馬上出現一道小缺口，鮮血滴進眼睛。瓦爾尼不予理會，反而將注意力集中在自己右手臂上。他慢慢抬起手，彷彿在抗拒某個沉重的壓力，接著一拳打中破脣的鼻梁，破脣臉上登時血流如注，他猛吸一口長氣，隨即趴倒在地，發出一聲巨響，猶如半噸生肝掉進浴缸。瓦爾尼咯咯笑開。

破脣慢慢站起身，鼻血流滿嘴巴和胸膛，滴在鋸木屑上。瓦爾尼抹去額頭上的血跡，張著滿口爛牙，對眾人露出駭人的奸笑。「來啊，死胖子，來打我啊。」

「這人可以期待。」侯爵低聲說。

朵兒揚起一道眉毛。「他看起來不是很好。」

「好的保鑣，」侯爵對她說起教，「要有把整群龍蝦嚇得往回游的本事。他看起來滿危險的。」一陣表示讚賞的窸窣聲傳來——瓦爾尼給破脣迅速一擊，讓他劇痛不已——這個動作跟瓦爾尼的皮靴與破脣的睪丸有關。他們發出的聲音，就像在英國鄉間令人昏昏欲睡的週日午後，村民鬥著蟋蟀時發出

---

❹巴布・馬利（Bob Marley）：一九四五年出生於牙買加的歌手，有雷鬼音樂教父之稱。他於一九八一年過世，享年僅三十六歲。

❺拉斯特法里教（Rastafarian）：宗教名。認為黑人是神的選民，起源於牙買加。

的那種有氣無力的喝采。侯爵禮貌地跟其他人一起鼓掌。「非常好。」他說。

瓦爾尼看著朵兒，自信滿滿地朝她眨了眨眼，把注意力放回破脣身上。朵兒則一陣寒顫。

理查聽到掌聲，便朝聲音走去。

五名衣著幾乎相同、臉色蒼白的年輕女性從他身邊走過。她們穿著天鵝絨長衫裙，每件都暗如夜色：一件深綠、一件深褐、一件深藍、一件暗紅，還有一件純黑。每個女人都是黑髮，戴著銀色首飾，打扮得很完美。她們移動時幾乎不發出聲音，理查只能在她們經過時聽到厚重天鵝絨的沙沙聲，聽起來很像嘆息。走在最後面的女人衣服純黑。她是最蒼白也最漂亮的一位。女子向理查微笑。理查也保持戒心地回她微笑，繼續朝甄試會場走去。

甄試是在生鮮魚肉館舉行，就在哈洛德百貨魚雕下方的開放區域。觀眾背對理查，圍了兩、三排的人牆。理查正在煩惱能否很快找到朵兒和侯爵，群眾卻散了開來，他看見那兩人正坐在燻鮭魚櫃臺的玻璃上。他扯開喉嚨，大叫朵兒的名字。但他才扯開喉嚨，就瞬間明白群眾為何散開：有個綁著細髮辮，腰上彷彿穿尿布似的，只以綠黃紅色的布料包裹的裸身巨漢穿越人群飛出，簡直像是被巨人拋出去——很不幸，巨漢不偏不倚正好落在他頭上。

「理查？」朵兒說。

理查張開眼睛，眼前的臉孔聚焦又失焦，閃著怒火的蛋白色眼珠在一張秀氣的蒼白臉龐上瞪視著他。

「朵兒？」

她看起來非常憤怒，簡直快氣炸了。「我的老天，理查！我真是不敢相信！你到這裡來做什麼？」

「嗯，我也很高興見到妳。」理查有氣無力地說。他坐起身，想知道自己有沒有腦震盪，但他又不禁納悶，如果有腦震盪他會知道嗎？然後他又納悶自己怎麼會認為朵兒見到他會很高興？而此時的朵兒專注地看著自己的指甲，鼻孔一張一縮，似乎找不到其他話可說。

滿嘴爛牙的壯漢（也就是曾在橋上推倒理查的傢伙）正在跟一個侏儒對打，他們用鐵橇相互鬥毆，雙方實力相當，超出一般人想像。矮子的速度之迅速，無人能及。他時而翻滾、時而戳刺、時而彈跳、時而猛撲；相比之下，瓦爾尼的每個反應都顯得緩慢又笨拙。

理查轉頭面向侯爵，他正專注看著比試。「這是怎麼回事？」侯爵瞄了他一眼，隨即將目光移回兩人前方的動向。「你，脫離了自己的社會，現在可麻煩大了。依我看來，不出幾小時你就會早早結束你悲慘的人生。另一方面，我們正在甄試保鑣。」瓦爾尼的鐵橇結實地打在侏儒身上，侏儒立刻停止他的彈跳奔跑，倒地昏迷不醒。「我想我們看夠了，」侯爵大聲說，「非常感謝大家。瓦爾尼先生，你能否到後面稍等一下？」

「你為何要到這裡來？」朵兒冷冷地問理查。

「我真的沒什麼選擇。」理查回答。

她嘆了口氣。侯爵繞著圈子走，打發參加過甄試的保鑣離開，隨口說幾句讚美和一些建議，瓦爾尼則在一旁耐心等候。理查對朵兒露出笑容，想討她開心，但對方不理。「你是怎麼來到市場的？」

「那些鼠人……」理查開始解釋。

「鼠言人。」她說。

「妳知道，就是把侯爵的口信送來給我們的老鼠……」

「長尾族長。」她說。

「嗯，他叫他們一定要把我帶到這裡。」

朵兒揚起一眉，頭稍微歪向一邊，不敢置信。「是鼠言人帶你過來的？」

理查點點頭。「大致上正確。她叫安娜希斯亞，她……呃，在橋上發生了一些事情，另一位女士帶我走完剩下的路、來到這裡。我想她是……嗯……」他遲疑了一下，說：「妓女。」

侯爵回來了，他站在瓦爾尼前面。瓦爾尼似乎對自己的表現極為滿意。「擅長的武器是？」侯爵問。

「嘿，」瓦爾尼說，「我這麼說吧，只要是可以用來砍人的東西，還有把腦袋轟成肉泥、把骨頭敲碎、在別人身上捅個透明窟窿的東西，就是瓦爾尼擅長的東西。」

「有沒有對你很滿意的前僱主？」

「奧林匹亞、牧羊皇后、臥虎終結者，我在梅菲爾區也當過一小段時間的保安人員。」

「嗯，」迪卡拉巴斯侯爵說，「我們都對你的功夫印象深刻。」

「嗯咳，」一個女性的聲音傳來，「聽說你們要招募保鑣，而且不要那種只是一頭熱的業餘人士是吧？」女人有著蜂蜜色皮膚，還有傾城的絕美笑容，身穿灰棕相間的斑紋皮衣。理查馬上認出她。

「就是她，」理查向朵兒低聲說，「那個妓女。」

「我瓦爾尼，」瓦爾尼語帶挑釁，「是下層世界最好的守衛和勇士，每個人都知道。」

女人看著侯爵，問道：「你們甄試結束了嗎？」

「是的。」瓦爾尼說。

「未必。」侯爵回答。

「那麼，」她告訴侯爵，「我想參加。」

迪卡拉巴斯侯爵猶疑片刻，然後說：「很好。」便退到後面去。

瓦爾尼無疑是個危險人物，更是個惡棍、虐待狂。他會主動攻擊周圍的人，對他們造成極大傷害。不過此人的理解力並不是太好。瓦爾尼只是盯著侯爵，時間一分一秒過去，他才突然明白，並用懷疑的口氣問：「我得跟她打？」

「沒錯，」皮衣女子說，「除非你想先小睡一下再來。」瓦爾尼大笑，笑到全身亂顫，過了一會兒他的笑聲才中斷，因為女人用力踢中他心窩，他像樹一樣倒了下來。

在他手邊地上有他先前用來跟侏儒打鬥的鐵橇。他隨手抓起，猛砸向女人的臉——沒砸到，因為對方頭一低閃了過去，以非常快的速度將雙手一攏，拍中他的耳朵。鐵橇應聲飛過房間，瓦爾尼還因雙耳劇痛而昏眩，卻從靴子裡抽出一把匕首。但接下來發生了什麼事，他也不是很清楚，他只知道整個世界彷彿從下方被抽走，然後他俯趴在地，鮮血從耳朵流出，喉嚨被自己的匕首抵住。這時迪卡拉巴斯侯爵說：

「夠了！」

女人抬頭看，手中的匕首仍抵著瓦爾尼的喉嚨。「如何？」她問。

「非常出色。」侯爵回答。朵兒也點點頭。

理查嚇呆了。這就像烏瑪舒曼加李小龍再加一道極為強勁的龍捲風，全糾纏在一起，風暴行進途中，還慷慨地幫某隻貓鼬殺死眼鏡蛇王。這就是她的風格，這就是她打鬥的方式。

理查一向覺得暴力場面令人緊張不安，此時卻發現看這個女人打鬥賞心悅目。她似乎讓理查發現自己不為人知的一面。在這虛幻的倫敦鏡像中，女子的存在似乎再自然不過——她就應該出現在這裡，就應該如此凶猛而出色地打鬥。

她是倫敦下層的一分子，理查現在明白這一點了。他想著想著，不禁想到倫敦上層，他想到那裡沒人會這樣打鬥——也沒有人需要這樣打鬥。那是個安全又理性的世界。有那麼一陣子，思鄉情緒像火海般將他整個吞沒。

女人低頭看著瓦爾尼。「謝謝你，瓦爾尼先生。」她很有禮貌地說，「恐怕我們不需要你的服務了。」女人放開瓦爾尼，將他的匕首放進自己的皮帶。

「請問您如何稱呼？」侯爵問。

「我叫獵人。」

鴉雀無聲。朵兒遲疑地問：「那個『獵人』嗎？」

「沒錯，」獵人拂掉皮褲護脛上的灰塵，「我回來了。」

某處傳來一陣鐘聲，敲了兩次，沉沉的噹噹聲讓理查的牙齒跟著震動。「還剩五分鐘。」侯爵咕噥，然後對還逗留在這裡的群眾說：「我想我們已經找到保鑣了，非常感謝大家。接下來沒什麼好看的了。」

獵人走到朵兒面前上下打量她。「妳能阻止別人來殺掉我嗎？」朵兒問。獵人朝理查抬了抬下巴示意。「我今天救了他三次、帶他過橋、來到市場。」瓦爾尼搖搖擺擺站了起來，用意志力撿起鐵橇。侯爵把他的舉動都看在眼裡，但什麼也沒說。

朵兒的嘴角突然浮現一絲笑容。「太好笑了，理查還以為妳是……」

可惜獵人來不及知道理查把她當成了什麼。鐵橇直朝她的腦袋飛來，她伸出一手抓住，鐵橇咻一聲乖乖落在她掌心。

她走到瓦爾尼面前，問道：「這是你的嗎？」瓦爾尼對她露出又黃又黑又棕的牙齒。「現在我們仍受到市場停戰協定的約束。不過，你要是再做出同樣的事，我就要打破停戰協定，把你的兩隻手打斷，讓你用牙齒啣回家。現在──」她把瓦爾尼的手腕扭到身體後面，「說對不起，要很有誠意。」

「哎唷。」瓦爾尼說。

「你說什麼呢？」她用鼓勵的語氣說。

瓦爾尼好不容易才從喉嚨吐出一句話：「對不起。」獵人放了他。他退到安全的距離外，既害怕又憤怒地看著獵人。到達美食館大門時，他遲疑了一下，接著喊出聲音，語調中依稀帶有哭腔。「妳死定了！妳絕對死定了！可惡——」他轉身跑出大廳。

「真是不專業。」獵人嘆了口氣。

他們沿著理查先前經過的路線走回百貨公司。理查剛才聽到的鐘聲現在又發出沉沉聲響，持續敲著。等他們更接近，他看到一座黃銅巨鐘懸吊在木架上，鐘錘下面連著一條繩索。一名身穿多明尼克教會的黑僧袍的高大黑人正在敲鐘。這座大鐘就架在哈洛德的果凍軟糖部門旁邊。

光是看到流動市場就夠令人印象深刻，但理查發現，市場拆除和搬離的速度更教人難以忘懷。它曾在此處舉辦的證據全都消失：攤子拆了，背在人們背上，再搬上街。理查注意到老貝利，他兩手抱著一堆簡陋的標語和鳥籠，跌跌撞撞走出百貨公司。老頭開心地向理查揮手，消失在夜色裡。

群眾逐漸散去，市場也消失無蹤，哈洛德百貨的地面樓層幾乎在瞬間恢復原狀。如此寧靜、優雅、整潔，就和他無論在哪個週六下午、跟在潔西卡後面到處逛時看到的一樣。流動市場好像從不曾存在。

「獵人，」侯爵說，「我當然聽過妳的大名。這段時間妳都到哪裡去了？」

「打獵去了。」她直截了當地回答，然後問朵兒：「妳願意接受指揮嗎？」

朵兒點點頭。「如果有必要。」

「很好，那我就可能讓妳活命，」獵人說，「如果我接下這份工作。」

侯爵停下腳步，眼中閃出不敢置信的光芒。「妳剛剛說如果妳接下這份工作？」

獵人打開門，他們隨即踏上倫敦夜晚的人行道。他們在市場裡的時候外頭下過一場雨，街燈在溼漉漉的柏油路面上發出點點光芒。「現在我已經接下了。」獵人說。

理查凝視閃爍的街道，它看起來是那麼平常、那麼安靜、那麼合理。有那麼一段時刻，他覺得好像只需要攔下一輛計程車，要司機載他回家，他的生活就會馬上恢復正常，然後他就會在自己的床上睡到天亮。但計程車司機看不到他，也不會為他停車，就算真的有車停下，他也無處可去。

「我累了。」理查說。

無人說話。朵兒不願正視他，侯爵也樂得不理他，獵人則把他當成不相干人士。他覺得自己像個小孩，老跟在大孩子後面跑，卻沒人要他。這讓他惱怒不已。「喂，」他清了清喉嚨，「我知道你們都忙。但是我該怎麼辦？」

侯爵轉身瞪著他，眼睛在黝黑的臉上就像兩顆白晃晃的銅鈴。「你？什麼怎麼辦？」

「呃，」理查說，「我要怎麼回到正常生活？這一切就好像一場噩夢。上個禮拜每件事情都還很合理，但現在沒有一件事情合理——」他頓了一下，喘了口氣，解釋：「我想知道該怎麼要回我原先……的生活。」

「理查，你既然跟著我們，就不可能拿得回去。」朵兒說，「不管怎樣，這一切對你而言都會很艱難，我……我真的很抱歉。」

領頭的獵人跪在人行道上。她從皮帶裡拔出一根小鐵棒，打開下水道的蓋子。掀開蓋子後，她謹慎地朝裡頭看，然後才爬下去，再領著朵兒進入下水道。朵兒往下爬時沒有看理查。侯爵搔搔鼻翼，說：「年輕人，你要知道，世上有兩個倫敦：有上層倫敦——就是你以前住的地方；另外還有下層倫敦，住著從世界裂縫掉下來的人——現在你也是其中之一了。晚安。」

侯爵開始沿著下水道梯子往下爬。理查說「等一下」，並搶在蓋子闔上之前一把抓住，跟著侯爵爬了下去。下水道上方聞起來像排水溝，充滿肥皂泡和消毒水的腐臭味，理查覺得越往下爬會越難聞，事實卻正好相反。當他碰到下水道地面，臭味都消散無蹤了。淺而快速的灰濁水流順著磚造地道的底部奔流，理查踏了進去，他可以看到其他人在他頭頂上發出的亮光，趕緊拔腿狂跑，一路濺著水花，直到追上眾人。

「走開。」侯爵說。

「不要。」他說。

朵兒看了他一眼。「理查，我真的很抱歉。」

侯爵卡進朵兒跟理查之間。「你不能再回到你原來的家、原來的工作、原來的生活，」他幾乎像是哄著理查，「這些東西都不存在。在上面那裡，你根本就不存在。」他們來到交叉路口，三條地道匯集於此。朵兒和獵人沿著其中一條沒水的地道往前走，沒回頭，侯爵則留在原地。

「在下水道的黑暗中，」他告訴理查，「你非得使出渾身解數不可。」然後他哈哈一笑，白牙一閃又消失，擺明了毫無誠意。「好了，很高興再見到你。祝你好運。如果你有辦法熬過明天或後天——」他坦誠地說，「搞不好就有希望撐過一整個月。」他說完後轉身，邁開大步穿過下水道，跟在朵兒和獵人身後。

理查靠在牆壁上，聽著他們的腳步聲越來越遠，還有潺潺流水一路奔向倫敦東部的抽水站（或汙水處理廠）。「可惡！」他說。然後——連他自己也沒想到——在父親過世後，理查．馬修第一次在黑暗中哭了出來。

地鐵站空無一人，相當昏暗。瓦爾尼在裡面貼著牆壁走，神情十分緊張。他先朝前看了看，再往後瞧了瞧，四處張望，觀察周遭動靜。他隨便挑了一個地鐵站，沿路還翻越幾座屋頂，穿過幾個隱密地點，確定無人跟蹤。他不打算回到坎登鎮隧道裡的巢穴，太冒險。他還有其他貯藏武器和食物的地方。他會在地面上待一陣子，等風頭過去。

他停在一臺售票機旁邊，在黑暗中傾聽：沉寂無聲。等確定只有他自己後，他終於放鬆下來，停在螺旋梯頂端深深呼吸。

——一個油腔滑調的聲音在他身旁冒出，語氣好像只是要聊聊天。「瓦爾尼是下層世界最出色的勇士和守衛，每個人都知道。瓦爾尼先生自己這麼告訴我們。」另一個聲音從另一邊以無起伏的語氣回答：「說謊很不好，格魯布先生。」

漆黑中，格魯布繼續先前的話題。「確實是不好，凡德摩先生。總之，我認為這是對我個人的背叛，我傷透了心，也失望到了極點。除非是有非常大的肚量，不然，對於讓自己失望的人你應該不會太親切。你說是吧？凡德摩先生？」

「一點也沒錯，格魯布先生。」瓦爾尼向前猛衝，在黑暗中沿著螺旋梯往下急奔。聲音從樓梯頂端傳來。是格魯布。「說真的，我們應該讓他看起來像是安樂死一樣。」

瓦爾尼的腳步聲在金屬欄杆間砰砰響，回聲傳遍整個樓梯井。他呼著氣、喘著息，肩膀擦著牆壁，在黑暗中跌跌撞撞往下走。他到達階梯底部，旁邊有個告示牌，警告旅客從這裡到頂端共有兩百五十九階，只有身體健康的人可以試試看爬上去，否則就請利用電梯。

這裡有電梯？

一陣叮噹聲傳來，電梯門極其緩慢地打開，讓光線流洩到通道中。瓦爾尼在身上摸索著匕首——該死，他突然想到那個賤獵人把匕首拿走了。他伸手去摸肩膀刀鞘內的大砍刀。大砍刀不見了。

他聽到後面傳來一聲斯文的咳嗽聲，便轉過身去。

凡德摩就坐在螺旋梯最底端的階梯上，正在用瓦爾尼的大砍刀剔指甲。

接著，格魯布撲到他身上——牙齒、爪子、小刀全用上，他連慘叫的機會都沒有。「再見了。」凡德摩淡淡說道，仍繼續修剪指甲。之後，鮮血開始湧出。那溼潤的紅色血量非常驚人，因為瓦爾尼的個子相當高大，他一直將這些鮮血保存在體內，不過，當格魯布和凡德摩料理完，一般人甚至很難注意到螺旋梯底部的地板上那少到不能再少的血跡。

等下次再去清洗地板，血跡就會完全消失。

獵人在前面帶路，朵兒走在中間，迪卡拉巴斯侯爵在最後壓陣。自從半小時前與理查分手，就沒人說過半句話。

朵兒突然停下腳步。「我們不能這樣，」她斷然說道，「我們不能把他留在那邊。」

「我們當然可以，」侯爵說，「我們已經把他留在那邊了。」

朵兒搖搖頭。自從在甄試會場看到理查被破屑壓在地上，她就一直感到內疚不安，她受夠了這種感覺。

「別傻了。」侯爵說。

「他救過我的命，」朵兒告訴侯爵，「他原本可以把我留在人行道上不管，但他沒有。」是她的錯，她很明白這點。她打開一扇門，找到一個可以幫助自己的人，而那人也幫了她。他曾帶朵兒到一個溫暖的地方，照料她、協助她。那人因為幫助了她，卻讓自己從原本的世界掉進她的世界。

但光是想帶著理查一起走就夠愚蠢了。他們真的沒辦法帶著誰，朵兒連他們三人能否在未來的旅程中顧好自己都不確定。

可是朵兒又心念一閃：真的只是因為她打開的那扇門——那扇帶她到理查身邊的門——才讓理查注意到她嗎？或是除此之外還有其他重要因素？

侯爵揚起一邊眉毛。他是個無情、孤癖、喜歡嘲諷別人的傢伙。「我親愛的大小姐，我們這次的探險沒辦法帶客人。」

「不要在我面前擺出救命恩人的姿態，迪卡拉巴斯。」朵兒已經很厭煩了。「我想我有權決定誰要跟我們一起走。你現在是為我工作，不是嗎？難道是我在為你工作嗎？」因為懊悔、因為厭倦，她的耐性已被消磨殆盡。她的確需要迪卡拉巴斯——要是侯爵離開，她真的承受不起——但她的忍耐已到達極限。

迪卡拉巴斯冷酷而憤怒地盯著她，斬釘截鐵地說：「他不能跟我們一起走。再說——他現在搞不好已經死了。」

理查沒死。他在黑暗中，坐在排水管旁的壁架上，苦惱接下來該怎麼辦？他還需要多少時間才能回到原有的世界？理查判斷，目前為止，他生活中做的一切，完全是為了讓他能在證券界工作、在超級市場購物、在週末看電視的足球轉播，還有在他覺得冷時可去調整恆溫裝置。理查受的一切訓練，絕對無法讓他在倫敦的屋頂或地下道過這種非人生活：寒冷、潮溼、又如此黑暗。

一道光線閃爍，一陣腳步聲朝他逼近。

他下定決心：如果來的是一群殺人不眨眼的惡棍、或吃人野獸、或凶猛怪物，他就不打算抵抗。就讓它們替他了結這一切吧。他受夠了。他低頭凝視黑暗，盯著自己雙腳所在的地方（應該吧）。腳步聲越來越近。

「理查？」是朵兒的聲音。他跳了起來，但馬上又故意不理她。理查心想：要不是為了妳……

「理查？」

他沒抬頭。「幹麼？」

「聽我說，」朵兒嘆了口氣，「要不是因為我，你也不會這麼倒楣。」理查心想：這還用妳說？

「我認為，你跟我們在一起也不會比較安全，不過……嗯……」她停下來深呼吸。「我很抱歉，真的很抱歉。但……你願意跟我們一起走嗎？」

理查盯著朵兒。女孩有著蒼白的瓜子臉，個子嬌小，她睜著大眼熱切地望著他。好吧，他自言自語地說，我想我還沒有打算放棄一切、放棄活命。「嗯，反正我現在也沒別的地方可去。」他故意用不太感興趣的語氣回答，但其實理查已經在歇斯底里的邊緣。「所以不如就跟你們一起走吧。」

朵兒的表情變了。她伸出雙臂，貼著理查的胸膛緊緊抱著他。「我們會想辦法讓你回家的。我不騙你，只要我們一找到我要找的東西，就會幫你。」理查不確定她是不是說真的；這是他第一次懷疑朵兒給的承諾要實現可能相當渺茫，但他把這股念頭從腦海裡趕走。他們開始沿著地道前進。理查看到獵人和侯爵正在地道口等待。侯爵的表情活像是被迫吞下沒有果肉的檸檬皮。

「對了，妳到底在找什麼？」理查問，他現在心情好一點了。

朵兒深深呼吸，停了好一會兒才回答。「說來話長，」她嚴肅地說，「現在，我們要找的是名叫伊斯靈頓的天使。」理查聽完笑了出來，他實在控制不住。這當然是因為他現在很歇斯底里，但更嚴重的其實是他極度疲憊，因為他在這二十四小時中連頓像樣的早餐都沒吃，還要強迫自己相信一連串不可思議的事情。他的笑聲在地道裡四處迴響。

「天使？」他邊說邊忍不住咯咯發笑，「然後叫伊斯靈頓？」

「我們還有很長的路要走。」朵兒說。

理查搖了搖頭。他覺得自己像被剝了皮、擰掉汁、整個掏空。「天使。」他崩潰地對著地道和黑暗低聲說，「天使。」

大廳裡到處都是蠟燭。每根支撐屋頂的鐵柱上都插了幾根蠟燭。在瀑布旁也擺了蠟燭，瀑布順著牆，流進下面的小型岩池。蠟燭群集在石牆兩側，擠放在地上；連夾在兩根陰暗的鐵柱間的大門，燭臺上也插了蠟燭。這扇大門是以精鍊的黑燧石所建，底座原是純銀打造，但經過幾個世紀後已失去光澤，幾乎成了黑色。這些蠟燭並未點燃，但當那高大的人影走過，蠟燭全在轉眼間點燃成焰。沒有手去碰蠟燭，也沒有火焰觸動燭芯。

這人影穿的長袍十分簡單，是白色的——或者說不只是白。這顏色（又或許不是任何顏色）明亮到令人無法逼視。這人赤著雙腳，走在大廳冰冷的岩石地上，臉龐蒼白、睿智仁慈，或許還有些落寞。

他非常俊美。

不久，大廳的蠟燭全都點燃。他停在岩池旁，跪在水邊，手掌攏成杯狀，往下伸入水池，舀起一點水喝。池水很冰，但非常純淨。他喝完水後，闔上眼睛一會兒，像在祈禱。隨後他站起身離開，穿過大廳，沿著來時路往回走。蠟燭在他經過時逐一熄滅，一如同數萬年來那樣。他沒有翅膀，但他是天使，這點絕對錯不了。

伊斯靈頓離開大廳，最後一根蠟燭也跟著熄滅，黑暗再度回歸。

第六章

理查在腦海中寫下一則日記：

親愛的日記，他開始寫：星期五，我有工作、有未婚妻、有個家，還有一個算是有意義的生活。（跟任何人一樣有意義。）然後，我遇到一名受傷的女孩，她流著血躺在人行道上，我只是想當好人。結果現在，我未婚妻沒了，家沒了，工作沒了，還走在倫敦街道底下幾百尺深的地方，過著跟慢慢走向死亡的果蠅沒兩樣的生活。

「往這裡走。」侯爵邊說邊優雅地打著手勢，髒兮兮的花邊袖口隨風飄動。

「這些地道看起來不都一樣嗎？」理查暫時把日記放一邊，開口問道。「你怎麼分得出哪條是哪條？」

「分不出啊，」侯爵一臉難過地說，「我們完全迷路了，別人再也找不到我們了。不要幾天我們就會為了食物自相殘殺。」

「真的嗎？」理查好討厭自己這麼容易上當，他話一出口就後悔了。

「假的。」侯爵的表情這麼說：折磨這個可憐的傻子實在好容易，一點也不好玩。但理查卻發現自己越來越不在乎別人對他的看法，或許……除了朵兒之外吧。

他回頭繼續寫心靈日記。在這另一個倫敦裡住了幾百人……或許有幾千人吧。有些是本地人，也有些從裂縫掉進來的人。我現在正跟著一個叫朵兒的女孩、還有朵兒的保鑣，以及一個瘋瘋的傲慢貴族到處亂跑。我們昨晚睡在小地道裡，朵兒說，那裡曾是攝政王時期下水道的一部分。保鑣在我睡著時還醒著，他們把我叫起來時，她也還醒著。我覺得她應該從來不睡覺。我們早餐吃了些水果蛋糕——侯爵的口袋裡塞了一大塊。怎麼會有人把一大塊水果蛋糕放在自己的口袋裡？我的鞋子在我睡著時都乾得差不多了。

我想回家。理查在腦海裡把最後這句話畫上三條底線，用紅墨水以斗大的字體重寫，接著圈起來，再加上一連串的驚嘆號。

無論如何，至少他們現在走的地道是乾的。這是一條高科技風的地道，全都是銀色管線及白色牆壁。侯爵和朵兒並肩在前面走，理查跟在他們後面，保持幾步距離。獵人四處走來走去，有時跟在最後面，有時在他們兩邊，但通常會稍微走在前面，隱身在陰影中。她移動時毫無聲息，讓理查覺得很不自在。

前面有道彷彿裂縫透出的光線。「我們往那邊去，」侯爵說，「河岸地鐵站，從那裡開始找應該不錯。」

「你瘋了嗎？」理查原本無意讓別人聽到，但他說出口的每個字都在黑暗中不停迴響。

「是嗎？」侯爵回了一句。地面開始震動。列車從附近駛了過去。

「理查，別再說了。」朵兒說。

但這話已經從嘴裡衝出。「哼！」他說，「你們兩個腦袋都有問題，世上沒有天使！」侯爵點點頭說：「啊，我現在明白你的意思了。沒有天使，正如沒有倫敦下層、沒有鼠言人——牧羊人草叢也沒有牧羊人。」

「牧羊人草叢本來就沒有牧羊人！我去過那裡。只有房子、商店、馬路，還有BBC，就這樣。」理查斬釘截鐵地指出。

「那裡有牧羊人。」獵人說。她的聲音從理查耳邊的黑暗中冒出。「你最好祈禱不會遇到他們。」她的語氣十分嚴肅。

「喔，」理查轉移話題，「但我還是不相信下面會有成群天使遊蕩。」

「確實沒有，」侯爵說，「天使只有一個。」他們來到地道盡頭，前面有一扇上鎖的門。侯爵退了一步，對朵兒說：「麻煩妳了。」朵兒將一隻手貼在門上片刻，門無聲無息地打開。

「或許吧，」理查仍不死心，「我們想的東西不一樣。我腦中想到的天使都有翅膀、光環、喇叭，而且樂於助人，希望為世間帶來和平。」

「沒錯，」朵兒說，「天使就跟你說的一樣。」

他們穿過那扇門，光線突然射進來，理查不由得闔上眼皮，但眼球仍感到一陣刺痛。等眼睛習慣光線，理查驚訝地發現，他居然知道自己在什麼地方：他們在連接紀念館站與河岸站的通道裡。通勤的人群在地道裡熙來攘往，但無人朝他們看上一眼；嘹亮的薩克斯風順著通道發出陣陣回音，那是伯特·巴卡洛克與哈爾·大衛合唱的《我不再陷入愛河》。

「好吧，我們到底要找誰？」理查用天真的語氣說：「加百利？拉斐爾？還是米迦勒？」

他們正好經過一張地鐵圖。侯爵用一根細長黝黑的手指輕敲著天使地鐵站：伊斯靈頓。

理查經過天使地鐵站不下百次。那座車站位於時髦上流的伊斯靈頓區，當地處處是古董店和餐廳。理查對天使所知不多，但他可以確定，伊斯靈頓這個地鐵站名是來自一間酒吧，或一個地標。他轉移話題說：「你知道嗎，我幾天前想要搭地鐵，它居然不讓我上去。」

「你得讓他們知道誰才是老大，其他都不重要。」獵人在他後面輕聲說道。

朵兒咬著下脣。「我們在找的這班列車會讓我們上去的，如果我們找得到的話。」她的聲音幾乎被附近傳來的音樂淹沒。他們走下幾級階梯，在一個角落轉彎。

演奏薩克斯風的樂手將外套放在自己面前，就在地道內的地板上。外套上有幾枚硬幣，看起來像那人自己放上去的，好讓過往行人認為大家都有這麼做，但沒有人吃這套。

薩克斯風樂手的個子相當高。他留著及肩黑髮、長長的山羊鬍，被框在中間的是一對深陷的眼睛與挺立的鼻子。他身上穿著破爛的T恤、沾滿油汙的藍色牛仔褲。理查一行人走到他面前時，他就停止演奏，將薩克斯風吹口的唾液甩乾淨，然後再裝回去，吹出老牌歌手茱莉．倫敦❻代表作《淚流成河》第一段。

現在，你說你很抱歉……

理查驚訝地發現那個人看得見他們——而他正努力地視而不見。侯爵在他面前停下，薩克斯風的曲調立時一轉，變成有點緊張的嘎吱聲。侯爵露出輕輕的冷笑，問道：「你是李爾對吧？」

那人有戒心地點點頭，手指仍不停敲著薩克斯風的壓鈕。「我們正在找『伯爵庭院』，」侯爵繼續說，「你會不會剛好有像是列車時間表的東西？可以幫我們找到你的族人？」

理查終於有點明白了。他猜想，侯爵指的這個伯爵庭院並不是他熟悉的地鐵站——那個他等了無數次地鐵，還一邊看報紙或做白日夢的地方。這個叫做李爾的人用舌尖舔了舔脣。「不是不可能——有的話，我有什麼好處？」侯爵將手伸進外套口袋，露出一笑，看起來就像一隻受託保管鑰匙的貓，而那把鑰匙可以打開某扇門，門後裝滿了肥美但很難抓的金絲雀。「據說，」侯爵一派懶散，彷彿只是在打發時間，「梅林麾下的巴拉斯大師曾經寫過一首極為動聽的舞曲，凡是聽到的人都會像中邪似地從口袋裡掏出錢幣。」

李爾瞇起眼。「這可比列車時刻表更值錢，你真的有嗎？」

侯爵確實引起了對方的興趣。當然，那當然比一張時刻表有價值，不是嗎？「那麼，」他用寬宏大量的語氣回答，「我想這代表你欠我一個人情，對吧？」

李爾不情願地點點頭，在自己的後口袋摸索，掏出一張摺了好幾摺的小紙片，握在手中。侯爵伸手過去拿，李爾隨即抽回來。「你這老騙子，先讓我聽聽那首曲子——最好有你說的那種效果。」

侯爵揚起一邊眉毛，伸手到外套內袋裡掏摸一陣，再抽回來時手裡已多了一只哨子，還有一顆小水晶球。他盯著水晶球看了看，發出「嗯哼嗯哼」的聲音，表示「啊，原來跑到這裡了」。然後又放回口袋。接下來，他收攏手指，將口哨放在脣邊，吹出一首風格奇特、旋律起起伏伏的歡樂曲調。這旋律讓理查覺得自己彷彿又回到十三歲，趁著學校午休時間，用死黨的電晶體收音機聽熱門歌曲排行榜。之所以是回到十三歲，是因為理查只有在青少年時期才覺得流行音樂重要，而侯爵此時吹奏的樂曲正是他最想聽的……

大把錢幣發出叮噹聲響，從路過行人手中丟進李爾的外套。他們走時臉上都帶著微笑，腳上還踩著輕快的步伐。侯爵放下哨子。

「好吧，我欠你這老傢伙一份人情。」李爾點頭說道。

---

❻ 茱莉．倫敦（Julie London，1926-2000）：美國五〇—六〇年代初期知名女歌手。一九五五年推出的「淚流成河」（Cry Me a River）為其成名代表作。

「一點也沒錯。」侯爵從李爾手中接過紙片——列車時刻表。他瞄了一眼，點點頭。「不要過度使用，節省才是王道。」

四人離去，沿著長廊往前走。長廊上到處都是電影或內衣的廣告海報，偶爾還能看到幾張彷彿公家告示的東西，警告在此處演奏謀生的音樂家離車站遠點。話雖如此，他們還是能聽見薩克斯風的吹奏及錢幣落在外套上的叮噹響。

侯爵帶領他們來到中央線月臺。理查走到月臺邊緣往下看，想知道哪條鐵軌有通電（他一直都想知道），然後判斷應該是那條離月臺最遠、與地面間隔一個大型乳白色瓷製絕緣體的那條——他每次都做出這結論。理查看到下方三尺處有隻暗灰色的小老鼠在鐵軌到處覓食，找尋旅客吃剩的三明治或掉落的洋芋片。他不禁對那隻老鼠露出微笑。

空洞又無起伏的男聲從擴音器中傳出：「小心月臺間隙。」這是為了避免心不在焉的乘客掉進列車與月臺之間的空隙，所以才如此警告。理查跟多數倫敦人一樣，只把警告當作耳邊風，根本沒注意。但是獵人突然伸手抓住他的肩膀。「小心月臺間隙。」她急切地對理查說，「退到後面去，靠牆站好。」

「什麼？」理查說。

「我說，」獵人回答，「小心……」

接著，那東西從月臺邊衝了過去。它呈半透明狀，朦朦朧朧，像隻幽靈似的，顏色和煙差不多。這東西像絲綢般從水底冒出，以極快的速度前進，但看起來卻像是以慢動作漂流。它緊緊纏住理查的足踝，儘管理查穿著Levi's牛仔褲，還是感到一陣刺痛。那東西把他拉向月臺邊緣，他站不穩。

理查注意到，獵人似乎在一段距離外拔出了手杖，正反覆狂敲那陣煙塵的觸鬚。

遠方傳來一陣微弱的尖叫，聽起來像哪個笨小孩被搶走了玩具。煙塵的觸鬚鬆開理查的足踝，溜回月臺邊緣消失。獵人抓住理查的頸背，將他拉到後面的牆壁，理查砰一聲撞在牆上，整個人頭暈目眩，整個世界似乎也突然變得十分不真實。他牛仔褲上被那東西碰觸的地方顏色都被吸走，就好像隨便漂白過似的。他拉起褲腳一看：足踝和小腿上冒出許多細長的黑青抓痕。「那……」他張嘴想要說話，但一個字也說不出來。他潤了潤喉嚨，再試一次。「那是什麼東西？」

獵人面無表情低頭看著他，那張板著的臉孔就像褐木雕出來的一樣。「我認為那東西沒有名字。它們住在間隙裡。我已經警告過你了。」

「我……從沒見過這種東西。」

「因為你以前不是下層世界的一分子，」獵人說，「總之靠在牆邊等就對了，比較安全。」

侯爵拿出金色懷錶查看時間，接著放回背心口袋，再查詢李爾給的紙片，滿意地點點頭。「我們運氣不錯，」他向眾人宣布，「伯爵庭院的列車應該會在半小時內經過這裡。」

「伯爵庭院站不在中央線上。」理查指出。

侯爵盯著理查，毫不保留地消遣他。「年輕人，你的想法真是與眾不同，我想這世上再也沒有什麼比得上全然的無知了，你說是不是？」

暖風吹起，地鐵列車駛進車站。有人下車，有人上車，自顧自的過日子。理查以羨慕的眼神看著他們。

「小心月臺間隙。」擴音器傳出預錄好的聲音，「遠離車門。小心月臺間隙。」朵兒看了理查一眼，露出明顯擔憂的表情。她走到他身邊，握住他的手。理查的臉色十分蒼白，呼吸淺而急促。「小心月臺間隙。」錄好的聲音又冒出來。「我沒事。」他強自鎮定，低喃著說謊。

格魯布與凡德摩的醫院裡有塊中庭，那裡潮溼陰暗。廢棄的桌子、橡膠輪胎、一些辦公家具的縫隙間長滿雜草。這塊區域給人的整體印象，就像十年前有一群人——可能出於無聊，可能是受到挫折，也許要表達什麼，或是某種表演藝術——就這麼把他們辦公室的東西拋出窗外，任它們在地面日漸腐朽。

這裡也有玻璃碎片——大量的玻璃碎片；還有幾張床墊，有些看起來曾被火燒過，雜草從露出的彈簧間長出來。整個生態系統以水井中央一座裝飾用噴泉為中心，逐步形成。那座噴泉早就沒有裝飾效果，也不再算是噴泉了。旁邊一條破裂漏水的水管因為雨水的幫忙，已將噴泉變成一群小青蛙的繁殖場，牠們開開心心地鳴叫，慶幸自己可以躲過不會飛的掠食者侵襲。但烏鴉、畫眉，外加偶爾出現的海鷗，都把這裡當成是無貓經過的熟食專賣店——專賣青蛙。

蛞蝓在燒壞的床墊彈簧下懶洋洋地爬行，蝸牛沿著玻璃碎片走，留下一條條黏液；黑色大甲蟲在摔壞的灰色塑膠電話和斷手斷腳、姿態獵奇的芭比娃娃上面奮力爬啊爬。

格魯布與凡德摩也到這裡來透氣了。他們沿著中庭邊緣慢慢地走，碎玻璃在腳下發出嘎吱嘎吱聲。在破舊的黑西裝下，兩人看起來就像陰影。格魯布正在生悶氣，因此走得比凡德摩快一倍，繞著他兜圈，幾乎要一邊發怒一邊起舞。格魯布若是壓抑不住怒火，便會整個人衝向醫院牆壁，把牆壁當做某個人的代替品拳打腳踢一番。另一方面，凡德摩只是默默走著。他的步伐太一致、太規律、太一成不變，根本不能稱為散步，不如說更像殭屍。凡德摩面無表情地看著格魯布踢翻一塊斜倚在牆上的玻璃，玻璃破掉，發出令人滿意的噹啷聲。

「凡德摩先生……」格魯布環視殘骸。「我差不多到頂了。那個瞻前顧後、模稜兩可、舉止輕浮、浪費別人時間、優柔寡斷又臉色蒼白的卑鄙小人——我用姆指就可以把他的眼珠挖出來……」

凡德摩搖搖頭。「還不行，他是我們的老闆——這件工作的老闆。等我們拿到錢後或許可以用自己的時間從他身上找點樂子。」

格魯布朝地板一啐。「他是個沒用又沒膽的蠢才……我們應該宰了那個婊子，把她大卸八塊再埋到土裡，讓她從此消失在這個世界上。」

刺耳的電話鈴聲響起。格魯布與凡德摩納悶地四下查看，最後，凡德摩在一疊泡了水的醫療文件與頂端的瓦礫堆間找到一具電話。破損的電線拖在底座後方，他拿起話筒遞給格魯布。「找你的。」凡德摩不喜歡講電話。

「我是格魯布。」說完後，格魯布立刻換上阿諛奉承的語氣。「喔，是您啊！閣下。」一陣停頓。「遵照您的要求，此時此刻她仍然像小雛菊一樣自由亂跑。但恐怕您的保鑣已經成了一隻死猩猩……瓦爾尼嗎？是，他死透了。」又是一陣停頓。

「閣下，我開始對自己跟我的夥伴在這場鬧劇中的定位有些疑惑。」第三次停頓，格魯布的臉色蒼白到不行。「不夠專業？」他口氣溫和，「我們不夠專業？」他把手指握成拳，砰地往磚牆邊上重重一揮，但語氣絲毫沒有改變。「閣下，我無意冒犯，但容我提醒：是我跟凡德摩先生把特洛伊城燒成灰燼，我們將黑死病帶到法蘭德斯❼；我們暗殺過十幾名國王、五位教宗、五十幾名英雄，還有兩名人間的神祇。我們上次的委託案是到十六世紀的托斯卡尼，將整個修道院的修士折磨至死。我們非常專業。」

凡德摩在一旁自顧自地找樂子。他抓著小青蛙，嘗試嘴裡一次能塞下幾隻。他鼓著腮幫子說：「而且我喜歡幹這種事……」

「我的重點在哪？」格魯布邊問邊拍打破舊的黑西裝，彈掉他想像中的灰塵，卻無視真正的灰塵。「我的重點在：我們是刺客，是殺手。我們殺人。」他聽完一段話後繼續說：「嗯？那個上層世界

---

❼ 法蘭德斯（Flanders）：歐洲中世紀的重要布業城邦，領土包括今日比利時西部、荷蘭南部、法國北部濱臨北海的地方。

的傢伙呢？我們為何不能殺了他？」格魯布抽搐一陣，又吐了口痰，踢著牆壁，但仍站在原地，手裡拿著滿是鏽斑的半壞話機。

「嚇她？我們是殺手，不是嚇烏鴉的稻草人。」又是停頓。他深吸一口氣。「是，我明白，但我不喜歡這樣。」電話另一頭的人把電話掛斷。格魯布低頭看著話機，接著用一手將它高高舉起，一次又一次使勁猛往牆壁敲，把話機砸成塑膠和金屬碎片。

凡德摩走了過來。他抓到一隻下腹部呈亮橘色的黑色大蛞蝓，正在咀嚼，彷彿叼著胖胖的雪茄。那隻蛞蝓想從凡德摩的下巴爬走。「誰啊？」凡德摩問。

「你覺得還會是誰？」

凡德摩咀嚼著，思考了一會兒，把蛞蝓吸進嘴裡。「稻草人？」他決定放手一猜。

「是我們的僱主。」

「我接下來就是要猜這個。」

「稻草人咧。」格魯布不屑地一啐，語氣已由盛怒又變回油腔滑調的慍怒。

凡德摩把嘴裡的東西都吞下去，用袖子抹了抹嘴唇。「要嚇烏鴉最好的方法不是用稻草人，」凡德摩說，「而是從後面悄悄靠近，把手放在牠們小小的烏鴉頸子上，一下子勒緊，直到牠們不會動。這保證可以把牠們嚇得屁滾尿流。」

他的話聲一落，兩人就聽到遠方傳來烏鴉振翅聲，氣呼呼地呱呱叫。

「烏鴉，鴉科，集合名詞。」格魯布吟誦著，細細品味著這些字的聲調。「謀殺。」

理查站在朵兒身旁，靠著牆等待。朵兒沒說什麼，她咬著指甲，用手梳理淡紅色頭髮，梳到完全服貼，再攏到肩膀後。她跟理查認識的女孩一點也不像。朵兒發現他正盯著自己看，便聳聳肩膀，再縮進她那層層衣服內，上半身幾乎都躲進了那件皮夾克，從裡頭看著外面的世界。她臉上的表情讓理查想起去年冬天，他在柯芬園後面看到一個無家可歸的清秀小孩。理查不確定那是男孩還是女孩，但孩子的母親向路過行人乞討零錢，好餵養那個孩子跟懷裡的嬰兒。那孩子一定又冷又餓，但他／她卻只是凝視著這世界，什麼話也沒說。

獵人站在朵兒身旁，查看月臺前後的動靜。侯爵告訴他們在何處等車之後，就不知去向了。理查聽到某個地方有嬰兒的哭聲。侯爵從一個應該是出口的門溜進月臺，邊嚼糖果邊走向他們。

「好玩嗎？」理查問。月臺上吹起一陣暖風，表示有列車向他們駛來。

「只是處理一些事。」侯爵說。他查閱紙片和懷錶，指著月臺某處。「這應該就是去伯爵庭院的列車了，你們三個站到我後面。」地鐵列車發出隆隆聲響，喀嚓喀嚓地進站。但理查失望地發現它看起來不過是普通到不行的火車。侯爵傾身略過理查，對著朵兒說：「小姐，有件事情我或許應該早一點跟妳說。」

朵兒那雙顏色奇特的眼珠轉到侯爵身上。「什麼事？」

「呃，」他回答，「伯爵看到我可能不會太開心。」

列車慢慢停下。停在理查面前的車廂空蕩蕩，燈光熄了，令人感到一陣淒涼、空虛和陰鬱。有些時候，理查也會在地鐵列車中看到這樣的車廂，陰暗無光，又上了鎖。他總納悶這些車廂是做什麼用的。列車上其他的車門嘶一聲打開，乘客上上下下，但那節陰暗車廂的門仍然關著。侯爵用某種詭異的節奏以拳頭咚咚敲打車門——什麼事也沒發生。就在理查懷疑列車會不會在他們上去之前就離開時，陰暗車廂的門突然從裡面推開，車門開了大約六寸，一張有點年紀、戴著眼鏡的臉孔探出來打量他們。

「是誰在敲門？」他問。

透過打開的縫隙，理查看到車廂內有著燃燒的火焰、人群和煙霧。但透過車門窗戶，他看到的仍是陰暗的空車廂。「是朵兒小姐，」侯爵用平和的語氣回答，「還有她的同伴。」

車門往旁邊滑開，他們進入伯爵庭院。

第七章

地板上鋪了層燈心草，上面零散地擺放了一些麥稈。大型壁爐裡堆放圓木，劈啪作響的熊熊火焰在裡頭跳舞；幾隻雞在地上趾高氣揚地走來走去、四處啄食；幾張椅子上放了手繡的坐墊，窗戶和門板則用掛毯蓋起。

列車傾斜一下，駛離車站，理查往前一絆。他伸出手抓住最近的人，想找回平衡。那人正好是個身材矮小、頭髮灰白的老兵。要不是有錫帽、無袖罩袍和笨重的鎖子甲及長矛，理查可能會覺得他看起來根本就像剛退休的低階官員——不過，他其實比較像一退休就被強迫加入當地業餘劇團，然後團裡有人逼他扮老兵。

小老頭先是驚愕地對理查眨眨眼，才緩緩地說：「什麼事？」

「是我不好。」理查回答。

「我知道。」那人應了一句。

一隻巨大的愛爾蘭狼犬走下通道，停在一名魯特琴手身旁，那人坐在地板上，正用一種古怪的方式彈奏一首旋律亂七八糟的曲子。狼犬瞪了理查一眼，輕蔑一哼，躺下來睡覺。車廂另一頭有個上了年紀的馴鷹人，手腕上有隻戴著頭巾的獵鷹，他正跟一小群有點年紀的仕女愉快地交談。部分旅客就這麼大剌剌地盯著理查一行四人，其他人則大剌剌地忽視他們的存在。理查突然領悟，這畫面儼然像是某人變出一座小型中世紀宮廷，然後想盡辦法塞進地鐵列車的一節車廂中。

一名傳令人將號角舉到嘴邊，吹出不和諧的音調，有個壯碩的老頭穿著好大一件獸皮襯裡的晨袍，還有絨氈室內拖鞋，搖搖晃晃從連接另一個房間的門走來，然後一手放在穿了雜色破花衣的弄臣肩上。老人身上的每一處都極為奇特，而且引人注目：他的左眼戴著眼罩，這使他看起來顯得無助，而且有某種不協調，彷彿一隻獨眼獵鷹；紅灰色鬍子上有食物殘渣，寒酸的獸皮晨袍下是一條睡褲，清晰可見。

理查心想，*這一定就是伯爵*。而他猜得沒錯。

伯爵的弄臣也是個老頭，他有張尖酸刻薄的嘴，和一張大花臉。他帶著伯爵來到某個類似王座的木雕座位，伯爵有點搖搖晃晃地坐到上面。狼犬站起身，從車廂另一頭走來，趴伏在伯爵穿了拖鞋的腳邊。

伯爵宮庭，理查心想，*原來如此*。他開始納悶，那男爵宮庭站（Barons Court）是否住著一名男爵？那渡鴉庭院站（Ravenscourt Park）裡否有一隻渡鴉……

矮小的老兵發出喊聲，說道：「現在，你們幾個上前說明來意。」朵兒往前站了一步，頭高高揚起，看起來似乎比理查先前看到的還高，態度也更從容。朵兒說：「我們想覲見伯爵大人。」

伯爵對著整個車廂喊：「哈法德，那個小女孩說了些什麼？」

理查懷疑他是不是聾了。

哈法德（也就是那名老兵）笨拙地轉過身，手掌合成杯狀，放在嘴邊。「**他們想要覲見大人！**」他大喊，蓋過車廂裡的一片嘈雜。

伯爵把厚重的獸皮帽推到一邊，若有所思地抓抓腦袋。那頂皮帽底下有顆禿頭。「是嗎？覲見嗎？真是好極了。哈法德，他們是什麼人？」

哈法德轉身面對他們。「大人想要知道你們是誰。務必長話短說，不要講個沒完。」

「我是朵兒，」朵兒說出自己的身分，「波提科伯爵是我的父親。」

伯爵一聽，眼睛為之一亮。他身體往前傾，試圖用那隻獨眼看透煙霧。「她剛說她是波提科的長女嗎？」伯爵問弄臣。

「是的，大人。」

伯爵向朵兒招了招手。「到這裡來，來來來，讓我好好看看妳。」朵兒在搖搖晃晃的車廂內往前走，一路抓著從頂端垂下的粗繩保持平衡。她站在伯爵的木椅前，屈膝行了一禮。伯爵搔著鬍子盯著她看。「我們聽到妳父親遭遇不幸的消息都極為震驚……」伯爵說，然後硬生生截斷這句話，又說：「嗯，你們全家人……真是……」他的音量變小，又換成說：「我一向非常敬重妳父親，這妳是知道的，我們一起做過不少事……波提科是好人……充滿理想……」伯爵沒再說下去，轉而去敲敲弄臣的肩膀，講悄悄話。但他的嗓門之大，就像帶著惱怒的隆隆砲吼，輕易就能壓過車廂內的喧鬧。「說些笑話逗他們樂一樂吧，圖雷伊，拿出你的本事來。」

伯爵的弄臣沿著通道搖搖擺擺走來，彷彿患上關節炎。他停在理查面前。「那你們是什麼人？」

「我？」理查回答，「呃？我？我的名字？我叫理查。理查．馬修。」

「窩？」弄臣故意拉高音調，以戲劇化的方式模仿理查的蘇格蘭口音。「窩？呃？窩？窩的天啊！他根本不是人，他是傻瓜。」周圍的廷臣發出一陣竊笑。

「我呢，」迪卡拉巴斯露出燦爛的笑容對弄臣說，「我自稱迪卡拉巴斯侯爵。」弄臣聞言眨眨眼。

「迪卡拉巴斯？那個小偷？」弄臣問，「那個綁架犯？那個叛徒？」他轉身面向四周的廷臣。「但此人不可能是迪卡拉巴斯。為什麼呢？因為迪卡拉巴斯早就從伯爵面前被驅逐、消失了。或許這是新品種的鼬啊，長得特別大隻。」廷臣不安竊笑，開始嘰嘰喳喳、有點不安地交談。伯爵半句話都沒說，但他緊閉嘴脣，身體微微發顫。

「我叫獵人。」獵人對弄臣說。

廷臣頓時鴉雀無聲。弄臣張開嘴巴，似乎想說些什麼。他看了獵人一眼，又把嘴巴閉上。獵人完美無缺的嘴脣微微一動，嘴角露出一股笑意。「直說無妨，」她告訴對方，「說些有趣的事來聽聽。」

弄臣看著自己的鞋尖，低聲說：「我的獵犬沒鼻子。」

原本一直盯著迪卡拉巴斯的伯爵，眼睛就像慢慢燃燒的引信，在此時此刻引爆。他站了起來，變成一座長了灰鬍子的火山，又或是上了年紀的狂戰士。伯爵的頭擦著車廂屋頂，伸手指著侯爵，口沫橫飛地大吼：「我絕對不會容忍此事，絕對不會！把他押到前面來。」

哈法德對侯爵搖了搖暗色的長矛，侯爵從容地從車廂前頭慢慢走到朵兒身邊，跟她一起站在伯爵的王座前。獵犬從喉嚨深處發出低聲咆哮。

「你，」伯爵揮著一根滿是疙瘩的巨大手指，「我認得你，迪卡拉巴斯，我沒忘記。我或許已經老了，但我不會忘記。」

侯爵鞠了一躬。「容我提醒您，閣下。」他彬彬有禮地說，「我們之間有個約定對吧？我代表您的人民，與渡鴉庭院之間談成一項和平協定，而您答應幫我一點小忙，做為回報。」

原來真的有渡鴉庭院，理查在腦海裡亂猜著那會是什麼模樣。

「一點小忙？」伯爵整張臉氣成醬紅色，「你居然敢這麼說？我因為你的愚蠢，從白城撤退時折損了十幾個人，自己還賠上一隻眼睛。」

「閣下，希望您不會介意我這麼說，」侯爵殷勤地說，「可那隻眼罩真是迷人，完美地襯托了您的面貌。」

「我當時發誓……」伯爵頓時怒不可遏，鬍子都倒豎起來。「我當時發誓……如果你敢再踏進我的領地，我就要……」他突然壓低音量，搖了搖頭，似乎有些困惑，似乎忘了什麼。但他繼續說：「我會想起來的。我的記性不差。」

「伯爵看到我可能不會太開心？」朵兒低聲對迪卡拉巴斯說。

「呃，是啊。」他含糊地回答。

朵兒又向前走了一步，大聲而清楚地說：「閣下，迪卡拉巴斯是跟著我才會到這裡來，他是我的客人，也是我的同伴。請看在你我兩大家族的長久友誼，也看在我父親跟您之間的交情……」

「他濫用我的好意，」伯爵大發雷霆，「我當時發誓……如果他敢再踏進我的領地，我就要取出他的內臟，再把他晾乾……就像……像某個要先去除內臟的東西一樣……就是……」

「或許……是像醃燻鮭魚？」弄臣在一旁提示。

伯爵聳了聳肩。「像什麼都無所謂，來人，把他圍起來。」周圍的衛兵將侯爵包圍起來。雖然衛兵都超過六十歲，但每人都拿十字弓對準他，也沒有因年事已高或恐懼而讓手抖個不停。理查看了獵人一眼，但她似乎對此毫不在意——甚至可說是饒富興味地看著這一切，彷彿在看一場好戲。

朵兒交叉雙臂，站得更挺一些。她將頭後仰，抬高尖尖的下巴。她看起來不再像衣衫襤褸的街頭小童，反倒像個固執己見的成年人。她蛋白色的眼珠閃爍光芒。「閣下，侯爵應我之邀，成為我這次旅程中的夥伴，我們的家族長久以來都維持友好關係……」

「是啊，不是，」伯爵把她的話打斷。「有好幾百年了，好長好長一段時間。我也認識妳的祖父，很有趣的老傢伙，模樣倒有點忘記了。」他說出真心話。

「但我現在是逼不得已必須這麼說：凡是你加諸於我同伴的暴力行為，我都會將之視為侵犯我家族和我個人的行為。」女孩抬起頭瞪著老人，老人像高塔般站在她面前。兩人動也不動地僵持了一段時間。伯爵不禁激動地猛拉紅灰色鬍子，接著又像小孩子般嘟起嘴。「我不准他待在這裡。」

侯爵拿出在波提科書房發現的金色懷錶，隨便檢視了一下，轉頭對朵兒說了些話，好像周遭什麼都沒發生似的。「小姐，很顯然地，我與其待在這車上，不如離開才對妳有用。再說，我還有其他地方要去探索。」

「不，」朵兒回答，「你走，我們也跟著走。」

「我認為這不是個好主意。」侯爵說，「只要妳還待在倫敦下層，獵人就會照料妳，我則會在下次的流動市場裡跟妳碰面。這段時間內千萬別做出什麼蠢事啊。」列車正駛入一座車站。

朵兒的眼神使伯爵動彈不得：她的眼神有一種古老而強大的力量，不太像她這年紀會有的。理查注意到，只要朵兒一開口，整個房間都會安靜下來。「閣下會讓他平安離開吧？」朵兒問。

伯爵用雙手搓搓臉，又揉揉僅存的眼睛和眼罩，然後轉頭看著朵兒。「叫他走就是了。」他看著侯爵。「下次……」他伸出一根粗大蒼老的手指，劃過自己的喉結，「……就醃燻鮭魚了。」

侯爵深深鞠了一躬。「我會自行離開。」他對衛兵說完，隨即朝打開的門走去。哈法德舉起手中的十字弓對準侯爵的背心。獵人伸出手將十字弓尾端壓下。侯爵跨上月臺，轉身向眾人熱情揮手，車門嘶一聲關上。

伯爵坐倒在車廂末端的巨椅上，什麼也沒說。列車喀嚓喀嚓、搖搖晃晃穿過漆黑山洞。「我怎麼那麼沒禮貌？」伯爵對著自己喃喃地說。他用獨眼掃視眾人，用極度低沉的聲音又說了一次。理查甚至能感到自己的肚皮在震動，就像低音鼓一樣。「我怎麼那麼沒禮貌？」伯爵打了個手勢，要一名老兵到他面前。「達格伐，他們剛結束旅程，肚子一定餓了……我想一定也渴了吧？」

「是的，大人。」

「停車！」伯爵叫道。車門順勢「嘶」一聲打開，達格伐小跑步跳上月臺。理查看著月臺上的人，沒有人進來他們的車廂。好像沒有一個人注意到有何不尋常。

達格伐走到月臺邊的自動販賣機前。他拿下鋼盔，再用戴著鐵手套的一手敲擊販賣機側邊。「奉伯爵之令，拿巧克力來。」機器內部深處傳出齒輪軋軋作響的聲音，吐出十幾根吉百利的水果核仁巧克力棒，一根接一根。達格伐將鋼盔放在出口下方接住，車門開始關上，他將長矛握柄卡在門中間，車門便不斷開開闔闔。「請遠離車門，」擴音器傳來聲音說，「列車必須在所有車門關閉後才能離站。」

伯爵用獨眼盯著朵兒。「是什麼風把妳吹來的？」

朵兒舔了舔嘴唇。「這跟我父親的死有間接關係，閣下。」

伯爵緩緩點頭。「沒錯，妳要報仇。這也是理所當然。」他咳了幾聲，以最最低沉的男低音吟誦道：「揮舞英勇的刀刃，燃起熊熊的火焰，長劍刺入仇人的心臟，血腥的……呃……什麼東西呢？」

「復仇？」朵兒想了一下，「沒錯，我父親說的就是復仇。但我只想弄清楚到底發生了什麼事，然後保護好我自己。我的家族沒有仇敵。」與此同時，達格伐跌跌撞撞走回車廂，頭盔盛滿了巧克力棒和可樂。車門終於關上，列車也再度駛離車站。

李爾的外套仍然鋪在地下道的地板上。如今上面堆滿了錢幣和紙鈔，但也有許多鞋子踩在上頭，亂踢錢幣，把紙鈔踏得又髒又爛，連外套的布料都扯破了。李爾放聲大喊，哀求著說：「求求你們！不要再來煩了！」他靠著通道的牆壁，鮮血沿著臉頰往下流，滴在鬍子裡。薩克斯風無力地掛在他胸前，已經凹損報廢。

一小群人將他團團圍住，約二十到五十人。每個人都相互推擠，像失去理智的暴民，兩眼無神、呆滯茫然。男男女女爭先恐後，扭打成一團——只為要把錢拿給李爾。貼了磁磚的牆上有血——那是李爾的頭撞上牆時留下來的。李爾對著一名中年婦人猛揮手，她的皮包大開，一大把五英鎊紙鈔朝著李爾倒出來。婦人抓住他的臉，迫不及待要把錢給他。他狂扭著想躲開婦人的指甲，卻跌倒在地下道的地板上。

有人踩到他的手，他的臉跌進成堆硬幣中，他開始啜泣、咒罵。

「我不是告訴過你不要過度使用那首曲子嗎？」附近有個優雅的聲音說，「真是亂來！」

「救救我！」李爾哀求道。

「嗯，的確是有反制魅惑術的方法。」那個聲音不太情願地承認。

人群現在更加聚攏。有枚騰空扔來的五十便士銅板讓李爾的臉頰掛彩。他將身體蜷成一團，緊緊抱住自己的前腿，臉埋在膝蓋中。「該死，快吹！」李爾嗚咽道，「你要什麼都行……讓他們停下來就好……」

一支玩具笛吹出柔和的笛聲，在通道裡迴響，調子很簡單，不斷重複，但每次都略有不同。這是迪卡拉巴斯變奏曲。腳步聲逐漸遠離了。一開始趑趄不前，然後加快腳步，從李爾身旁走開。李爾張開眼睛，看到迪卡拉巴斯侯爵正靠在牆上吹著玩具笛。他看到李爾正瞧著自己，便把笛子從唇邊移開，放回大衣內袋。他丟了一條縫著補丁、邊邊綴著蕾絲的亞麻手帕給李爾。李爾擦掉額頭和臉上的血漬。「他們簡直快要了我的命。」李爾如泣如訴。

「我早就警告過你了。」迪卡拉巴斯回答，「算你好運，我又從這條路走回來。」他扶李爾坐好。

「現在，我想你又欠我一個人情了。」

李爾從通道地板上撿起外套——外套破損、滿是汙泥，上面還印著許多腳印。他突然感到極為寒冷，隨手將破外套披在自己肩頭。錢幣掉下來，紙鈔飄散在地。他沒有把錢撿起來。

「我是真的運氣好，還是你故意陷害我？」

侯爵一臉遭到冒犯。「你怎麼會有這麼荒唐的想法？」

「因為我很了解你。就是這樣。總之，你這次又想要我幹什麼？偷東西？縱火？」李爾聽起來好像已經認命了——還帶著一絲悲哀。接著他又說：「要殺人嗎？」

迪卡拉巴斯彎下腰，拿回手帕。「算是偷東西吧，你還是第一次猜對呢。」他笑著說，「我現在迫切需要一件唐朝雕像。」李爾微微發抖，但還是慢慢地點了點頭。

理查拿到吉百利的水果核仁巧克力棒和銀色的大高腳杯，杯緣的裝飾品（在理查看來）是藍寶石。高腳杯裡裝滿可口可樂。

弄臣（好像叫圖雷伊吧）用力清了清喉嚨。「我要舉杯向我們的客人敬酒，這三位分別是孩子、勇士和笨蛋。祝他們都能得到自己應得的事物。」

「所以我是哪個？」理查低聲問獵人。

「當然是笨蛋。」她回答。

哈法德啜飲一口可樂後悵然說道：「以往，我們有紅酒。我比較喜歡紅酒，至少喝起來不會黏黏的。」

「自動販賣機都會像這樣把東西直接給你嗎？」理查問。

「嗯，沒錯，」老兵說，「看到了吧，它們都聽令於伯爵，他統治下層世界。如果要說火車……他也統治著中央線、圓環線、居博里線、維多利亞線與貝克盧線……呃，除了地底線之外所有路線都歸他管。」

「什麼是地底線？」理查問。

哈法德搖搖頭，噘起嘴。獵人拍拍理查的肩膀。「還記得我跟你提過牧羊人草叢裡的牧羊人嗎？」

「妳說我不會想碰到他們，還有，有些事情我最好不知道。」

「很好，」她說，「你現在可以把地底線加進清單裡。」

朵兒回到車廂，朝他們走去，臉上帶著笑容。「伯爵答應協助，來吧，他正在圖書館等著接見我們。」理查沒有再問「什麼圖書館」，只是跟著其他人一起過去。畢竟他在這裡待得越久，就越能接受所謂「字面的含義」。他跟著朵兒走向伯爵的空王座，再繞到背面，穿過一扇接到車廂的門，進入圖書館。這是間巨大的石室，有高高的木製天花板，每面牆壁都擺了一座大書櫃，每個書架上都塞滿物品，有書籍——這是當然。但書架上還放滿其他東西：網球拍、曲棍球棍、雨傘、鏟子、一臺筆記型電腦、一條木腿、幾個馬克杯、幾十隻鞋子、幾副望遠鏡、一小段圓木、六個手偶、一盞熔岩燈、幾張雷射唱片、黑膠唱片（四十五轉、七十八轉都有）、錄影帶、八音軌錄音帶、骰子、玩具車、各種假牙、手錶、手電筒、四隻不同大小的花園地精（兩隻在釣魚、一隻在發呆、最後一隻在抽雪茄）、幾疊報紙、雜誌、魔法書、三腳凳、一盒雪茄、一隻塑膠製的亞爾沙斯點頭狗、幾雙襪子……這個房間根本是一座小型的失物招領帝國。

「這才是他真正統治的領域，」獵人喃喃說道，「丟失的物品，遺忘的東西。」

石牆上有幾扇窗戶，理查透過窗看到傳出喀嚓響的漆黑，還有地鐵隧道中不斷閃過的燈光。伯爵兩腳張開坐在地上，輕輕撫摸狼犬，搔著牠的下巴。弄臣站在他身邊，一臉尷尬。伯爵一看到朵兒一行人，便手腳並用爬了起來，露出笑容。「啊，你們來了。我要你們到這裡來是有原因的……我一定可以想得起來……」他拉拉紅色的鬍子。對一個體型這麼龐大的人來說，這是個很小的動作。

「天使伊靈斯頓，閣下。」朵兒很有禮貌地說。

「喔，是，妳父親有很多改革的想法，也問過我的意見。不過，我不相信改革，所以我就把他送到伊斯靈頓去了。」伯爵說完後眨了眨眼睛。「這我告訴過妳了嗎？」

「有，閣下。那我們要如何才能到伊斯靈頓？」

伯爵點了點頭，彷彿朵兒剛說的是什麼含意深遠的話。「一開始，會有一條捷徑，然後得走一段很遠的路。很危險。」

朵兒很有耐性地問：「那條捷徑是……」

「不，不。要有隨意開門的能力才有辦法使用，這只適合波提科家族的成員。」伯爵將一隻大手放在朵兒肩膀上，然後滑向她的臉龐。「妳不如就留在這裡陪我吧，讓我這老人在夜裡也能溫暖一些，如何？」他色瞇瞇地斜睨朵兒，用蒼老的手指撫摸她纏亂的頭髮。獵人向朵兒踏出一步，朵兒對她打手勢，表示：不，還不行。

朵兒抬頭看著伯爵。「閣下，我是波提科的長女——我要如何才能見到天使．伊斯靈頓？」朵兒居然能按捺住自己的脾氣，應付伯爵的種種騷擾。理查很是訝異。

伯爵的獨眼眨了眨，變得自重了些，恍若一隻老鷹。他把頭歪向一邊，手從朵兒的頭髮上移開。「沒錯沒錯，妳是波提科的女兒。妳父親近況如何？我希望他一切安好。他是個好人。不錯的人。」

「我們要如何才能見到天使．伊斯靈頓？」朵兒說，這次的聲音已經有點顫抖了。

「啊？那當然是用奉告祈禱圖啊。」

理查覺得自己似乎將六十年、八十年甚至五百年前的伯爵想像成一名偉大的戰士，或狡猾的戰略家，或萬人迷、或不錯的朋友或可怕的敵人。他身上還依稀看得到這些特質。而也許就是因為這樣，他才會如此悲傷又如此恐怖。伯爵在書架上摸索，拿開一些筆、菸斗、射豆槍、小石像鬼和枯葉。然後，他彷彿是碰巧發現老鼠的老貓，抓住了一只小小的卷軸交給朵兒。「拿去吧，小姑娘，」伯爵說，「都在這裡面了。我想我們最好讓你們在妳要去的地方下車。」

「你要讓我們下車？」理查問，「從列車裡再下車？」

伯爵四處查看聲音來源，面向理查，露出好大一個笑容。「喔，這算不了什麼。」他聲如洪鐘，「這都是為了波提科的女兒。」朵兒緊緊抓住卷軸，露出得意的表情。

理查感到列車正慢慢減速，然後他、朵兒、獵人都被帶離石室，回到車廂。列車越來越慢，理查探頭窺看外面的月臺。

「請問這是哪一站？」他問。列車停了下來。那塊面對車站的標牌上寫著**大英博物館**。這件事實在是太怪異了。他可以接受「小心月臺間隙」和伯爵宮廷，甚至那座奇怪的圖書館也沒問題。但這……他和所有倫敦人一樣，對地鐵圖瞭若指掌，而這狀況實在太過離譜。「絕對沒有大英博物館站。」理查斬釘截鐵地說。

「沒有嗎？」伯爵聲如洪鐘，「那麼，你下車時一定要非常小心。」他捧腹大笑，又拍了拍弄臣的肩膀。「聽到沒有圖雷伊？我跟你一樣幽默。」

弄臣露出無奈的苦笑。「我的身體就要裂了，我的肋骨在劈啪響，我的歡笑再也留不住，大人。」

車門嘶一聲打開。朵兒對著伯爵微微一笑，說了聲：「謝謝。」

「下車，下車。」身體龐大的老伯爵把朵兒、理查和獵人趕出溫暖又煙霧瀰漫的車廂，來到空曠月臺。車門隨即關起，列車駛離車站。但理查只是盯著那塊標牌，無論眨了多少次眼睛，或是把目光移到別處再轉回來，結果都一樣。標牌上面還是頑固地寫著：

大英博物館

第八章

從老貝利所在之處往西望去，約四哩的地方，暮色剛降臨大地。萬里無雲的天空從寶藍轉成深紫，一輪橘紅色火球出現在帕丁頓區上方，太陽剛剛下山。

天空啊，老貝利愜意地想，*絕沒有兩個天空是相似的，不管白晝或黑夜*。他算得上是個天空的鑑賞家，而今天的天空很不錯。老貝利在倫敦市中心的聖保羅大教堂正對面屋頂搭起帳篷，準備過夜。

他很喜歡聖保羅。至少這三百年來，這座教堂都沒有多大改變。教堂用白色的波特蘭石砌建而成，然而，這棟白色建築物在還未完工的時候，就給倫敦汙濁空氣裡的煤煙和灰塵熏成了黑色，經過七〇年代的倫敦大清潔後，或多或少又恢復為白色——但它依舊是聖保羅大教堂。至於倫敦市其他部分，老貝利可就不敢保證還是不是原狀了。他把目光從自己鍾愛的天空移開，越過屋頂邊緣往下眺望，注視由鈉素燈照明的人行道。他可以看見固定在牆上的保全攝影機、幾輛汽車，有個晚歸的上班族把門鎖上後朝地鐵站走去。哎——就算只是想想走到地底的念頭，老貝利也會全身發抖。他是屋頂人，而且對此感到自豪。他很久以前就逃離了地面的世界……

老貝利記得，人們曾在城市裡「生活」，而不只是工作。人們享受人生、擁有欲望、盡情歡笑，還搭蓋了搖搖欲墜的房子，一棟接著一棟，每一棟都住滿吵鬧的居民。曾幾何時，那些與道路交錯的巷中原本存在的噪音、髒亂、惡臭和歌聲都成了過往雲煙（——啊，若用粗俗一點的說法——那時都把它叫做臭屎巷）。如今也沒人住在城裡了。城市成了一個辦公室林立、冰冷無趣的地方，人們白天到此工作，晚上再各自回家。這地方再也不適合居住，老貝利甚至懷念起那些臭味。

橘紅色的太陽僅存的餘暉轉變成深沉的紫。老貝利把籠子用布蓋上，好讓那些鳥兒睡個美容覺。鳥兒發出一陣牢騷後才睡下。老貝利搔搔鼻子，隨即走進帳篷，拿出熏黑的燉鍋、一些水、幾塊胡蘿蔔和馬鈴薯、鹽巴，以及兩隻拔光羽毛吊掛起來的死椋鳥。他向外走到屋頂上，在被煤煙熏黑的咖啡罐裡點燃一小團火，再把燉鍋放到上面煮。這時，老貝利發現有人從煙囪旁的陰影裡盯著他看。

他連忙拿起烤叉，威嚇般對著煙囪揮啊揮。「誰在那裡？」

迪卡拉巴斯侯爵從陰影處走出來，敷衍地鞠個躬，臉上笑容可掬。老貝利放下手中的烤叉。「原來是你。你想要什麼？——情報？還是鳥肉？」

侯爵朝他走去，從燉鍋裡拿起一片生胡蘿蔔嚼了起來。「事實上，我想打聽消息。」

老貝利得意地笑開。「哈！這可是頭一遭對吧？」他靠向侯爵。「你打算拿什麼來交換？」

「你想要什麼？」

「或許我應該學學你的作法，要你欠我一個人情，當作日後投資。」老貝利露出促狹的笑。

「長遠來看太不划算。」侯爵回答，毫無笑意。

老貝利點點頭。太陽已落到地平線後面，氣溫很快就變得非常冷。「鞋子，還有……可以遮住臉的帽子。」他檢查了自己的露指手套，上面幾乎都是破洞。「再加一雙新手套。這個冬天一定會冷死人。」

「很好，我會拿來給你。」迪卡拉巴斯侯爵把手伸進大衣內袋，隨即像魔術師憑空變出玫瑰一樣，把他從波提科書房裡拿來的黑色動物雕像變了出來。「那麼，關於這個東西，你能告訴我什麼情報？」

老貝利戴上眼鏡，從迪卡拉巴斯手上接過那物品。這東西的觸感很冷。他坐在一臺冷氣機上，將這個黑曜石雕像在手中翻來翻去，然後說：「這是倫敦的巨獸。」

侯爵默不作聲，兩眼不耐煩地從雕像看到老貝利身上。

老貝利享受侯爵的不快——雖然如此，但無傷大雅——一邊以自己的節奏繼續說：「據說查理一世在位之前——這個國王最後被送上斷頭臺，丟了腦袋，真是個愚蠢的傢伙。在倫敦還沒發生大火和瘟疫之前，有個屠夫住在佛利特運河下流。他養了些可憐的動物，準備餵飽後在聖誕節殺來食用。十二月的某個晚上，有隻野獸逃走了，跑進佛利特運河，消失在下水道中。有人說牠是小豬，有人說牠不是，另外還有些人——包括我自己——一直不太確定牠是什麼玩意兒。牠吃著下水道裡的髒東西，身體越長越大，性情也越發凶狠暴戾。人們時不時會派出狩獵隊獵捕牠。」

侯爵噘起嘴。「牠一定在三百年前就死了吧。」

老貝利搖了搖頭。「這麼邪惡的東西絕不會輕易死掉。」

侯爵嘆了口氣。「我想這只是傳說吧，就像紐約市下水道有短吻鱷。」

老貝利嚴肅地點點頭。「啊，你說那些巨大的白色怪物？牠們是在那裡沒錯。我有個朋友就是被其中一隻短吻鱷咬掉腦袋的。」沉默一陣後，老貝利把雕像還給侯爵，隨即舉手擺出鱷魚頭的模樣，作勢猛咬向迪卡拉巴斯。「但其實也還好啦。」他扮了個鬼臉，還露出牙齒，模樣著實嚇人。「他還有另一個頭。」

侯爵哼了一聲，不確定老貝利是否在戲弄自己。他再度把野獸雕像放回大衣內袋。

「等一下。」老貝利說完，轉身進入他的棕色帳篷，回來時手上捧著一個裝飾華麗的銀色箱子，是侯爵在他們上次見面時交給他的。他把箱子遞給侯爵。「這該怎麼處理？你可以拿回去了嗎？把這東西放在身邊老是讓我全身起雞皮疙瘩。」

侯爵走到屋頂邊緣，一次往下跳了八尺，飛到另一棟建築物上。「我會拿回來的，等整件事情結束之後。」他大聲喊道，「願老天保佑你不會用到那東西。」

老貝利探出屋頂邊緣。「我怎麼會知道我需不需要用到？」

「你會知道的。」侯爵大喊，「另外，那些老鼠會告訴你該怎麼處理。」他的聲音甫落，人也從建築物的側面往下滑。他利用排水管和牆上的突起物當扶手。

「希望我永遠都不會知道……我也只能這麼說了。」老貝利自言自語，腦海中突然閃過一個念頭。「喂，」他對著夜色與城市大喊著，「別忘了我要的鞋子和手套啊！」

牆上的廣告看板畫的是兼具提神與保健功能的麥芽飲料，當然也有只要兩先令就可搭火車到海邊的一日遊，另外還有醃燻鯡魚、可以除毛的蜜蠟和擦鞋油。這些被煤煙熏黑的看板是二〇年代末期或三〇年代初遺留下來的物品。理查不敢置信地盯著看。這裡似乎已經完全廢棄，是個被人遺忘的地方。「是大英博物館站，」理查不得不承認，「但是……從來就沒有大英博物館站啊，全都錯了。」

「它大概在一九三三年關閉，都封起來了。」朵兒說。

「也太詭異了。」理查覺得自己好像走進了歷史。他能聽見火車在附近的隧道發出回音，還能感受到空氣因火車經過而迅速地流動。「有很多像這樣的車站嗎？」

「約五十個吧，」獵人回答，「但不是每一個都可以進出，連我們也不例外。」

月臺邊緣的陰影裡有東西在移動。「嗨，」朵兒說，「妳好嗎？」她順勢蹲了下來。有隻棕色老鼠跑到明亮處嗅著朵兒的手。

「謝謝妳，」朵兒愉快地說，「我也很高興妳沒死。」

理查慢慢靠向邊緣。「呃，朵兒，妳能幫我跟這隻老鼠說些話嗎？」

老鼠把頭轉向理查。「鬍鬚小姐說，如果你有什麼話想對她說，直接告訴她就行了。」朵兒說。「鬍鬚小姐？」

朵兒聳了聳肩膀。「這是照字面翻過來的意思，」她解釋，「用老鼠的語言來念會比較好聽。」

理查沒有質疑這件事。「呃，妳好……鬍鬚小姐……嗯，你們的鼠言人有個叫安娜希斯亞的女孩子，她當時帶著我去市場，我們在黑暗中越過那座拱橋，但她一直沒有走過來……」

老鼠以尖銳的吱吱叫聲打斷他，朵兒開始說話，稍微比老鼠慢一點，就像同步口譯。「她說這件事情老鼠並不怪你。你的嚮導……嗯……被黑夜抓走了……被當成過橋費。

「不過……」

老鼠又吱吱叫了幾聲。朵兒說：「他們有時候會回來……她現在知道你很關心這位女孩，並對此表示感謝。」老鼠向理查點點頭，眨了眨黑珠子般的眼睛，跳到地上，急匆匆遁入黑暗。「乖老鼠。」朵兒說。如今她拿到了卷軸，心情似乎變好了。「到那裡吧。」她舉起手，指著一道完全被鐵門擋住的拱形入口。

他們走到入口前面。理查用力地推那扇鐵門，發現從裡面上了鎖。「看來被封住了，」理查說，「我們需要特殊工具。」

朵兒突然露出微笑，使她一瞬間看起來容光煥發，那張稚嫩的臉變得耀眼奪目。「理查，我們一家都是『開啟者』，這是我們的天分，看好了……」她伸出一隻髒髒的手貼在門板上——過了很長一段時間，什麼事也沒發生——但突然間，門的另一邊傳來巨大碰撞聲，這一端則聽到喀擦聲。朵兒又推一次鐵門，生鏽的鉸鏈發出尖銳磨擦聲——門開了。朵兒豎起皮衣的領子，雙手深深插入口袋。獵人以手電筒照著入口後方的一片黑暗：那裡有一段石梯，往上延伸，進入一片漆黑。「獵人，妳可以走在最後面嗎？」朵兒問，「我在最前面，理查可以走中間。」

她往上走了幾級階梯，但獵人仍站在原地。「小姐？」獵人問，「妳要到倫敦上層去？」

「沒錯，」朵兒回答，「我們要去大英博物館。」

獵人咬著下脣搖了搖頭。「我必須留在倫敦下層。」她的聲音微微顫抖。理查發現，這是他第一次看見獵人流露出這樣的神情。無論什麼任務，她先前幾乎都能輕鬆勝任，偶爾還會挖苦別人。

「獵人，」朵兒大感不解地說，「妳是我的保鑣啊。」

獵人看起來很不自在。「我是妳在倫敦下層的保鑣，我不能跟妳去倫敦上層。」

「但妳非去不可。」

「小姐，我沒辦法。我以為妳明白。侯爵就明白。」*只要妳還待在倫敦下層，獵人就會照料妳，*理查心想，*是沒錯。*

「不行。」朵兒的下巴高高揚起，眉頭也皺了起來。「我不明白。是因為什麼原因？」她輕蔑地補了一句：「是因為某種詛咒還是有其他原因？」獵人遲疑了一下，舔舔嘴脣，點點頭，彷彿承認自己染上了某種不可告人的疾病。

「喂，獵人，」理查忍不住說，「妳別鬧了。」有一瞬間，他覺得獵人就要揍他了，如果是這樣，情況一定不妙——又或者他覺得獵人是要哭了——如果是這樣，情況更是大大不妙。但獵人深呼吸，努力壓抑著說：「小姐，妳在倫敦下層的時候我隨時都會在妳身旁護衛，不會讓妳受到任何傷害。然而，妳不能要求我跟著妳到倫敦上層，我沒辦法。」她雙臂在胸口下交疊，雙腳微開，杵在那裡，望著整座地底世界，像一尊用黃銅、青銅鑄造的蜜褐色女人雕像，哪裡也不去。

「那就算了。」朵兒說，「理查，我們走吧。」她沿著階梯往上爬。

「嘿，」理查說，「我們為什麼不先待在下面？我們可以先去找侯爵，等所有人都到齊後再……」

可是朵兒的身影已經消失在上方的黑暗中。獵人站在階梯的最下層，一動也不動。

「我會在這裡等她回來。」獵人告訴理查，「你可以跟上去，也可以留下來，都隨你。」

理查用最快的速度在漆黑中沿著階梯追上去。不久後，他看到朵兒的提燈在他上方。「喂喂，」他氣喘吁吁地說，「等等我。」朵兒停下腳步，等理查追上。他跟上後隨即腳下一軟，趴倒在地，不停喘氣。朵兒只好站在一旁，等他調整好呼吸。「妳不能就這樣跑開。」理查說。朵兒默不作聲。她原本緊閉的嘴唇又抿得更緊了些，下巴也抬得更高。「她是妳的保鑣。」理查表示。

朵兒又開始沿著階梯往上走，理查跟在她後面。「我們很快就會回來。」朵兒說，「到時她就可以繼續保護我了。」

周遭的氣氛相當沉悶。理查心想，在伸手不見五指的情況下，要如何判斷氣氛糟還是不糟？他安慰自己，希望情況沒有到那麼嚴重。「我想侯爵或許知道吧。不管是她的詛咒或是其他事物。」

「是，」朵兒回答，「我希望他知道。」

「他……」理查接著說，「侯爵那人……老實說，我覺得他有點狡猾。」

朵兒不再前進。階梯盡頭是一面粗糙的磚牆。「嗯，」朵兒表示同意，「他是有點狡猾沒錯，就像老鼠，他們都會長些毛。」

「那為何找他幫忙？難道沒有別人可以幫妳了嗎？」

「我們以後再談這件事吧。」她打開伯爵給的卷軸，把寫在上面的潦草字跡迅速看了一遍，重新捲好。「我們不會有事的，」她語氣肯定，「所有訊息都在這裡。我們只要進入大英博物館，找到奉告祈禱圖然後離開。就這麼簡單。沒什麼大不了——閉上眼睛。」

理查順從地閉上眼睛。「沒什麼大不了。」他複誦，「電影裡的人這麼說時，往往代表有什麼可怕的事情要發生。」

他感到一陣微風吹拂在臉上。在他緊閉的眼皮之外，黑暗似乎產生了質量上的變化。

「所以？你的重點是什麼？」朵兒問——連回音的效果也變了！他們已進入一個較大的房間。「你現在可以張開眼睛了。」

理查張開眼睛，猜想他們來到了牆壁的另一邊，而這裡顯然是個堆放舊東西的房間。不過，這裡跟普通的舊物間不同，這些舊物有種相當奇特罕見的質地，應該是某種非常重要、非常稀有、極為特殊又十分昂貴的器物，只有在特定的地方才會看到，像是……

「我們是在大英博物館嗎？」理查問。

朵兒皺著眉，似乎正在思考些什麼（或在聆聽些什麼）。「不完全是，但非常接近。我想這一定是儲藏間之類的地方。」她伸出手，觸摸一件古董衣的布料。那衣服就展示在蠟製假人身上。

「我希望我們能留在保鑣身旁。」理查說。

朵兒頭歪向一邊，慎重地看著他。「你又需要提防些什麼呢，理查．馬修？」

「是沒什麼。」他承認。兩人接著繞過轉角處，他說：「呃……或許就是他們吧。」與此同時，朵兒也罵了一句：「該死！」

格魯布與凡德摩分別站在通道兩側的圓柱基座上，就在他們正前方。

這兩人讓理查想起潔西卡曾帶他去參觀的一個當代藝術展，他對此深惡痛絕——有個激動的年輕藝術家宣稱自己將打破所有的藝術禁忌。為了達到這個目的，他展開一連串有系統的盜墓行動，將三十件他掠奪來最有意思的「藝術品」放在玻璃箱內展示。在藝術家將「失竊的屍首第二十五號」以六位數賣給一家廣告公司後，展覽便結束。後來，「失竊的屍首第二十五號」的親戚在《太陽日報》看到這件物品的照片，立刻控告雙方，要求從該次交易的收益中分紅，並將藝術品改名為「艾格達．弗史普林，生於一九一九，卒於一九八七。我們摯愛的丈夫、父親、叔父，安息吧，爹地」。當時，理查驚恐地看著這些屍體穿著腐朽破爛的衣服、受困於玻璃箱內；他恨自己一直這樣呆呆看著，但他就是沒辦法移開目光。

格魯布露出微笑，看起來活像是一彎弦月塞入蛇的大嘴。這笑使得他與失竊屍首第一號到三十號（其實都沒有多大區別）變得更為相似。「什麼？」格魯布笑著說，「那位『我好聰明我什麼都知道』的侯爵不在你們身邊？那位『我不是告訴過妳我不能上樓』的獵人也不見人影？」他停頓一下，增添些許戲劇效果。「如果把我塗成灰色，說我是大野狼，那他們不就成了天黑之後自己跑出來的兩隻迷途羔羊嗎？」

「你可以說我是大野狼，格魯布先生。」凡德摩加了一句。

格魯布費力地順著圓柱基座爬下來。「這些話沒有嚇著你們吧？小羊兒？」理查四下查看，這附近一定有地方可以逃跑。他伸出手緊緊握住朵兒的手，著急地張望著。

「喔不，請留在原地別動，」格魯布說，「我們喜歡看你們那樣。再說，我們也不希望傷害你們——」

「——我們希望。」凡德摩先生應了一句。

「呃，好吧，凡德摩先生，既然你都這麼說了——我們的確想傷害你們兩個，我們想把你們狠狠修理一頓，不過，這不是我們此刻來到這裡的目的。我們是來這裡讓事情變得更有趣一些。你們看，如果情況變得單調乏味，我跟我的搭檔就會非常焦躁，而且——說出來你們或許很難相信——我們還會變得很不樂觀、很不開朗呢。」

凡德摩向兩人展示自己的牙齒，以示他多麼樂觀開朗。這無疑是理查這輩子看過最可怕的東西。

「走開，不要來煩我們。」朵兒的聲音明朗又鎮定。理查緊緊握著她的手。如果朵兒能這麼勇敢，那他也可以。「你們要想傷害她，就得先殺了我。」

凡德摩似乎因此高興了起來。「好啊，謝了。」

「我們也會傷害你的。」格魯布說。

「但不是現在。」凡德摩說。

「你們看，」格魯布用黏膩的語調對兩人解釋，「此刻，我們只是到這裡來讓你們多擔一點心。」凡德摩的聲音彷彿吹過積滿骨骸的沙漠的夜風。「來讓你們受苦，把你們的生活弄得一團糟。」

格魯布坐在凡德摩站的圓柱基座底。「你們今天造訪了伯爵宮庭。」理查忍不住懷疑他是否很愛用這種自以為輕鬆的語調說話。

「那又怎樣？」朵兒側著身體移動，想離他們遠一點。

格魯布笑了笑。「你覺得我們怎麼會知道這些？你覺得我們怎麼會知道要在哪裡找到你們？」

「我們無論何時都找得到你們。」凡德摩的聲音小得幾乎像耳語。「有人出賣了妳啊小丫頭。」格魯布先生對著朵兒說——理查發現他這句話只對朵兒一個人說。「妳的窩裡有個叛徒。一隻杜鵑❽。」

「快走。」朵兒說完拔腿就跑。理查跟著她一起穿過擺滿舊東西的大廳，朝某扇門飛奔。朵兒伸手一碰，門就開了。

「向他們道聲再見啊，凡德摩先生。」格魯布的聲音從後面傳來。

「掰掰。」凡德摩說。

「不對，不對，」格魯布先生糾正他，「要說『再會、再會』。」他發出聲響，像杜鵑的咕咕、咕咕——只不過這隻杜鵑身高五尺半，而且有吃人肉的嗜好。凡德摩則比較忠於本性，他把那顆子彈型的腦袋高高揚起，像狼一般嗥叫出聲，恐怖至極、凶猛且瘋狂。

他們來到外面，在夜色中沿著布倫斯伯里羅素大街上的人行道拚命往前跑。理查覺得自己的心臟就快從胸腔跳出來了。一輛黑頭車經過。大英博物館就在高聳的黑色圍欄另一邊。巧妙隱藏起來的燈座發出光，照著這棟高聳的白色維多利亞建築外側、正面的巨型圓柱、通往前門的階梯。數百年來，英國透過掠奪、發現、挽救或捐贈等方式從世界各地取得的許多珍寶，都收藏於此。

他們走到欄杆大門處。朵兒伸出兩手抓住、用力推，但什麼事也沒發生。「妳沒辦法打開嗎？」理查問。

「我看起來像是能打開嗎？」她頂了回去，語氣難得尖銳辛辣。順著人行道往前幾百尺，正門處停了幾輛大轎車，一對對衣著時髦的夫婦從車裡鑽出，沿著車道走向博物館。

「那邊，」理查說，「到正門去。」朵兒點點頭，查看身後。「那兩個人不像有跟上來。」兩人加快腳步朝正門走去。

「妳還好吧？」理查問，「剛才是怎麼了？」

朵兒簡直像是整個身子都縮進了皮衣。她看起來比平常蒼白——其實是太蒼白了。她的眼睛下方出現半圓形的黑眼圈。「我很累，」她有氣無力地說，「今天打開太多門了。每開一扇門都要耗掉我不少力氣，我需要一點時間才能回復。只要吃點東西就沒事了。」

正門前有一名門房，每對男女——男士風度翩翩、身穿正裝，女士一身晚禮服，芳香美麗——都必須拿出壓印花紋的請帖給他仔細檢視，等他在名單上打勾後才可以進去。門房旁還站著一名身穿制服的警察，毫不掩飾地檢查著賓客。理查和朵兒穿過正門，沒有半個人多朝他們看一眼。通往博物館前門的石階上站了一排人，理查和朵兒也加入隊伍。有個頭髮灰白的男人帶了個打扮得花枝招展、穿著貂皮大衣的女人，排在他們身後。理查腦中突然閃過一個念頭。

「他們看得見我們？」他問。

---

❽ 杜鵑：可指出賣他人的人。

朵兒轉向那位排在身後的男士，眼睛直視他。「嗨。」

男士四下張望，臉上浮現疑惑的表情，似乎無法確定是什麼東西突然吸引了他的注意力——然後他看到了朵兒——她就站在他前面。

「嗨？」他說。

「我叫朵兒，」她告訴對方，「這位是理查。」

「喔……」男人應了一聲，然後在內袋掏摸，拿出雪茄菸盒，又忘記了他們的存在。「看到了吧？」朵兒說。

「也是。」理查回答。隊伍緩緩朝著博物館正面唯一打開的玻璃門前進。有段時間他們連半句話都沒說。朵兒看著卷軸上的字跡，似乎要確認某件事。理查開口問道：「叛徒是……？」

「他們只是想要讓我們疑神疑鬼，」朵兒回答，「讓我們心煩意亂。」

「他們在這方面倒是做得不錯。」理查說。他們穿越開啟的玻璃門，進了大英博物館。

凡德摩肚子餓了，所以他們走回到特拉法加廣場。

「嚇唬她，」格魯布厭煩地嘀咕，「嚇唬她。我們竟然是要幹這種事。」

凡德摩在垃圾桶裡找到半塊鮮蝦生菜三明治，小心撕成許多小塊，丟到前方的石子路面上，引來一小群夜間覓食的鴿子。「應該採用我的點子才對，」凡德摩說，「絕對可以把她嚇個半死，然後趁她不注意的時候把那男的腦袋摘下來，再把手穿過他的喉嚨，然後扭動一下手指，眼珠就會掉出來。」他很有信心地說：「保證可以讓她放聲尖叫。」他用右手示範這些動作。

格魯布絲毫不感興趣。「為何要在遊戲的這個階段如此謹慎？」

「我不是謹慎，格魯布先生。」凡德摩說，「我只是喜歡看著眼珠掉出來。」更多灰鴿跑來啄食麵包屑和碎蝦肉，卻完全不理會萵苣。

「我不是說你，」格魯布說，「我是指老闆。殺了她、綁架她、嚇唬她。老闆為什麼就不能下個決定？」

凡德摩用來當餌的三明治已經沒了。這時，他一個箭步衝進那群鴿子裡，鴿群隨即發出又短又急的翅膀碰撞聲，不時還夾雜抱怨的咕咕叫，然後不要多久又全都飛走了。「好手法，凡德摩先生。」格魯布讚賞地說。凡德摩手中抓著一隻嚇呆的鴿子。鳥兒在他的緊握下發出煩躁的咕咕聲，徒勞無功地啄著他的手指。

格魯布誇張地嘆了口氣。「嗯，不管怎樣，我們已經確實地把貓放進鴿群了。」此話語帶雙關。凡德摩把鴿子拿到嘴邊，咬下鴿子的頭開始咀嚼，同時發出嘎吱嘎吱的聲音。

保全人員領著博物館的賓客來到一座門廳。這裡似乎被當成了等待區。朵兒完全沒在管守衛，就這麼直接朝博物館的大廳走進去，理查則尾隨在後。他們走過埃及文物區，在一座隱密的樓梯向上爬了幾級，進入一個標示「早期英國文物」的展覽室。

「根據這份卷軸記載，」朵兒說，「奉告祈禱圖就在這房間的某處。」她又看了看手上的卷軸，再仔細環視大廳四周，做了一個鬼臉。「啊，錯了。」她解釋道，隨即沿著樓梯往下走，順原路回去。周遭的景觀給理查一種很強烈的似曾相識感，然後他突然醒悟——沒錯，他當然會感到熟悉——這裡就是他跟潔西卡度過許多週末的地方。但那段日子對他來說已經變得像是很久、很久以前、發生在另一個人身上的事情。

「所以奉告祈禱圖不在這個房間？」理查問。

「對啦對啦，不在這裡。」朵兒的語氣讓理查覺得她對這個問題的反應似乎有點誇張。

「喔，」他應了一聲，「我只是想確定一下而已。」他們走進另一個房間，但理查懷疑自己是不是出現了幻覺。「我聽到音樂。」聽起來像是弦樂四重奏。

「宴會。」朵兒說。

是那群跟著他們一起排隊、身穿晚禮服的賓客。但不對，奉告祈禱圖看來也不在這兒。朵兒走到下一個大廳，理查尾隨在她身後，希望自己能夠多發揮一點功用。「這幅奉告祈禱圖是什麼模樣？」

起初，理查以為朵兒會因為他提出這種問題而斥責他，但朵兒只是停下腳步，揉揉額。「卷軸只說上面有個天使畫像。不過應該很容易找到才對啊！畢竟……」她滿懷希望地加了一句，「這裡能有多少有天使畫像的東西呢？」

第九章

潔西卡正承受著一些壓力，她既憂慮又緊張。她已經將收藏品編好目錄、安排大英博物館舉辦這次展覽，並井然有序地完成主要展示品的修復作業。此外還到會場協助工作人員懸掛或陳列收藏品，最後把受邀參加豐盛餐會的賓客名單整理妥當。她常告訴朋友，幸好自己沒有男友——就算有，根本也沒時間陪對方。但話說回來，她腦海裡時不時會想，空閒的時候有男朋友也滿不錯的，到了週末，可以有個人陪她去逛美術館，有個人可以……

不行，她不能再讓自己想像下去。她立刻打住，如同用手指壓住一顆水銀珠。她把注意力集中在展覽。即使到了這個時刻，距離開幕只剩幾分鐘，還是可能有一堆事情出錯。許多賽馬都是在最後一欄跌倒，許多過度自信的將領會在戰役的最後幾分鐘功敗垂成。潔西卡只想確定不會出什麼問題。她穿著綠色的露肩絲綢洋裝，像一名將軍般忙著指揮士兵，而且還得咬牙忍耐，假裝斯德頓先生沒有遲到半小時。

潔西卡的軍隊是由一名領班、十二名服務生、三位負責承辦酒席的女士、一支弦樂四重奏樂團，還有一位叫做卡列蘭斯的年輕助理所組成。

她檢視放飲料的桌子。「我們準備的香檳夠吧？」領班指了指桌子下面一整個板條箱的香檳酒。

「那氣泡礦泉水呢？」領班又點了點頭，指著另一個箱子。潔西卡噘起嘴。「那一般的礦泉水呢？你知道，不是每個人都喜歡氣泡飲料。」嗯，好極了，普通礦泉水如山一樣高。

弦樂四重奏樂團正在熱身。他們的音量還不夠大，無法壓過從外面門廳傳來的喧鬧。那是一小群有錢人發出的噪音。身穿貂皮大衣的女士抱怨不停，而那些男士——若不是因為牆上掛著「禁止吸菸」的牌子……但也可能是因為醫生的建議——他們大概就要開始抽雪茄了吧。而且，你還能聞到開胃菜、夾肉餡餅、各式拼盤和免費香檳的氣味，還有記者跟社會名流在發牢騷。

卡列蘭斯正用手機跟某人講電話。是那種輕薄、流線形的摺疊手機，相較之下，「星艦迷航」裡的通訊器看起來笨重又老氣。他闔上手機，壓回天線，放進亞曼尼西裝的口袋裡——口袋甚至連點凸起都沒有。他露出笑容，想讓對方放心。「潔西卡，斯德頓先生的司機從車上打電話來，他們頂多再遲個幾分鐘，沒什麼好擔心。」

「沒什麼好擔心。」潔西卡重複了一遍。完了完了，這整件事都要砸了，而且是砸得慘不忍睹。她從桌上拿起一杯香檳一仰而盡，將空酒杯遞給酒保。

卡列蘭斯頭歪向一邊，傾聽從外面門廳傳進來的吵雜聲。那群人想要進來。他看了看手錶，用詢問的表情看著潔西卡，就像要請示將軍許可的上尉：*長官，我們要進入死亡幽谷了嗎？*

「斯德頓先生還在路上，卡列蘭斯，」潔西卡平靜地說，「他要求我們在活動開始之前先讓他獨自參觀一下。」

「要不要我到外面去看看情況？」

「不用。」她堅定地回答——但又以同樣程度的堅定語氣說：「好吧。」處理好食物和飲料後，潔西卡轉向弦樂四重奏，要求他們（這是今晚第三次）照原訂曲目再演奏一次。

卡列蘭斯推開那兩扇門到外面查看狀況。情形比他想的還要糟糕：門廳裡至少擠了上百個人，而且都不是一般民眾，個個來頭不小，甚至還有些知名大人物。

「請問一下，」英國國家藝術委員會的主席說，「邀請函上面寫八點整開始，但現在都八點二十分了。」

「我們只需要再幾分鐘就可以開始，」卡列蘭斯委婉地向對方保證，「是安全上的考量。」

一個戴著帽子的女人向他擠來。嗓音宏亮、語氣蠻橫，一聽就像是國會議員。「小夥子，你知道我是誰嗎？」

「呃，我不太清楚耶。」卡列蘭斯撒謊，事實上他知道在場所有人的身分。「請等一下，我去問問這裡有誰知道。」他退回房間，隨手把門關上。「潔西卡？他們快要暴動了。」

「不要這麼誇張，卡列蘭斯。」潔西卡像一道絲質的綠色旋風在房間裡掃來掃去，一邊指揮那些托著開胃菜或飲料的服務生到大廳的適當角落就定位，接著又去檢查擴音裝置，再看了看講臺、帷幔、拉繩。「我現在就可以想見明天的新聞標題了。」卡列蘭斯作勢攤開一份想像中的報紙。「『為在博物館爭食開胃菜，年邁億萬富翁欺壓年輕行銷負責人』。」

開始有人敲門，門廳裡的音量也升高。有人非常大聲地說：「對不起，有人在嗎？」另一人則對著群眾說這根本是在侮辱他們，讓他們沒面子。「快點執行決策，」卡列蘭斯突然說，「我要讓他們進來了。」

潔西卡大叫。「不行！如果你……」

太遲了。門打開來，群眾隨即湧進大廳。潔西卡臉上的表情迅速從慌亂、震驚轉換成迷人的微笑。她容光煥發地朝門口走去。「男爵夫人，」她邊說，臉上邊綻放出愉快的笑容，「您能在今晚大駕光臨，參觀我們這個小小的展覽會，我真不知該如何表達內心的喜悅。斯德頓先生有點事情耽擱了，但他很快就到。請先用一些開胃菜……」潔西卡從男爵夫人攏著貂皮披肩的肩頭望去，看到卡列蘭斯愉悅朝她眨眼。她在腦海裡把自己所知的詛咒全罵過一遍。當男爵夫人把頭轉向夾肉餡餅，潔西卡立刻走到卡列蘭斯身旁，仍面帶微笑——但用其中一些字眼低聲罵他。

理查嚇到動也不敢動。一名警衛朝他走來，手電筒左右移動著。他四下張望，想找地方躲起來。——太遲了。另一名警衛在他們後面出現，正從幾個希臘諸神的巨大雕像旁邊走過，手電筒的光線到處亂射。「沒問題吧？」第一個警衛大聲問，後面的警衛繼續往前走，剛好停在理查和朵兒身旁。「應該吧。」她說，「剛剛有幾個穿得漂漂亮亮的笨蛋想把名字的縮寫刻在羅塞達石上面。我已經阻止他們了。我真討厭這種工作。」

前方的警衛移動了一下手電筒，剛好照到理查的眼睛，但光又馬上就轉到別處，在陰影裡飛掠而過。「我不是一直跟妳說嗎？」他的語氣就像是某個先知，正用盡方法要消除他人的疑慮，「這不過是『紅死病化裝舞會』再現，頹廢墮落的高級宴會，整個文明就在他們身邊崩毀。」他挖了挖鼻孔，用擦得光亮的黑色皮靴底抹掉鼻屎。

另一名警衛嘆了口氣。「謝了，吉拉德。好了，我們繼續巡邏吧。」

兩名警衛一起離開大廳。「上次也有這種情況，我們發現有人在石棺裡面嘔吐……」其中一名警衛說，門在他們後面關上。

「如果你是倫敦下層的一分子……」朵兒用一種稀鬆平常的語氣對理查說話。兩人肩並肩走著，來到下一個大廳。「除非你停下來跟別人說話，否則他們通常不會注意到你存在。就算他們注意到，也會很快把你忘記。」

「但我那時有看見妳。」理查說。這問題已經困擾他許久。

「我知道，」朵兒問，「這有什麼好奇怪的？」

「每件事都很奇怪。」理查有感而發。遠處的弦樂聲越來越明顯。不知為何，理查覺得在倫敦上層的焦慮程度不知怎麼比先前還要嚴重。他現在被迫不得不去調和兩個世界的差異。在下層，他至少可以像夢遊中的人一樣，只要恍惚地移動雙腳前進就好。

「奉告祈禱圖就在那裡。」朵兒突然大聲地說。她指著音樂傳來的方向，打斷理查的幻想。

「妳怎麼知道？」

「我就是知道，」她的語氣非常肯定，「快走吧。」他們走出黑暗，來到明亮的長廊。長廊裡掛著一幅巨大的看板，上面寫著：

英國的天使

大英博物館主題展

斯德頓企業贊助

他們沿著長廊前進，走過一扇開啟的門，進入正在舉行宴會的大房間。

弦樂四重奏正在演奏樂曲，一群服務生為衣著光鮮的賓客提供食物和飲料。房裡的某處角落設了小舞臺，上面有個講臺，旁邊有一條高高掛著的帷幔。

房裡到處都是天使：有小型基座上的天使雕像，有牆上的天使畫像，也有天使壁畫。有極大的天使，還有極小的天使；有表情僵硬的天使，有和藹可親的天使；有生了翅膀和光環的天使，也有沒翅膀和光環的天使。有好戰天使、和平天使；有現代天使和古典天使。成千上百的天使，尺寸和外型各有不同。西方天使，中東天使，東方天使。米開蘭基羅的天使，約耳彼得威金的天使，畢卡索的天使，安迪．沃荷的天使。斯德頓先生的天使收藏的風格是：「雜亂無章到一種毫無價值的程度，但又是如此兼容並蓄，著實令人印象深刻」——《Time Out》雜誌如是說。

「該怎麼辦？」理查問，「不是我愛挑毛病，但想在這裡找上面有天使圖案的東西，簡直就像大海撈針——啊我的天，那是潔西卡！」理查覺得臉上的血液都流光了。在此之前，他一直以為「面無血色」只是一種比喻，沒想到現實生活中真的會發生。

「你認識？」朵兒問。

理查點點頭。「她是我……呃，我們原本打算結婚。我們在一起兩年了吧。我當初發現妳的時候，她也在場。她就是那個……她在電話答錄機裡……有留言。」他指向房間另一端。潔西卡正跟幾位男士熱烈又愉快地談著天，有安德烈．洛伊．韋伯、巴伯．格爾多夫，還有一位戴眼鏡的男士，看起來像是知名廣告大亨薩奇兄弟之一。每隔幾分鐘，潔西卡就會看一下手錶，瞄一眼門口的動靜。

「她嗎？」朵兒認出了那個女人。她顯然覺得自己該為理查在意的人說些好話。「呃，她非常……」朵兒停頓下來想了想，然後說：「……乾淨。」

理查盯著房間另一頭。「她會不會……因為我們在這裡而不高興？」

「我看是不會。」朵兒對他說，「坦白講，除非你做了什麼蠢事——例如跟她說話，否則她根本不會注意到你。」她頓了一下，然後突然熱情地說：「有食物！」她身上的皮衣過大、鼻子很髒，像個幾天沒吃飯的小女孩似的迅速撲向開胃菜。朵兒的嘴裡立刻塞滿大量食物，她邊嚼邊吞，同時將看起來更豐盛的三明治用紙巾包好，塞進自己的口袋。然後，她拿了一個免洗盤，在上面堆滿雞腿、甜瓜、蘑菇餡餅、魚子醬鬆餅、小條的鹿肉香腸等食物，開始在房間內到處兜圈，專注地查看每件天使收藏品。

理查拿著茴香乾酪三明治和現榨柳橙汁跟著她。

潔西卡感到非常困惑。她注意到了理查——而因為注意到理查，她也注意到朵兒。這兩人讓她有一種很熟悉的感覺，就像是⋯⋯喉嚨底下癢癢的，可又沒辦法去抓。這令她相當不舒服。

這讓潔西卡想起母親以前告訴她的事：有天晚上，潔西卡的母親遇到一位她認識了一輩子的女子。她們曾經一起上學，在當地議會任職，但她在宴會裡遇見那女人時，儘管她知道她有位在出版業做事的丈夫艾瑞克，還有一隻叫少校的黃金獵犬，卻突然想不起對方的名字。這讓潔西卡的母親碎念到現在。

◇

潔西卡簡直心神不寧到了極點。「那些人是誰？」她問卡列蘭斯。

「他們嗎？嗯，他是時尚雜誌新來的編輯，她是《紐約時報》的文藝版記者。兩人中間那位我猜是凱特．摩斯⋯⋯」

「不，不是他們。」潔西卡說，「是他們，在那邊。」

卡列蘭斯順著她指的方向望過去。喔，他們啊。他不明白自己先前為何沒看到那兩人。可能是年紀大了吧，他心想——他就要滿二十三了。「是記者嗎？」他不太有把握地說，「他們看起來挺前衛的⋯⋯會不會是《邋遢時尚》什麼的？嗯，我記得我們有邀請《臉譜雜誌》⋯⋯」

「我認得那男的。」潔西卡語氣挫折。斯德頓先生的私人司機從霍爾本打電話過來，說快到大英博物館了，而理查——他也像流過手指的水銀般從她腦海裡滑出去。

「有看到什麼嗎？」理查問。

朵兒搖搖頭，把嘴裡咀嚼的雞腿吞到肚裡。「這就像在特拉法加廣場玩『找鴿子』遊戲。這裡沒有一件感覺像是奉告祈禱圖。卷軸上面寫說我只要看到就一定認得出來。」她說完後，又開始在會場到處走動，檢視那些天使，從一些人身旁擠過去——例如大企業的總裁、反對黨副主席、倫敦南區最高價的應召女郎。

理查轉過身，剛好跟潔西卡打了個照面。她頭上螺旋狀的栗色捲髮將臉蛋襯托得很完美，看起來漂亮極了。潔西卡對理查微笑：就是這笑容，讓她美得不可方物。「嗨，潔西卡，」理查說，「最近好嗎？」

「報社？」

「你好。說出來你一定不會相信：我的助理居然忘了你是哪家報社的！請問你是？」

「啊？我剛剛是說報社嗎？」潔西卡自我嘲諷著，還發出一陣銀鈴般的甜美笑聲。「雜誌？電視臺？你是媒體嗎？」

「潔西卡，妳的氣色看起來非常好。」理查回答。

「你好像認得我，但我不記得你是誰了耶。」她露出調皮的笑容。

「妳叫潔西卡·巴特蘭，在斯德頓企業擔任行銷經理，今年二十六歲，生日是四月二十三日。妳高潮而且痙攣時會哼猴子合唱團的『我相信』……」

潔西卡臉上的笑容消失。「這是在開玩笑嗎？」她冷冷地問。

「喔對，我們已經訂婚一年半了。」理查又加了一句。

潔西卡緊張一笑。或許這真的是什麼爛玩笑，但只有別人會笑，她自己可笑不出來。「如果我這一年半都跟某人有婚約，我一定不會忘記。」

「是馬修，」理查親切地說，「理查·馬修。妳把我甩了，之後我就再也不存在了。」

潔西卡急忙朝房間另一端胡亂招手。「快到這裡來。」她著急地大喊，開始往後退。

「我相信，」理查愉快地唱著，「我沒辦法離開她……」

潔西卡從身旁的托盤抓了一杯香檳，仰頭一飲而盡。此時，她看到斯德頓先生的司機出現在房間對面。既然斯德頓先生的司機來了，那就表示……

她朝門口走去。

「結果那人是誰？」跟在她身旁的卡列蘭斯問。

「誰？」

「那位神祕男子。」

「我不知道。」她老實承認，然後說：「你可能得去叫警衛。」

「好。但原因是？」

「是……是來保護我安全。」

此時，亞諾德・斯德頓先生走進大廳，上述一切頓時從潔西卡的腦海裡消失無蹤。

斯德頓家財萬貫、腦滿腸肥，他的外型像漫畫家賀加斯❾筆下的卡通人物，水桶腰、多重下巴、鮪魚肚。他年過六十，頭髮花白，而且後面留得太長——他的頭髮太長會讓人看了不舒服，可他就是喜歡讓人不舒服。與他相較，魯伯特・梅鐸只能算壞名聲的小人物，已故的羅勃・麥斯威爾❿也不過是條擱淺的鯨魚。他則是鬥牛——這也是諷刺畫家經常選鬥牛來代表他的原因。他旗下經營的產業不少，包括通訊衛星、報紙、唱片公司、遊樂場、書籍、雜誌、漫畫、電視臺及電影公司。

「我現在要發表演說，」斯德頓先生對潔西卡說了這句話，當作開場白，「然後我就要走了。等一下回來，我要等這些吃得太撐的傢伙都走了以後再回來。」

---

❾ 賀加斯（Hogarth）：英國著名的諷刺漫畫家。

❿ 羅勃・麥斯威爾（Robert Maxwell）：英國傳媒鉅子。

「是的，」潔西卡說，「現在發表演說，沒問題。」

她領著斯德頓先生走上小舞臺，站到講臺上，用指甲敲敲玻璃杯，要大家安靜，但沒人注意到她，所以她只好對麥克風說：「請大家注意。」這次她終於讓交談聲沉寂下來。「各位女士，各位先生，各位貴賓，歡迎大家來到大英博物館，參觀由斯德頓企業贊助的『英國的天使』展覽會。現在，讓我們熱烈歡迎這次展覽的幕後推手，我們的執行長兼董事長，亞諾德．斯德頓先生。」賓客報以掌聲。在場的每個人都非常清楚是誰收集這些天使的。而更重要的是，是誰幫他們付香檳錢。

斯德頓先生清了清喉嚨。「好的，我不會講太久。我年紀小的時候，經常在星期六到大英博物館來，因為這裡不用收門票，而我也沒有太多錢。不過，我會爬上這些很高的大階梯，進入博物館，來到這個房間，坐下來看著這個天使。我覺得天使似乎知道我腦袋裡在想什麼。」

就在此刻，卡列蘭斯從外面走進來，身旁跟著幾名警衛。他指著理查。理查已停下來聽斯德頓先生的演講，而朵兒仍在會場檢查展示品。

「不對，是他。」卡列蘭斯壓低聲音，不停對警衛說，「不是……看好，在那裡……有沒有？就是他。」

「總之，東西如果沒有好好照料，」斯德頓繼續說：「會慢慢腐朽，在現代的緊張和壓力下逐漸風化，變得毀損不堪。我花了他媽的一大筆錢……」他頓了一下，確定大家有聽懂——如果亞諾德．斯德頓認為那是他媽的一大筆錢，那必定就是他媽的一大筆錢。「加上十幾位工匠，耗費大量時間修復，才把它修好。之後，這項展覽會到美國，然後到世界各地巡迴展出。或許能啟發其他的小窮鬼，去建立自己的媒體帝國。」

他環顧四周，然後轉向潔西卡，低聲問道：「我接下來要做什麼？」潔西卡指著帷幔旁邊的拉繩，斯德頓先生拉了一下繩子，帷幔晃開，露出一扇老舊的**門**。卡列蘭斯所在的房間角落仍零星出現混亂。「不是他，是那個人。」卡列蘭斯說，「我的天，你是瞎了不成？」

從外表看起來，那似乎原本是大教堂的門。這扇門有兩個人高，寬度足以讓一匹小馬穿過；木質門板上雕刻了一幅圖案，上面漆了紅、白兩色，並加上金葉，儼然是個脫俗的天使。它以屬於中世紀風格的眼神凝望世界。賓客發出一片讚嘆，開始鼓掌。

「奉告祈禱圖。」朵兒用力拉了拉理查的衣袖。「就是它！理查，快跟我來。」她跑到舞臺上。

「對不起，先生。」一名警衛對理查說，「我們可以看一下你的邀請函嗎？」另一名警衛慎重地抓住理查的手臂。「有沒有證件？」

「沒有。」理查回答。

朵兒這時已經跑上舞臺。理查試圖掙脫束縛，好跟上去。他希望警衛能忘了自己的存在，但他們沒有。理查現在已經引起警衛的注意，他們把他當成一個邋遢骯髒、滿臉鬍碴的不速之客。抓著理查手臂的警衛加重手上的勁道，低聲說道：「別想跑。」

朵兒在舞臺上停下腳步，腦子不停在轉，思考著有什麼辦法可以讓警衛放開理查。最後，她只想到一個方式：她衝到麥克風前面踮起腳尖、扯開喉嚨，使出全身力氣對著播音系統尖叫，而她的尖叫聲確實不同凡響。光是在沒有其他輔助的情況下，她的聲音就已經像接上骨鋸的新型強力電鑽，能貫穿你的腦袋。一旦有播音器材加持……一般人一輩子恐怕都很難聽到這種聲音。

有個女侍的飲料托盤掉落，所有人都轉過頭，用手摀住耳朵，所有對話也隨之終止。眾人既困惑又驚恐地看向舞臺，理查趁機脫身。「抱歉。」他對呆住的警衛說完，立刻掙脫了他，逃之夭夭。「我們跑錯倫敦了。」他跑上講臺，抓住朵兒伸出來的左手，而她的右手隨即去摸了奉告祈禱圖——也就是那扇雄偉的教堂大門。朵兒一碰到那扇門，門就開了。

這次沒有人的飲料掉下來，他們都目瞪口呆、不知所措——而且還有段時間其實什麼都看不見。

奉告祈禱圖打開，光線從門後傾瀉而出，房內光芒萬丈。大家馬上閉起眼睛，遲疑一下才張開，看得目不轉睛。這就像在室內施放煙火——而且不是那種到處會亂爬還劈劈啪啪、味道很難聞的室內煙火，也不是在後院點放的沖天炮，而是那種可以射得極高，足以影響航空安全的工業煙火，也是迪士尼樂園在閉園前施放的煙火，或平克佛洛伊德演唱會中讓消防隊頭痛的煙火。

這是一個神奇又魔幻的時刻。

觀眾看得出神，臉上滿是驚愕。現場只聽得人們觀賞煙火時嘖嘖稱奇發出的輕聲讚嘆。接著，邋遢的年輕人和穿著寬大皮夾克、滿臉髒兮兮的女孩走入這場燈光表演，隨即消失。

那扇門在他們身後關了起來，燈光表演結束。

一切再度回復正常。賓客、警衛、服務生眨眨眼睛，搖搖頭，既然這起過去未曾體驗過的事件已經如此這般地發生，眾人全部默然同意其實這件事情根本沒發生。弦樂四重奏又繼續演奏。

斯德頓先生離開了會場，途中草草向一些熟人點點頭。潔西卡走到卡列蘭斯旁邊。「這些警衛……」她小聲地問，「到這裡來做什麼？」

她提及的那些警衛站在賓客中間東張西望，似乎不曉得自己所為何來。卡列蘭斯想要解釋原因，卻赫然發現自己根本說不出來。「交給我來處理吧。」卡列蘭斯敏捷地說。

潔西卡點點頭。她看著自己負責的宴會，露出溫和的笑。一切都進行得非常順利。

理查和朵兒走進光裡，四周暗了下來，涼颼颼的。理查眨著眼睛，視線中還留有光線的殘像，讓他幾乎什麼也看不見。等到雙眼習慣周遭的黑暗，那一連串模糊的橘綠色光點才慢慢消失。

他們在一個由岩壁鑿穿而成的大廳裡，生了鏽斑和蓋滿灰塵的黑色鐵柱撐起屋頂，隱入遠方的黑暗，或許綿延了好幾里吧。理查聽到某處傳來輕柔的水花飛濺聲，也許是噴泉，也許是泉水。朵兒仍緊緊握住他的手。遠處，一簇微弱的火焰忽隱忽現，後面緊接著另一簇火焰，然後又一簇。理查發現那是一排蠟燭，燭火在風中搖曳不已。一個身穿簡單白袍的高大人影經過那排蠟燭，朝他們走來。

人影的移動速度看來很慢，但其實應該很快，因為不到幾秒鐘那人就來到兩人身旁。他有一頭金髮、蒼白臉孔，不比理查高多少，卻讓理查覺得自己像個小孩。他既不是男人，也不是女人；他長得很俊美，聲音和緩。他開口說：「是朵兒小姐嗎？」

朵兒回答：「是的。」

他露出溫和的微笑，向朵兒點了點頭，一派謙遜。「很榮幸，終於見到妳跟妳的同伴。我是天使．伊斯靈頓。」他的大眼清澈明亮，長袍並非理查最初認為的白色——那似乎是由光線編織而成。

理查不相信有天使，他以前從來不信。要否認看不見的事物是很容易，但要否認一個正注視著自己、還叫出自己名字的天使，就沒那麼簡單。

「理查．馬修，也歡迎你來到我的教堂。」他轉身說道：「請隨我來。」

理查和朵兒尾隨天使穿過岩洞，燭火在他們身後自行熄滅。

迪卡拉巴斯侯爵邁步跨過空曠的醫院，碎玻璃和破舊的注射器在黑色方頭長靴下嘎吱作響。他穿過雙層門，看到隱密的階梯，接著沿梯往下，來到醫院地下室。

他穿過幾個地下室的房間，小心翼翼繞過一堆堆腐敗的廢棄物，經過幾個淋浴間和廁所，再爬下老舊的鐵梯，越過一片積水的區域，最後打開一扇半腐朽的木門，走了進去。他環顧室內——這裡除了他以外沒有其他人。他露出極為不屑的表情，檢視吃剩一半的小貓和一堆刮鬍刀片。看完後，他把某張椅子上的垃圾清到一邊，在漆黑的地下室坐下，舒展一下四肢，接著開始閉目養神。

終於，通往地下室的門打開，有人進來了。

侯爵睜開眼睛，打個呵欠，對格魯布與凡德摩露出一個大大的笑容。「兩位好啊，我想也該到這裡找你們私下談談了。」

第十章

「你們喝葡萄酒嗎？」天使・伊斯靈頓問道。

理查點點頭。

「我喝過一點葡萄酒，」朵兒遲疑地說，「我父親……他……在晚餐時會讓我們淺嘗一些。」

伊斯靈頓拿起瓶子。從外觀看來，這像是某種玻璃瓶，但理查懷疑那究竟是不是玻璃做的，因為燭光的反射與折射方式非常怪異。也許瓶子的材質是某種水晶？或巨鑽？它甚至還讓裡面的葡萄酒呈現閃閃發光的狀態，彷彿是用光線釀成。

天使拔開水晶瓶蓋子，倒出約一寸的瓶中液體到酒杯裡。這是一種白葡萄酒，但理查從未看過這樣的葡萄酒。酒液在岩洞裡散發光芒，就像游泳池上方的陽光。

朵兒和理查在一張舊得暗沉的木桌旁坐下。他們坐的是巨大的木椅，兩人什麼話也沒有說。「這種葡萄酒，」伊斯靈頓說，「只剩最後一瓶了。妳的一位先祖送了十二瓶給我。」

他把杯子遞給朵兒，再從瓶裡倒出一寸閃閃發光的液體到另一隻酒杯裡。他倒的姿態虔誠，近乎深情，就像正在進行宗教儀式的神職人員。「這是個令人愉悅的禮物。這是……嗯，差不多三、四萬年前的事。無論如何，都有一段時間了。」他把酒杯遞給理查。「你們可以指責我不該浪費如此珍貴的東西，」他對兩人說道，「但我沒什麼機會接待客人，這裡的生活又很清苦。」

「奉告祈禱圖……」朵兒低聲說。

「是的，你們用奉告祈禱圖到這裡來，但這種方式每個人只能用一次。」天使高舉手中的酒杯，看著那光芒。「喝的時候小心，」他提醒另外兩人，「這酒非常烈。」他在木桌旁坐下，坐在理查和朵兒中間。「品嘗的時候，」天使用懷念的語氣說，「我喜歡想像自己是在品嘗過往歲月裡的陽光。」他舉起酒杯。「敬舊時榮景。

「敬舊時榮景。」理查和朵兒齊聲說。然後小心翼翼淺嘗、啜飲，而不是大口喝下。

「太驚人了。」朵兒說。

「沒錯，」理查附和，「我以為陳年老酒接觸到空氣會變成醋。」

天使搖了搖頭。「這瓶酒不會。其中的關鍵取決於葡萄的種類以及生長的地方。可惜呀，在當地葡萄園遭到海浪淹沒後，這種葡萄就絕跡了。」

「好神奇，」朵兒繼續啜飲發光的液體，「我從來沒喝過像這樣的東西。」

「而妳再也喝不到了，」伊斯靈頓說，「再也不會有亞特蘭提斯產的葡萄酒了。」

理查內心深處有個理性的小聲音，想指出從來就沒有「亞特蘭提斯」這個地方，而這個聲音更進一步表示，天使根本不存在。由此推論，過去這幾天經歷的事絕大部分更是不可能發生。理查沒去理會這聲音，他正艱難地學習去相信自己的直覺，明白自己最近看見、經歷的種種狀況，最簡單而且最有可能的解釋就是明擺在眼前的事實——不管多難相信都一樣。他張開嘴，又嘗了一口葡萄酒。這酒讓他快樂，讓他覺得天空變得比以往更大、更藍；金黃色的大太陽高掛在天上；一切事物都比他知道的更單純、更年輕。

他們左側有一道小瀑布，清澈的水從石頭中流出，匯集在底部的岩池；右側有一扇門，設置在兩根鐵柱之間。那扇門是用精鍊的燧石建成，立在近乎黑色的底座上。
「你真的自稱天使？」理查問，「我的意思是，所以你真的見過上帝之類的嗎？」
伊斯靈頓微微一笑。「我沒給自己冠什麼頭銜，理查，但我的確是天使。」
「能見到你我們非常榮幸。」朵兒說。
「不，你們能蒞臨我才覺得榮幸。妳的父親是個好人，朵兒，而且他也是我的好朋友。他的死令我感到哀痛。」
「他說……在他的日記裡……他說我應該來找你，他說我可以相信你。」
「我只希望自己值得如此的信賴。」天使啜飲一口葡萄酒。「倫敦下層是我第二座關心的城市——第一座已經沉沒在海面下，而我也無力阻止那件事發生。我知道何為痛苦、何為失落。我非常同情你們。你們想要知道什麼？」
朵兒頓了一下。「我的家人……格魯布和凡德摩殺了他們。不過，是誰在幕後指使？我想……我想知道原因。」
天使點點頭。「許多祕密經由各種管道到我這裡來。有許多謠言，還有半真半假的陳述及附和。」
他轉向理查：「你呢？理查．馬修，你想要什麼？」
理查聳了聳肩。「我想要回我的生活，我的公寓，還有我的工作。」
「這可以辦到。」天使說。
「哦。」理查默然地應了一句。
「你懷疑我嗎？理查．馬修？」伊斯靈頓問他。
理查正視他的雙眼：那兩顆灰色眼珠散發冷光，古老一如宇宙——它曾在幾千萬年前看著銀河系由星塵凝結而成。理查搖了搖頭。伊斯靈頓和藹地對他笑。「這趟旅程並不容易，而妳和妳的夥伴，不論是在任務中或返回時，都將面臨非常艱鉅的挑戰。不過，我們總有辦法學習，而這正是解決所有問題的關鍵。」

伊斯靈頓起身，走到小型的石製書架前，架上放著幾個小雕像，他拿起其中一個。這個黑色小雕像用火山玻璃做成，看起來像是某種動物。天使把它放到朵兒手中。「這東西會帶領你們安全完成最後階段，然後回到我這裡。其他的就靠你們自己了。」

「你要我們去做什麼？」理查問。

「黑修士是某把鑰匙的保管人，把那鑰匙帶來給我。」

「然後你就可以找出是誰殺害我的家人？」朵兒問。

「希望如此。」天使回答。理查喝完杯裡的葡萄酒，感到非常暖和，有一股熱氣流遍全身。他突然有種詭異的感覺——如果現在低頭看自己的手指，將會看到葡萄酒在指間閃閃發亮，就好像他整個人是由光線組成……

「祝你們好運。」伊斯靈頓輕聲說，四周突然出現奔走的聲音，就像一陣風颯颯吹過枯乾的樹林——但也可能是巨大的翅膀拍動的聲音。

理查和朵兒坐在大英博物館某個房間的地板，看著一扇教堂大門上雕繪的天使畫像。房裡黑暗空曠，宴會早就結束了，外面的天空已經露出一點魚肚白。理查才站起來又彎下身，拉了朵兒一把。

「黑修士？」他問。

朵兒點點頭。

理查到倫敦市區時曾多次走過黑修士橋，但他已經學會不要隨意對任何事下定論。

「是某些特定的人。」

理查走到奉告祈禱圖前，用一根手指摸著畫布。「妳覺得他真的做得到嗎？真的能讓我回到原先的生活？」

「我從來沒聽過這種事，但我想他不會欺騙我們的。他是天使。」朵兒張開手，看著那個野獸雕像。「我父親也有過一個這樣的東西。」她哀傷地說，然後小心地將那物品放進棕色皮夾克的口袋裡。

「該走了，」理查說，「我們如果一直待在這裡浪費時間，就沒辦法拿回鑰匙了，對吧？」他們走過空無一人的博物館長廊。

「妳對這把鑰匙有什麼了解？」理查問。

「一點都不了解。」朵兒回答。他們已經來到博物館正門。「我聽過黑修士，但從來沒跟他們打過交道。」她伸出手指，按著深鎖的玻璃門，門隨即打開。

「一群僧侶啊……」理查沉思了一會兒後說，「我敢說，我們只要告訴對方是要拿給天使——真正的天使，他們就會把神聖的鑰匙交給我們。然後……可能會拿魔法開罐器和會發出氣笛聲的起子丟我們，當作某種意外驚喜。」他哈哈大笑，然後又忍不住懷疑自己是否受到葡萄酒影響。

「你心情不錯嘛。」朵兒說。

理查點點頭，似乎相當興奮。「我就快要可以回家了，一切都將恢復正常。生活又要開始無聊——但也又要開始變得美好了。」他看著通往大英博物館前的石階，覺得這裡一定就是弗雷．亞斯坦與金姐兒．羅傑斯⓫跳舞的地方。既然那兩人眼下不可能在場，他只好模仿弗雷．亞斯坦的舞步，

⓫ 弗雷德．亞斯坦（Fred Astaire，1899-1987）及金姐兒．羅傑斯（Ginger Rogers，1911-1995）是美國三〇到四〇年代著名的舞蹈家及電影演員，曾合作過多部歌舞片。

在階梯上面跳了起來，嘴裡還哼著一段可能是《麗茲餅乾上的布丁夾心》或《禮帽、白領帶和燕尾服》的旋律。「呀—噠—噠—噠—噠—噠—呀——」他邊唱邊踏著踢踏舞步，又跳回石階上。

朵兒站在階梯頂端盯著他看，一臉驚慌，但很快就忍俊不住，咯咯笑了出來。理查看了她一眼，把假想出來的白色絲質高帽脫掉，向她致意，然後再作勢將帽子高高丟入空中，再接住戴回頭上。

「笨蛋。」朵兒笑著說。而理查的回應則是抓住她的手，繼續在階梯上來來回回跳著舞。朵兒遲疑了一會兒，也跟著跳起舞來。她的技巧比理查好多了。最後，他們在階梯底端絆了一跤，不小心抱在一起，氣喘吁吁的兩人都精疲力竭，但仍笑個不停。

理查覺得自己的世界不斷在旋轉。

他覺得朵兒的心臟貼著自己的胸膛，劇烈跳動。這一刻非常微妙，而他不知道自己該做些什麼。他納悶自己是否想親吻朵兒，又很快知道自己真的不知道。他看著朵兒那對總會令人驚嘆的雙眼，朵兒見狀立刻轉開臉，掙脫出他的懷抱。她將棕色皮夾克的領子高高豎起，包住了臉，做出防衛姿態。

「我們去找保鑣吧。」朵兒說。他們一起離開博物館，來到人行道，朝大英博物館站走去，沿途還偶爾不小心絆了幾下。

「你，」格魯布問，「想要什麼？」

「所有人，」迪卡拉巴斯侯爵技巧性地反問，「都有想要的東西。」

「死的東西，」凡德摩提議，「可以多點牙齒。」

「我想，或許我們可以來做個交易。」侯爵說。

格魯布大笑，聽起來活像好幾片指甲同時刮過一塊黑板。「侯爵先生，我想我可以在不牴觸在場任一方的利益下，非常有自信地說，你已經失去了理智——一直以來，你都以理性自持而著稱——如果要再說白一點，我會說你腦袋壞了。」

「你敢再說一個字，」凡德摩站在侯爵坐的椅子後面，「在你來不及反應之前，你的頭跟脖子就會分家。」

侯爵用力吹吹指甲，在外套翻領上磨了磨。「我一直有個想法：無能之人最後的藉口便是暴力，懦夫最後的庇護便是逞口舌之快。」

格魯布怒視著他。「你到底來這裡幹什麼？」他喝叱著。

侯爵伸了伸懶腰，就像一頭大貓——又或許是山貓吧，要不就是巨型黑豹。最後他舒展一下筋骨站了起來，雙手伸進那件華麗大衣的口袋。「格魯布先生，」他用一種滿不在乎的語氣說，「我聽說你是唐朝雕像的收藏家。」

「你怎麼知道？」

「人們總會告訴我一些事，我是個很好親近的人。」侯爵的笑容單純又平靜，甚至可說誠懇。當別人想把用過的聖經賣給你，就會出現這種笑容。

「就算我是好了……」格魯布說。

「如果你是這樣的收藏家，」侯爵打斷他的話，「或許會對這個東西感興趣。」他從口袋裡抽出一手，在格魯布面前展示那東西。當天傍晚前，這件東西一直放在玻璃盒中，妥善收藏在倫敦一家著名商業銀行的金庫裡。某些收藏品目錄將之稱為「秋意」。這座上了釉的陶瓷雕像約八寸高，是在歐洲的黑暗時期、哥倫布出航前六百年時形塑、上釉、燒製的。

格魯布不由自主發出驚嘆，伸手想拿，但侯爵立刻縮手，把雕像放到胸前。「不行、不行，」侯爵說，「可沒有這麼容易。」

「不行？」格魯布問，「有什麼可以阻止我們從你手中把東西搶過來？然後讓你身體的破爛碎片散到整個下層世界？我們還沒肢解過侯爵呢。」

「有啊，」凡德摩說，「在十四世紀的約克郡，在雨中肢解的。」

「那人不是侯爵，」格魯布說，「他是愛塞特『伯爵』。」

「還有西摩蘭侯爵。」凡德摩露出相當得意的表情。

格魯布哼了一聲。「那……有什麼可以阻止我們不要像對付西摩蘭侯爵那樣，把你砍成碎片？」

迪卡拉巴斯把另一隻手從口袋裡伸出，手中握著一枝小鐵鎚。他把鐵鎚往空中一拋，接著抓住手把，作勢要朝那件陶瓷雕像敲下去。「哎呀，拜託你們幫幫忙，別盡做一些無聊的恐嚇。如果你們兩個能退到後頭，我應該會舒服一些。」

凡德摩迅速望了格魯布一眼，格魯布點點頭，動作細微到幾乎無法察覺。於是黑影一閃，凡德摩已站在格魯布身旁，格魯布的笑簡直像具死人骨頭。「一般人確實知道我在收購難得一見的唐朝文物，」他承認，「那是要出售的嗎？」

「在下層社會裡，我們不太做那種買賣交易，格魯布先生。以物易物，或是等價交換才是我們用的方式。不過嘛，沒錯，這件非常吸引人的雕像確實要出讓。」

格魯布緊閉雙唇。他兩手交疊，一會兒又放開，一手順過油膩的頭髮，接著說：「開價碼。」侯爵鬆了一口氣，深呼吸一下（大聲得都能聽到了）。他總算能讓精心策劃的詭計揭開序幕。「首先，我提出三個問題，所以要聽到三個答案。」

格魯布點點頭。「彼此彼此，我們也要聽到三個答案。」

「挺公平的。」侯爵說，「第一，我要可以安全地離開這裡，而你們必須同意至少給我一小時先跑。」

格魯布用力點了點頭。「同意。現在提出你的第一個問題。」他的目光凝聚在雕像上。

「第一個問題：你們為誰工作？」

「這個問題很容易，」格魯布回答。「答案也很簡單。我們為僱主工作，而他從未透露自己的身分。」

「唔。你們為何殺害朵兒的家人？」

「這是我們僱主的命令。」格魯布的笑容在此時變得更加狡猾。

「你們有機可趁的時候為何沒殺了朵兒？」

格魯布還來不及回答，凡德摩就說：「必須讓她活命。只有她能開啟那扇門。」

格魯布狠狠瞪了搭檔一眼。「夠了，你乾脆把所有事情都告訴他算了。」

「我以為輪我了。」凡德摩低聲說。

「好，」格魯布說，「你已經聽到三個答案，希望能對你有所幫助。我的第一個問題：你為什麼要保護她？」

「她父親救過我的命，」侯爵老實回答，「我一直沒機會還他人情。我希望人情永遠都是別人欠我，不是反過來。」

「我有問題。」凡德摩說。

「我來問就可以了，凡德摩先生：那個來自上層世界的傢伙——理查・馬修——為什麼要跟她一起行動？她為什麼允許這種情況發生？」

「因為多愁善感吧。」侯爵回答。他這麼說，腦海中又不禁納悶是不是真的只有這樣。他開始懷疑，朵兒對那個上層來的傢伙還有一些不為人知的想法。

「現在輪到我了。」凡德摩說，「我現在在想哪個數字？」

「你說什麼？」

「我現在在想的是哪個數字？」凡德摩重複一次，「這個數字介於一和很多之間。」他好心地又加一句。

「七。」侯爵回答。凡德摩點點頭，一臉折服。

格魯布接著說：「他們在哪……」但侯爵搖搖頭。「夠了，不要太貪心。」

在這潮溼的地下室裡有段異常安靜的時刻，然後水又流了下來，蛆也發出沙沙響。侯爵開口說：「一小時先跑，別忘了。」

「沒問題。」格魯布應了一句。

侯爵將雕像拋向格魯布，格魯布迫不及待地一把抓住，臉上的神情就像毒癮犯了的人拿到一包裝滿白粉的塑膠袋。侯爵立刻離開地下室，頭也不回。

格魯布仔細檢視雕像，不斷在手中翻來翻去，就像某個在惡咒博物館工作的策展人，細細地打量著這得獎的展示品。他不時像蛇一般啪啪吐出舌頭，毫無血色的面頰上冒出明顯紅暈。「好極了好極了，」他低聲說，「的確是唐朝的東西。一千兩百年的歷史，世上最好的陶瓷雕像，這是有史以來最出色的陶工九龍製作的。真是舉世無雙的寶物啊！看這釉藥的色澤、完美的比例。看這生命力……」他露出嬰兒般的笑容，但那天真的笑裡卻隱隱藏著失落與困惑。「它為這個世界增添更多讚嘆，還有美感。」

他咧嘴笑開，嘴巴張得非常大。他將臉湊向雕像，用牙齒咬碎頭部，放肆大嚼，再大口吞下。他用牙齒把瓷器磨成粉末，因此掉滿整張臉的下半部。

他因為雕像的毀滅而狂喜，像雞籠裡的狐狸，陷入某種詭異的瘋狂狀態，散出無法控制的殺戮欲望。當雕像只剩一堆粉末，格魯布轉向凡德摩，神情異常平靜，甚至有點無精打采。「我們說要給他多少時間？」

「一小時。」

「嗯。那現在過了多久？」

「六分鐘。」

格魯布低下頭，用一根手指摸摸下巴，舔著指尖上的黏土粉末。「去跟蹤他，凡德摩先生，我需要一點時間好好品嘗這件難得的寶物。」

獵人聽見他們走下階梯的聲音。她站在陰暗處，雙手交疊──自他們離開，她就一直保持同樣姿勢。理查大聲哼著曲子，朵兒忍不住發笑──但她會突然停下來，叫理查安靜，接著又開始咯咯笑。他們經過獵人卻沒注意到她。

獵人從陰影中走出來，說：「你們去了八個小時。」她只是陳述事實，沒有好奇，沒有責備。朵兒對她眨了眨眼。「我沒想到去了這麼久。」獵人沒說話。

理查困倦地對她咧嘴一笑。「難道妳不想知道發生了什麼事嗎？我們遭到格魯布和凡德摩的埋伏，很不幸，我們身邊沒有保鑣。儘管如此，我還是讓他們白忙一場。」

獵人揚起一邊眉毛，冷冷說道：「你的格鬥技巧令我十分佩服。」

朵兒笑了起來。「他在開玩笑啦。其實──他們成功殺了我們。」

「身為一名終結生命的專家，」獵人說，「我必須提出異議。你們都還好端端地活著。在我看來，你們是爛醉了。」

朵兒對保鑣伸出舌頭。「胡說……我沾不到一滴……就那麼一點點。」她彎起兩根手指，表示出所謂「那麼一點點」的量。

「只不過是去參加一場宴會，」理查說，「遇到了潔西卡，看到真正的天使，拿了一隻小黑豬，然後我們就回來了。」

「就喝了那麼一點點酒，」朵兒熱切地繼續說，「年分很久、很久的酒，只沾了一滴滴，非常……非常少，幾乎感覺不到。」她開始打嗝，隨即又咯咯笑，然後打嗝中斷了她的笑聲，她突然坐倒在月臺上。「我想……或許我們真的是醉了。」她認真地說，然後閉上眼睛，開始以莊嚴的神態打起鼾。

迪卡拉巴斯侯爵在地底通道狂奔，彷彿每一頭地獄獵犬都會聞到他的氣味，在後面窮追不捨。他涉過絞刑執行地那六寸深的泰朋河河水，一路激起水花，進入公園道正下方那條往南通向白金漢宮的磚造下水道，利用黑暗掩護自己。他已經跑了十七分鐘。

來到大理石拱門下約三十尺處，侯爵暫停片刻。下水道分岔成兩條。他選擇左邊那條，繼續往前跑。

幾分鐘之後，凡德摩走過這條下水道。當他到達那個交叉點，他也同樣暫停片刻，皺起鼻子嗅了嗅，也選擇左邊那條下水道繼續往前走。

獵人不滿地一哼，把不醒人事的理查丟在一堆麥稈上。理查在麥稈堆裡翻了個身，含糊地說了一句什麼，聽起來像是「我沒確你不用一竹搖啊」，然後又睡著了。獵人接著把朵兒放在理查身旁的麥稈堆上，動作比剛才輕柔些，然後站在朵兒身邊，在地底某個漆黑的馬廄裡靜靜擺出警戒姿勢。

迪卡拉巴斯侯爵已經精疲力竭。他靠在下水道的牆上，盯著前面一道往上延展的階梯，拿出金色懷錶看看時間。從他逃出醫院地下室算起過了三十五分鐘。

◇

「一小時到了嗎？」凡德摩問。他就坐在侯爵前方的階梯上，正用小刀剔指甲。

「還久呢。」侯爵回答，上氣不接下氣。

「感覺已經過了一小時。」凡德摩親切地說。

空氣裡出現微微顫動，格魯布已站在侯爵背後，下巴還沾了一些粉末。侯爵瞪了格魯布一眼，再轉身看著凡德摩，最後忍不住放聲大笑。

格魯布露出笑容。「你覺得我們很有趣是吧？侯爵先生？我們是歡樂的來源，是不是？我們身上穿著漂亮的衣服，我們迂迴委婉的……」

凡德摩先生低聲抱怨：「我可不委婉……」

「……說話方式，再加上有些愚蠢的態度和舉止，或許我們真的是很有趣吧。」

格魯布舉起一根手指，對迪卡拉巴斯搖了搖。「但你一定從未想到，侯爵先生，」他繼續把話說完，「有些東西就是因為有趣才危險。」

凡德摩對著侯爵擲出小刀，刀柄又狠又準地命中他的太陽穴，他立刻兩眼翻白，雙膝一軟倒在地上。「委婉，」格魯布對凡德摩說，「是一種兜圈子的說話方式——離題——廢話。」

凡德摩抓著迪卡拉巴斯侯爵的腰帶拖他上階梯。他們每走一步，侯爵的頭就「乒、乒、乒」地敲，凡德摩點了點頭。「我就想說怎麼這麼奇怪。」

獵人站著睡。

她在他們沉睡時守護他們的美夢。

夢裡的獵人正在曼谷下方的地底城市。這座城市部分是迷宮、部分是森林，因為泰國的荒野景觀已經退守到地底深處，藏到機場、飯店、街道的下方。整座城市充滿香料和芒果乾的氣味，瀰漫著還算愉快的性愛氣息。天氣潮溼悶熱，獵人身上流著汗。原本的黑暗被牆上發出磷光的斑點驅散——灰綠色菌類厚得發亮，足以讓眼睛看見四周，在裡頭行走。

夢裡的獵人毫無聲息地移動，幽靈般走過潮溼地道，從植被中找空隙穿過去。她右手握著一根沉重的擲棍，左前臂藏在一面皮盾後方。

獵人在夢裡聞到刺鼻的野獸氣息，隨即在廢置的石造建築旁停下腳步，靠在牆邊等待，成為陰影的一部分，與黑暗融為一體。獵人相信狩獵就像人生，大多時間都在等待。然而，獵人在夢中並沒等多久。她剛到此處，那東西就穿過了矮樹叢。那是一隻棕白相間的狂獸，胸膛微微起伏，像條溼透的蛇。牠的紅眼閃閃發光，從黑暗中穿刺過來，牠牙齒像針尖，是致命的武器。這種生物在上層世界已經絕跡。牠重約三百磅，從鼻尖到尾端長約十五尺多。

牠經過她身邊，獵人發出蛇般的嘶嘶聲，牠一時之間受到本能影響，僵在原地。然後，牠撲向獵人，臉上只有憎惡——還有鋒利的牙齒。夢裡的獵人記得，這情景以前也發生過，那時，自己舉起左臂的皮盾擋住牠的嘴，用鉛製的擲棍敲碎牠的頭骨，盡量不傷到牠的毛皮。獵人後來把這隻大鼬鼠的皮送給了一名她在意的女孩，而對方也有禮地表示感謝。

但現在，在她夢中，同樣的情形並未重演。反而是鼬鼠伸出一隻前掌朝她抓來。獵人丟掉手中的擲棍，握住牠的前掌。然後，在曼谷下方的地底城市裡，他們相擁起舞，踏著難以理解又不斷重複的舞步。獵人在旁以第三者的角度觀賞，對他們移動時的巧妙動作十分佩服。他們的尾巴、手腳、指頭、眼睛和頭髮，全都激烈又詭異地扭成一團，翻滾又翻滾，永無止境。

清醒的世界裡傳來一陣細微的聲響，是朵兒在說夢話。獵人馬上從睡眠狀態轉為清醒，再度恢復警覺，隨時提防。她一醒來，也把剛才的夢都忘了。

朵兒夢到父親。

夢裡，父親教她如何打開東西。他拿起一顆橘子，做了個手勢，橘子隨即順順地由內翻轉到外：果肉跑到外面，橘子皮則在中心。「東西一定要保持『類似』狀態，」她父親對她說，剝了一片內外翻轉的橘子給她。「類似、對稱、地質學，這些將是我們接下來幾個月的主題。不過朵兒，妳必須了解一個最重要的觀念：所有的東西都想被打開。妳必須感受這種需求、利用這種需求。」他的頭髮是棕褐色，非常濃密。這是在他過世前十年的時候。他臉上的笑容好輕鬆，朵兒也還記得。但那是好久以前的事了。

在夢裡，父親拿給她一個掛鎖，她從父親手中接過。她的手跟現在大小一樣、形狀相同，但她心裡明白，這件事情其實是發生在她很小的時候。她知道，她現在正從那十幾年中取出某些時刻、對話、課程，將之濃縮成一堂課。「把它打開。」他對朵兒說。

她握著掛鎖，感受那金屬的冰冷，還有掛鎖在手中的重量。可是有件事困擾著她，而她必須去了解。朵兒學會走路後不久就開始學如何打開東西。她記得母親緊緊牽著她的手，從自己的臥室打開一扇門，通往遊戲間；她也記得自己曾看著哥哥雅克把一串相連的銀環分開，再串接起來。

朵兒試著打開掛鎖。她用手指撫摸，也用心靈摸索，但什麼事也沒發生。她把掛鎖往地上一丟，立刻哭了出來。父親彎下腰，撿起掛鎖，放回朵兒手中。他細長的手指將掛在她臉上的一滴淚抹去。

「別忘了，」他告訴朵兒，「掛鎖想被打開。妳只要讓它做它想做的事就好。」

掛鎖躺在她手中，冰冷、沉重、毫無生氣。但突然之間，她的內心深處明白了，所以她就順其自然——喀嚓一聲，掛鎖發出響亮的聲音打開。她父親露出微笑。

「好了。」朵兒說。

「乖孩子，」她父親說，「想把它打開就只要這麼做，其餘都不過是技巧。」

朵兒突然明白困擾著她的是什麼。「爸爸？您的日記是誰收起來的？是誰有辦法把它藏起來？」但父親離朵兒越來越遠，她已經開始遺忘了。朵兒呼喚著父親，可是他聽不見；朵兒雖然能聽見他的聲音從遠處傳來，但聽不清楚他說些什麼。

清醒的世界裡，朵兒正輕柔地說著夢話。她翻了個身，臉枕在手臂上，發出一、兩個鼾聲，再次睡著。這次的夢鄉中，沒有夢。

理查知道牠正等著他們。每走過一條地道、每轉一次彎、每到一個分岔點，這感覺就越來越迫切、越來越沉重。理查知道牠就在那裡等著，他有某種大禍就要臨頭的預感，隨著每前進一步就越發強烈。理查知道，當他轉過最後一個角落，看到牠在那裡，把地道擠滿，等在那兒，他應該會輕鬆點——但他只覺得恐懼。在他夢中，那東西大得就像整個世界，世界只剩下那隻野獸。牠的側腹冒著熱氣，舊武器的碎裂木桿和尖頭從獸皮裡穿刺而出。牠的角和獠牙上都有乾涸的血漬。那野獸好噁心、好龐大又好邪惡。最終，野獸朝他衝了過來。

理查舉起手（但那不是他的手），將長矛朝怪物丟去。

他看到野獸那雙油亮、惡毒、貪婪的眼睛，那眼朝他直衝而來，一切全在一秒內發生，這一秒鐘成了極短暫的永恆。然後，野獸衝到理查的面前……

水很冷，像巴掌一樣打在理查臉上。他的眼睛猛然睜開，用力吸了一口氣。獵人正低頭看著他，提著一個大木桶，桶子裡面空盪盪。理查抬起一手，頭髮整個都溼了，臉上也都是水。他把水從眼皮上抹開，冷得全身發抖。

「妳沒必要這樣。」理查說，他覺得像是有好幾隻小動物把自己的嘴當廁所。他試著站起來，可沒兩下子又坐倒回去。「噢……」他哀號著。

「你的頭還好吧。」獵人語氣專業地問。

「現在好多了。」理查回答。

獵人提起另一個裝滿清水的木桶，拖過馬廄地板。「我不知道你們是喝了什麼，但後勁一定很強。」獵人把手伸入桶內取水拍在朵兒臉上，又用水噴了噴。朵兒的眼皮動了幾下。

「難怪亞特蘭提斯會沉。」理查喃喃自語，「如果他們早上醒來都是這種感覺，或許沉了可以減輕他們的痛苦吧。我們在哪裡？」

獵人又舀了一點水拍在朵兒臉上。「在一個朋友的馬廄裡。」理查環顧四周，這地方看起來的確有點像馬廄。他不禁暗自納悶，這裡是給馬匹住的嗎——如果是，什麼馬會住在地底？牆上畫了一個紋章：大寫S（還是蛇？理查分不出來）周圍環繞著七顆星星。

朵兒舉起一隻手，試探性地摸了摸頭，似乎不太確定自己會發現什麼。「噢……聖殿拱門在上……我是死了嗎？」

「沒。」獵人回答。

「真可惜。」

獵人扶她站起來。

「嗯……」朵兒仍昏昏欲睡，「他確實警告過我們這酒很烈。」話剛說完，她突然完全清醒過來，隨即抓住理查的肩膀，指著牆上的紋章：蛇S，周圍環繞七顆星星。朵兒瞪大眼。「蛇芬婷……」她結結巴巴地對理查和獵人說，「那是蛇芬婷的紋飾！理查，快起來！我們得趕快逃命——趁她還沒發現我們在這裡之前……」

「妳想想，」門口傳來一個不帶任何感情的聲音，「你們有可能在蛇芬婷不知道的情況下進她家裡嗎？小丫頭？」

朵兒往後退，靠在馬廄牆壁的木板上。她在發抖。理查雖然頭痛欲裂，但他很清楚一件事：他從未看過朵兒如此真實、坦露地表現出恐懼。

蛇芬婷站在門口。她穿著緊身白皮衣，踩著高筒白皮靴，身上的衣服應該本來是件綴蕾絲的白色絲質婚紗，但現在已破爛不堪，還沾滿泥土汙垢。她比其他人都高，濃密的灰長髮擦過門梁，眼神非常銳利，嘴巴像是在傲慢的臉孔上以利刃直接割開。她看著朵兒，彷彿認為她的驚慌失措是理所當然；彷彿她非常習慣看到別人的恐懼，而今她也期望見到他人的恐懼，甚至喜愛那恐懼。

「保持冷靜。」獵人說。

「但她是蛇芬婷，」朵兒哀號，「是七姐妹之一。」

蛇芬婷友善地點了個頭，隨即從門口朝他們走來，身後還跟著一名纖瘦的女子。那女的有張嚴肅的臉孔，黑長髮，穿著黑色收腰洋裝，什麼也沒說。蛇芬婷走到獵人面前。「獵人很久以前為我工作過。」她伸出一根白白手指，輕柔地撫著獵人的棕色臉頰，那手勢充滿愛慕與占有的意味。「獵人，妳把外貌保持得比我還好。」獵人低下頭。「妳的朋友就是我的朋友。小丫頭，」蛇芬婷問，「妳叫做朵兒嗎？」

「是的。」朵兒以嘶啞的聲音回答。

蛇芬婷轉頭面向理查。「那你又是什麼？」她冷淡地問。

「理查。」

「我叫蛇芬婷。」她優雅地告訴理查。

「我猜到了。」理查應了一句。

「已經為你們準備好食物了，」蛇芬婷說，「如果你們想要吃早餐的話。」

「噢，不用，謝了。」理查客套（也有點顫抖）地說。朵兒沒說半句話，依舊靠在牆上微微發抖，就像秋風中的一片落葉。獵人把他們帶到這裡，說是安全的避難所，但這顯然無法緩和她的恐懼。

「有什麼可以吃的嗎？」獵人問。

蛇芬婷看了門口的纖腰女子一眼。「這個嘛……」她問對方。女子微微一笑（理查從未在人類臉上見過這麼冰冷的笑容），然後說：「炒蛋水煮蛋鹹蛋咖哩鹿肉醃洋蔥醃鯡魚煙燻鯡魚鹽漬鯡魚香菇燉肉燻豬肉甘藍菜捲小牛腳肉凍……」

理查張開嘴巴，想懇求她不要再說下去了。可惜為時已晚。他突然感到一陣強烈的噁心感在喉頭翻攪。

理查希望有人能夠扶他一下，告訴他不會有事、他很快就會覺得好一點。他希望有人可以給他一片阿斯匹靈和一杯水，然後把他帶回床上。但沒人這麼做，而他恐怕要到下輩子才看得見自己的床。他用木桶裡的水洗把臉、搓搓手，漱漱口。然後他站起身（雖有點搖搖擺擺）跟著那四個女人去吃早餐。

「把小牛腳肉凍遞給我。」獵人說，嘴巴塞滿食物。

蛇芬婷的餐廳在一個猶如地鐵站的月臺上——這是理查見過最小的月臺，大概只有十二尺長，大部分空間都被餐桌占據；白色織花桌布鋪在桌上，上面井然有序地放了一套銀製餐具，整張桌子堆滿不太好聞的食物，尤其以醃鵪鶉蛋的味道最讓理查受不了。

理查覺得皮膚又溼又黏，覺得眼珠好像被放錯眼窩，而頭骨的感覺大概就像有人趁他睡覺時，用小了兩、三號的頭骨把原先的調包。一輛列車從他們身旁幾尺急駛而過，強風吹過餐桌，列車通過帶來的噪音像把炙熱的刀子，直接穿過理查的腦袋。他呻吟了一聲。

「我看妳這英雄顯然不勝酒力。」蛇芬婷做出客觀的判斷。

「他不是我的英雄。」朵兒說。

「恐怕他是。妳應該知道要怎麼辨別這種人吧？或許可以從眼神看出來。」蛇芬婷轉頭面向黑衣女子。她似乎是總管之類的人。

「拿點補藥給這位先生。」那女子似有若無地笑了笑，馬上又滑開到一旁。朵兒在蘑菇盤裡挑東西吃。「我們非常感激妳的盛情款待，蛇芬婷夫人。」

蛇芬婷有些不以為然。「叫我蛇芬婷就行了，丫頭，我可沒時間在意那些無聊的尊稱啊虛名的。妳是波提科的長女？」

「是的。」

蛇芬婷把手指伸進鹽水醬汁（裡頭似乎浸泡著幾條小鰻魚）。她舔了舔手指，好像表示認可地點點頭。「我沒什麼空理妳父親——淨是什麼要讓下層社會團結的傻話，根本是無稽之談，笨蛋，只會到處惹麻煩上身。上次我見到妳父親時就告訴他，如果他敢再回到這裡，我就把他變成無足蜥蜴。」她轉頭看著朵兒。「對了，妳父親還好吧？」

「他死了。」朵兒回答。

蛇芬婷看起來非常得意。「看到沒？我的觀點完全正確。」朵兒默不吭聲。蛇芬婷抓起在自己的灰髮中爬呀爬的東西，仔細看了一眼，隨即用姆指和食指捏碎，順勢丟到月臺上。她轉頭看著獵人。獵人正在消滅一盤堆成小山的醃鯡魚。「妳在獵捕野獸嗎？」獵人點點頭，嘴巴都塞滿了。「所以妳才要用長矛。」蛇芬婷說。

細腰女子已經站到理查身旁了。她手裡拿著小托盤，托盤上有個小玻璃瓶，瓶裡裝著某種鮮豔欲滴的翠綠液體。理查盯著那液體，又看著朵兒。

「她要給他喝什麼？」朵兒問。

「我不會傷害他的，」蛇芬婷冷冷一笑，「你們是客人。」

理查一口喝下綠色液體——這東西嘗起來像是混合了百里香、薄荷、冬天的晨露。他感到這些液體流了下去，立刻做好心理準備，不讓液體反吐出來——但這種情形並未發生。他深呼吸，有點驚訝地發現自己的頭不痛了，肚子也餓得要命。

本質上來說，老貝利沒有講笑話的天分。儘管他有這種障礙，他還是不斷地嘗試。他喜歡講超長超荒謬的故事，而且每次都用可悲的雙關語當結尾。更妙的是，當他講到結尾，往往早就忘了雙關語。他的聽眾則是一小群關起來的鳥兒。牠們（尤其是白嘴鴉）把他的笑話當成有哲理的寓言，是涵養高、洞察力敏銳、對人生有深刻體認的人才醞釀得出來。這些鳥兒還會不時提出要求，希望老貝利說說其他有趣的故事。

「好吧好吧好吧，」老貝利說，「如果你們先前聽過這個就提醒我一下喔——有個傢伙走進一間酒吧……不對，他不是傢伙！這就是笑話，不好意思，其實他是馬，一匹馬……嗯不對……他是一根繩子，呃……是三根繩子，沒錯，是三根繩子走進一間酒吧。」

一隻巨大的老白嘴鴉呱呱叫提出問題。老貝利摸摸牠的下巴，聳了聳肩膀。「它們就真的這樣走進去了啊。這是笑話，繩子可以在笑話裡走來走去。它跟酒保點一杯酒，也幫朋友各點一杯。酒保對其中一根繩子說：『我們這裡不招待繩子。』那根繩子轉身對朋友說：『他們這裡不招待繩子。』因為這是笑話，所以中間那根繩子也轉頭這麼說——別忘記繩子總共有三根。然後，輪到最後一根繩子時，它在自己身上打個結，把身體拉直，點了一杯酒。」白嘴鴉又睿智地呱呱叫。「點了三杯才對。

酒保說：『喂，你不是繩子嗎？』那根繩子說：『不是，我是打結的繩子。』你有聽懂嗎？打結——打劫，這是雙關啊！非常非常好笑吧。」椋鳥群禮貌地叫了幾聲，白嘴鴉群則點點頭，把頭歪向一邊。最老的白嘴鴉又對老貝利呱呱叫。「再講一個？我手上又沒有笑話集，你得讓我想一想……」

帳篷裡傳來一陣聲響，是個低沉又有節奏的聲音，聽起來像遠方傳來的心跳聲。老貝利急忙衝進帳篷，那聲音從一個老舊木箱中傳出來——老貝利把最珍惜的東西都存放在這個箱子裡。他打開箱子，那個有節奏的聲音變得更響亮。小銀盒放在老貝利的寶物上面，他伸出瘦骨嶙峋的手拿了起來。一道紅光像心跳般在裡面規律閃動，光線從銀絲花邊還有縫隙和鎖扣透到外面。「他有麻煩了。」老貝利說。

最老的白嘴鴉呱呱提出問題。「不是，這不是笑話。是侯爵，」老貝利回答，「他真的遇到大麻煩了。」

蛇芬婷把座椅往後推的時候，理查已經把第二盤早餐吃了一半。

「我想我已盡到地主之誼。丫頭，年輕人，再見了。而獵人……」她頓了一下，伸出爪子般的手指，在獵人的下巴摸了一把。「獵人，這裡隨時歡迎妳來。」她傲慢地向眾人點點頭，隨即站起身離開。細腰的總管跟在後面。

「我們該走了。」獵人從餐桌旁站起來，朵兒和理查只好不情願地跟在後面。

他們沿著長廊往前走。長廊的寬度一次只能讓一個人通過。眾人爬了幾階石梯，在黑暗中越過鐵橋，過橋時還聽見列車的聲音在底下迴盪。接著，他們進入一個由許多地窖形成的複雜通道，裡面滿滿的磚塊、石頭，還有經年累月散發出的潮溼與腐敗。「那女人是妳以前的僱主嗎？她人似乎還不錯。」理查對獵人說，但她沒有答腔。

一直算是挺順從的朵兒說：「下層的大人如果想要小孩守規矩，就會說：『乖乖聽話，不然蛇芬婷就會把你抓走。』」

「喔，」理查說，「獵人，而妳為她工作？」

「我為那七姐妹工作。」

「我以為她們……至少三十年沒有彼此交談過。」朵兒說。

「這很有可能。但當時她們仍會相互交談。」

「妳到底幾歲？」朵兒問。理查很高興朵兒問了。他自己可沒這個膽。

「跟我的舌頭歲數一樣，」獵人謹慎地回答，「又比我的牙齒老一點。」

「不管怎樣……」理查天真地說。他宿醉已退，他也知道在遙遠遙遠的上方，有人正在享受美好的一天。「……都沒關係。食物很棒，也沒人想來殺我們。」

「我相信總有一天，我們會為你說的話付出代價，」獵人肯定地說，「小姐，我們要走哪條路到黑修士？」

朵兒停下腳步、專心思考。「我們走河道。跟我來。」

「他醒過來了沒？」格魯布問。

凡德摩用細長的手指戳戳侯爵俯臥的身體。他的呼吸很微弱。「還沒呢，格魯布先生。我想我把他弄壞了。」

「你要更愛惜自己的玩具啊，凡德摩先生。」格魯布說。

第十一章

「妳追求的是什麼？」理查問獵人。他們正沿著地底河流的堤岸，小心翼翼地走著。堤岸很滑，狹窄的小徑沿黑石與陡峭的岩壁延伸向前。理查懷著敬畏之心，看著混濁河水在不到一隻手臂的距離外急奔。這可不是那種掉進去還能再爬上岸的河流，這是另外一種。

「追求？」

「嗯，」理查說，「就我個人而言，我想要回到真正的倫敦，找回我以前的生活；朵兒想要查明是誰殺害她的家人。那妳想要什麼？」他們沿著堤岸慢慢移動，一次一小步，由獵人帶路。她沒回答理查的問題。河流的速度減緩，流進地底的小湖。他們靠著水邊走，手裡的提燈在黑色水面上閃耀光芒，三人的倒影因河上的薄霧模糊不清。「到底是什麼呢？」理查問，其實不期待得到任何答案。

獵人的聲音雖輕，但有些激動，即使邊走邊說話，也沒打亂自己的步伐。「我在紐約地底的下水道裡，跟瞎了眼的巨大白色短吻鱷王戰鬥。牠有三十尺長，靠著吃穢物長到很肥很肥，打鬥時也極為凶猛。但我打敗了牠，殺了牠。牠的雙眼就像黑暗中的大珍珠。」獵人奇怪的腔調穿透地表下的黑暗，與薄霧纏繞在一起，在地底發出陣陣回聲。

「我在柏林底下的城市跟肆虐當地的熊戰鬥。牠殺了上千個人，爪子上滿是百年來乾涸的血漬形成的黑棕色斑點，但牠被我打敗了，而牠死的時候居然說了人話，低聲講了幾個字。」薄霧籠罩湖面，理查覺得似乎能隱約在霧裡看到她所說的怪物。

「加爾各答的地底城裡有一頭黑虎，是頭非常聰明又令人痛恨的食人獸，大小跟一頭小象差不多。那隻老虎是很厲害的對手，但我赤手空拳解決了牠。」理查看了朵兒一眼，她正專注地聆聽獵人說的話，看來這些她也沒聽過。「接下來，我應該去殺倫敦的野獸。據說牠身上插了許多斷劍、長矛和小刀，都是試圖跟牠戰鬥卻失敗的人留下來的。牠的獠牙就像利刃，蹄行如雷聲。我會殺了牠——或死於激戰之中。」

提到她的獵物時，獵人眼裡閃著光芒，河上的霧氣已變成一片黃色濃霧。不遠處，某座鐘響了三次，鐘聲經由水面傳來，天色也開始轉亮。理查覺得自己似乎可以看見四周建築物層層疊疊的形狀。黃綠色霧氣越來越濃，聞起來像都市裡累積上千年的灰燼、油煙、汙垢。濃霧緊緊黏著他們的提燈，減弱了不少亮度。

「這是什麼東西？」理查問。

「倫敦霧。」獵人回答。

「但那不是幾年前就消失了嗎？在淨化空氣運動、推廣無煙汽油那些玩意兒之後？」理查想起童年看過的福爾摩斯。「人們是怎麼稱呼它的？」

「豌豆湯，」朵兒說，「倫敦的特色之一。五百年來，黃色的河上濃霧混雜煤灰，還有其他空氣中的髒東西。在倫敦上層已經——有四十多年不見了，如今它們的幽魂反倒出現在下層。好吧，其實也不是幽魂，應該說是映影。」理查吸進一縷黃綠色濃霧，咳了起來。「聽起來不太妙。」朵兒說。

「霧氣卡在我喉嚨裡。」理查說。地面變得越來越黏稠、越來越泥濘，在理查走路的時候吸住他的腳。「不過……」他自我安慰，「這麼一點霧氣又傷不了人。」朵兒抬起頭，用淘氣的大眼睛望著他。「一九五二年的一場大霧估計造成四千多人死亡。」

「這裡的人？」理查問，「倫敦下層的？」

「你們的。」獵人回答。而理查完全相信這件事。他想憋住呼吸，但霧氣越來越濃，地面也越來越黏。「我不明白，為何我們上層已經沒有這種濃霧，你們下層這裡卻有？」

朵兒搔了搔鼻子。「倫敦有些舊時代的小區域，裡頭的東西和街道都維持不變，就像琥珀裡的氣泡。」她解釋道，「倫敦有許多不同的時代，它們必須到別的地方去——但不會馬上全部離開。」

「儘管我仍覺得彷彿『墜入五里霧中』，」理查嘆了口氣，「但這聽起來還滿合理的。」

修道院院長知道這天將引來許多朝聖者。這件事情成了他夢想的一部分，像黑夜般籠罩著他。因此，這個日子成了某種等待，但他也知道這麼做是一種罪惡：他將體會到的時刻、對這個時刻的期待、目前因不斷等待而失去了應有的尊重，都是罪惡。不過他仍在等。每日的侍奉，每次吃下勉強溫飽的食物，院長都專注地聆聽，等鐘聲響起，等著看看誰來朝聖，又會來多少人。

最後院長發現，自己只求死得俐落。最後一個朝聖者幾乎拖了一年，而且是個語無倫次，不斷尖叫的小東西。院長認為自己對此視而不見既非幸事，也非詛咒。而情況也的確是這樣。但就算如此，他還是慶幸自己從未見過那可憐人。負責照顧那人的傑特兄弟，仍會因為夢到那張扭曲變形的臉，在半夜醒來大聲尖叫。

近傍晚時，鐘敲響了三次，院長正跪在神殿裡沉思冥想。他聽到鐘聲後立刻站起身朝長廊走去，在那裡等著。

「神父？」這聲音來自煤灰兄弟。

「誰負責看守橋梁？」院長問對方。老人的聲音低沉，而且十分動聽。以他的年紀而言，著實令人訝異。

「黑貂。」黑暗中傳來回答。院長伸出一手，挽著年輕人的手肘，在他的攙扶下慢慢走過修道院長廊。

這地面既非堅實的土地，卻也不是湖泊。他們正在黃色濃霧中踏過一個近似沼澤的地方。「這……」理查叫道，「真是噁心。」泥水滲入他的鞋子，浸溼短襪，讓他更清楚感受到腳趾的存在。但他不太喜歡這種感覺。

前方有一座橋從沼澤裡浮現。有個全身黑衣的人影在橋頭等候。那人穿著多明尼克教會的黑色僧袍，皮膚呈紅桃木般的深棕，個子非常高大，手裡拿著一根齊眉的木棍。「站住，」他大聲說，「報上你們的姓名和身分。」

「我叫朵兒，」朵兒回答，「波提科伯爵的女兒，來自雅克家族。」

「我叫獵人，是她的保鑣。」

「我叫理查．馬修，」理查說，「我全身溼透了。」

「你們想通過這裡？」

理查往前站了一步。「是的，確實如此。我們是為了一把鑰匙而來。」那名修道士不發一語，舉起齊眉棍頂著理查的胸膛，輕輕推了一下。而理查只感到腳底一滑，隨即跌坐在泥水裡。對方等了片刻，看理查是否會掄起拳頭朝他打去，但理查沒有動作。

反倒是獵人出手了。

理查剛從泥水中掙扎著爬起身，立刻因修道士和獵人的打鬥瞠目結舌。他們揮舞棍棒，打得難分難捨。修道士挺不錯的，他的體格比獵人壯碩許多，理查懷疑他其實也比獵人孔武有力。但另一方面，獵人比修道士敏捷。薄霧中不時傳來棍棒相交的碰撞聲。

突然間，修道士一棍觸及獵人的上腹，她在泥漿裡踉蹌退後，對方趁勢靠近——太近了。等他發現獵人不過是虛晃一招時，獵人手中的短棍已經又狠又準地打中他的腿彎，痛得他站不起來，倒臥到泥漿中。此時獵人已將棍頭抵在他的後頸。

「夠了。」一個聲音從橋上傳來。

獵人往後退一步，站回理查和朵兒身邊。她連一滴汗都沒流。高大的修道士從泥漿中站起身，嘴脣還流著血。他向獵人鞠了個躬，往橋頭走去。

「他們是什麼人，黑貂兄弟？」那聲音喊道。

「朵兒小姐，波提科伯爵的女兒，來自雅克家族；獵人，她的保鑣；還有理查．馬修，她們的同伴。」黑貂以烏紫的嘴脣說，「她在公平的比試中贏了我，煤灰兄弟。」

「讓他們過去吧。」那聲音說。

獵人帶頭往橋上走去。在橋梁的中心有另一個修道士在等他們——那位煤灰兄弟。他比第一位修道士年輕，個頭也較小，但是同樣打扮，皮膚紅棕。更遠處的黃霧中，還有幾個依稀可見的黑色人影。理查這時才會意，這些人就是「黑修士」。煤灰兄弟盯著他們三人看了一會兒，開口朗誦：

我轉過頭，你就可以去你想去的地方。

我再轉一次頭，你就只能待到地老天荒。

我沒有臉孔，但我的特徵便是鋸齒——

你說我是何方神聖？

朵兒往前站了一步，舔了舔脣，半瞇著眼。「我轉過頭……」她不解地說，「鋸齒……去你想去的地方……」她的臉上飄過一笑，她抬頭看著煤灰兄弟。「鑰匙。答案是鑰匙。」

「非常聰明。」煤灰承認她猜對。「已經過了兩關，還有一關。」

一名年邁老人從黃霧中現身，瘦骨嶙峋的手攀附在橋梁石欄上，緩緩朝他們走來。老人來到煤灰身旁時停下了腳步。他有一對淺藍綠色的眼睛，因白內障而顯得混濁。理查第一眼見到他就對他有好感。老人問較年輕的修士：

「他們總共有幾個？」他的聲音深沉，給人一種安心感。

「總共有三位，院長先生。」

「他們當中有一位打敗了第一位守門人？」

「是的，院長先生。」

「那麼，他們也有人答對第二位守門人的問題嗎？」

「有的，院長先生。」

老人的語氣流露出遺憾意味。「那他們還剩一個人，必須面對鑰匙的嚴酷考驗。讓那個人站上前來吧。」

朵兒叫道：「不！」

獵人說：「讓我代替他的位置，由我來面對這個嚴酷考驗。」

煤灰兄弟搖了搖頭。「我們不能答應。」

理查還小時，曾在校外郊遊中到當地的一座城堡參觀。他跟著同學爬了許多階梯，來到城堡最高點，那是個已有部分毀損的高塔。他們全都聚集在高塔裡，順著老師的手勢望向下面綿延的一整片鄉野景色。理查那時就有明顯的懼高症。他緊緊抓住護欄，閉上眼睛，不敢往下看。老師告訴他們，從這座古老高塔的頂端到該塔坐落的山丘最底，足足有三百尺，然後她又告訴這班學生，假使把一枚一便士從高塔頂端丟下去，完全可以貫穿站在山丘底部的人的腦袋，就像子彈穿透頭骨一般。當天夜裡，理查在床上翻來覆去，無法成眠，想像著一枚硬幣帶著閃電般的力道往下衝。它看起來仍是一便士，但掉落時卻具有致命的威力……

嚴酷的考驗？硬幣朝理查急落而下。它，就是那閃電般的一便士。

「等等，」理查說，「先不要激動……嚴酷的考驗。某個人即將面對嚴酷的考驗……某個人沒有在泥地先跟人打上一架，某個人沒回答謎語……」他亂說個不停，他可以聽見自己的胡言亂語，但他根本就不在乎。

「你們這個嚴酷考驗，」理查問院長，「到底有多嚴酷？」

「往這邊走。」院長沒回答他的問題。

「你們應該不想要他吧，」朵兒說，「從我們兩人中挑一個去。」

「你們來了三個人，這裡也有三場試驗。你們每個人都得面對一場，這樣才公平。」院長說，「如果他通過嚴酷的考驗，就會回到妳們身邊。」

一陣微風稍微將濃霧吹散。其他的黑影手裡握著十字弓，每張十字弓都對準了理查、獵人和朵兒。這群黑修士收攏隊伍，將理查阻隔在獵人和朵兒之外。「我們在找一把鑰匙……」理查低聲對院長說。

「沒錯。」院長的聲音相當沉穩。

「是要給一名天使的。」理查解釋道。

「沒錯。」院長伸出一隻手，挽著煤灰兄弟的臂彎。

理查把音量降得更低。「聽好，你不能拒絕天使的要求，更何況你還穿著修道士服……為什麼不直接跳過嚴酷考驗，直接把鑰匙交給我就好？」

院長開始沿著橋梁的下坡走，橋的盡頭有一扇門開著，理查尾隨在他後面。有些時候，你真的就是什麼都改變不了。「我們的教會創立時，」院長說，「有人將那把鑰匙託付給我們，那是所有聖物中最神聖、也最有力量的一個。只有通過嚴酷考驗、證明自己價值的人，我們才會把聖物傳給他。」

他們走過一些迂迴曲折的狹窄長廊，理查留下一串溼泥足跡。「假若我沒通過考驗，我們就得不到鑰匙了，是不是？」

「是。」

理查考慮了一下目前的狀況。「那我可以回來再試第二次嗎？」煤灰咳了起來。

「恐怕不行，」院長回答，「孩子，萬一失敗了，你可能也……」他頓了一會兒，然後說：「不必擔心，不用煩惱，或許你真能通過考驗、拿到鑰匙也說不定。」老人聲音中的安慰意味令人不快。這反而比任何恐嚇手段更讓理查害怕。

「你會殺了我嗎？」

院長以混濁的藍白眼睛瞪視著前方。「我們是聖潔之人。」他語帶斥責。「是那考驗會殺了你。」

他們沿著一段階梯走下去，進入一個地窖般的低矮房間，其中一面牆上有著奇怪的裝飾品。

「好，」院長說，「笑一個吧！」

照相機的閃光燈響起電子的滋滋聲，照得理查有段時間睜不開眼。當他恢復視力，煤灰正把老舊的拍立得相機移到腰間，使勁抽出照片。他等到照片顯影，再把照片釘在牆上。「我們都將失敗者放在這面牆上，」院長嘆了口氣，「確保他們都不會被遺忘。但這樣的回憶卻也成為我們的重擔。」

理查盯著那些臉孔。有好幾張拍立得，二、三十張大頭照，其中有深褐色的相片，也有銀版照，接下來是鉛筆素描、水彩畫、小幅畫像。照片沿牆一路延伸。看來黑修士的這個習慣已經持續了很長一段時間。

朵兒顫抖著。「我真是笨透了，」她低聲抱怨，「我早該知道。我們三個……我不應該直接到這裡來。」

獵人不停轉著頭，暗暗記下每名黑修士與每把十字弓的位置。她先估算，若要在毫髮無傷的情況下帶著朵兒衝到橋的另一頭有多少勝率；然後估算如果只受輕傷的機率；最後再估算自己重傷、朵兒輕傷時成功的機率又有多大。她現在又重新估算了一次。「如果妳早點知道，會做出不同的決定嗎？」獵人問。

「我一開始就不會把他帶到這裡來，」朵兒回答，「我會先找到侯爵。」

獵人將頭轉向另一邊。「妳相信他？」她直截了當地問。朵兒知道她指的是迪卡拉巴斯，不是理查。

「嗯，」朵兒回答，「我多少還是相信他的。」

朵兒還有兩天就滿五歲。當天，流動市場剛好在基尤的英國皇家植物園舉行，她父親便帶著她一起去，當作生日禮物。那是朵兒第一次到流動市場。他們位於蝴蝶館裡，周圍都是色彩鮮豔的翅膀，那些燦爛輕盈的東西讓她看得出了神。父親在她身旁蹲下。「朵兒，慢慢轉過身來，看那邊。」

她轉身往前看去。一名黝黑的男人穿著大外套，後腦杓綁著一條又黑又長的馬尾，正站在門口旁，跟一對皮膚很好的雙胞胎說話。那對雙胞胎是一對年輕男女；女子正在哭泣，而且哭得像個成年人——她盡可能忍住，但淚水還是不聽話地不斷流出來，讓她臉上的表情變得既難看又好笑。朵兒把頭轉回來看著蝴蝶。「妳看到他了？」她父親問，朵兒點點頭。「他自稱迪卡拉巴斯侯爵，」她父親說，「他是騙子，老千，甚至有可能是某種怪物。妳如果遇到麻煩，就去找他，他會保護妳——他非保護妳不可。」

朵兒又轉頭看著那個人。他把兩隻手各放在雙胞胎肩上，正帶領他們離開房間。但他走出門口之前，回頭望了後面一下，眼睛注視著朵兒，露出燦爛的笑容，還對她眨了眨眼。

包圍她們的黑修士成了濃霧裡的黑影。朵兒扯開嗓門。「請問一下，」她對著黑貂喊，「我們那位去拿鑰匙的朋友，他要是失敗我們會有什麼下場？」

黑貂朝她們靠近一步，稍微遲疑後說：「我們會護送妳們離開這裡，放妳們走。」

「那理查呢？」她問，她在黑貂的斗篷下看到他神情哀傷地搖搖頭。「我應該帶侯爵來的。」朵兒不禁納悶著侯爵此刻人在何處、在做些什麼。

迪卡拉巴斯侯爵被釘在一個巨大的X形木架上。這個木架是凡德摩利用幾個老舊的貨物棧板加上一張椅子、一扇木門的部分材料拼湊而成。那一大盒生鏽鐵釘也用掉了大半。

他們已經很久沒有把人釘在十字架上了。

侯爵的手腳伸展成一個大X，生鏽的鐵釘插進他的雙手雙腳，腰部也以繩索綁著。在經歷過極度疼痛後，他幾乎已呈昏迷狀態。整個木架用幾根繩子懸吊在空中，這房間原是醫院的員工自助餐廳。格魯布把大量的尖銳物品一根根豎起，從剃刀、廚房裡的菜刀到丟棄的解剖刀、柳葉刀都有——甚至還有一把火鉗，是從鍋爐室拿來的。

「你何不去看看他的狀況如何？凡德摩先生？」格魯布問。

凡德摩舉起手中的鐵鎚，試著捅了侯爵一下。

侯爵不是好人，他也有自知之明，他非常清楚自己不是個多勇敢的人。他在很久以前就已經認定全世界——包括上層和下層——不過是懇求著他來行騙的場所。為了達到這個目的，他編織了虛假的童話，為自己命名，並藉由服飾、態度、舉止，把自己塑造成玩世不恭的人物。

侯爵感到手腕和雙腳隱隱作痛，呼吸越來越困難。假裝昏迷顯然已經沒有任何用處了，他只好使出所有力氣抬起頭，朝凡德摩的臉吐了一大口鮮血。

他心想，這很勇敢，也很愚蠢。他如果沒這麼做，他們或許會讓他死得平靜一點。現在他可以確定，那兩人會繼續折磨他。

或許他會因此而更早翹辮子也說不定。

那個蓋子打開的水壺裡正滾燙沸騰。理查看著冒泡的開水、白騰騰的蒸氣，猜想他們究竟打算做什麼。他的想像力可以編出無數個答案：多半是難以承受的痛苦。但到頭來，沒有一個答案是正確的。

沸騰的開水倒進茶壺，煤灰接著在裡面加了三匙茶葉。沖泡好的液體經由過濾器從茶壺倒進三個瓷杯中。院長抬起頭，嗅著空氣，臉上露出微笑。「鑰匙的嚴酷考驗第一件事，就是喝杯好茶。你要加糖嗎？」

「不用了，謝謝。」理查警戒地說。

煤灰在茶裡加了一點牛奶，將杯碟遞給理查。「這茶有毒嗎？」理查問。

院長差點被他的話嗆到。「天哪！當然沒有。」

理查啜飲著茶，覺得味道嘗起來跟一般的茶差不多。「但這是嚴酷考驗的一部分？」

煤灰握著院長的雙手，將一杯茶放進他的手心。「那只是一種話術。」院長說，「我們一向會在開始前為冒險者泡杯茶，這對我們是考驗的一部分，對你就不是了。」

他啜飲著自己的茶水，滿足的微笑浮現在那張老邁的臉上。「上等茶葉。所有細節都考慮到。」

端。

理查放下茶杯，茶水幾乎沒有減少。「如果你不介意，我們可以馬上開始考驗嗎？」

「沒問題，」院長回答，「當然沒問題。」他站起身，三人朝一扇門走去，那門就位於房間另一端。

「這項考驗……」理查頓了一下，把自己要提的問題考慮清楚，說：「關於這項考驗……你有沒有什麼要告訴我的？」

院長搖了搖頭。真的沒什麼好說，因為他只把冒險者帶到門口。接下來，他會在外面的長廊等候一、兩個小時，再回到這裡，將冒險者的遺體從神殿移走，埋葬在教堂下的墓穴內。有些時候更慘：他們沒死，但你也猜不出他們身上還有哪些部分活著。那些不幸的失敗者都有黑修士悉心照料。

「算了。」理查說，露出不太自然的微笑，又加了一句。「好，那帶路吧，麥克杜夫。」

煤灰將門閂往後拉，發出一聲巨響，聽起來很像雙管獵槍的聲音。他推開門，理查走了進去。

煤灰把門在他身後關上，將門閂放回原來的位置。煤灰扶著院長回到椅子上坐下，將茶杯放回老人手中。院長啜飲著茶，不發一語，接下來又以真心痛惜的語氣說：「那句應該是『受死吧，麥克杜夫⓬』才對，但我實在不忍心糾正他，畢竟他是個那麼善良的年輕人。」

⓬此句出自莎翁名劇《馬克白》。

第十二章

理查·馬修沿著地鐵站月臺往前走。這是地區線的車站，標牌上面寫著站名：**黑修士**。月臺上空無一人，地鐵在遠處呼嘯駛過，傳來喀嚓喀嚓的行進聲；月臺上颳起陰冷強風，將一份《太陽日報》吹散開，數張印著女性裸體的彩色頁與有著惡言謾罵的黑白頁隨風不停翻滾，飛落到鐵軌上面。

理查走到月臺最末端，在一張長椅上坐下，等看會發生什麼事。

結果什麼事也沒有。

他揉揉前額，覺得有點不太舒服，接著又聽到月臺上有腳步聲，就在附近。理查抬起頭，看到一個打扮整齊的小女孩從他面前走過，她牽著一個女人的手。那女人完全是小女孩的翻版，只是看起來比較大而已。她們看了理查一眼，隨即把頭一轉，望向別處。「梅蘭莉，不要太靠近他。」女人把悄悄話講得清晰可聞，警告女孩。

梅蘭莉看著理查——就只是小孩子盯著人看的模樣——既不是故意，也不會不好意思。她把頭轉向母親，好奇問道：「為何那種人還活著啊？」

「因為他們沒有足夠的勇氣自我了結。」她母親解釋道。

梅蘭莉鼓起勇氣又看了理查一眼。「真是可悲。」這對母女在月臺上的腳步聲越來越小，沒多久就消失了。理查心想，這會不會是自己的幻覺？他試圖回想自己待在這月臺上的原因。他是在等地鐵嗎？他要去什麼地方？他知道答案就在腦海某處，而且近在眼前，但他抓不住，無法將答案從弄丟的地方再找回來。理查坐在那裡獨自納悶。他在做夢嗎？他用雙手感受著下方堅固的紅色塑膠椅，用沾滿泥巴的鞋子踏踏月臺（這些泥巴是從哪裡來的？），摸摸自己的臉……不，這不是夢。無論他身在何處，眼前的世界都是真實的。理查覺得很不對勁。他覺得孤立、沮喪、害怕、莫名悲傷。有個人在他身旁坐下，但他沒看對方一眼，也沒轉頭。

「嗨，」一個熟悉的聲音說，「迪克，好久不見，你還好吧？」

理查抬起頭，覺得自己臉上擠出一絲笑容，重燃希望的心情猶如鐵鎚，不斷敲擊他的胸口。「蓋瑞？」他試探地問，「你看得見我？」

蓋瑞咧嘴笑了起來。「你老愛開玩笑，真是風趣，你這傢伙太有意思了。」

蓋瑞穿著西裝、打領帶，鬍子刮得乾乾淨淨，頭髮也梳理得非常整齊。而理查明白自己在外人眼中是什麼德性：全身泥巴、滿臉鬍鬚、衣衫不整……「蓋瑞，我……呃，我知道我現在看起來整個人亂七八糟，但我可以解釋。」他想了一會兒，又說：「不，我沒辦法解釋，實在沒辦法。」

「沒關係啦，」蓋瑞安慰理查，語氣平穩又溫和，「我不曉得該怎麼說比較好，這有點難以啟齒，」他停頓了一會兒。「聽好，」他解釋道，「事實上我不在這裡。」

「誰說的？你在啊。」理查說。

蓋瑞搖了搖頭，露出同情的神色。「不，我不在。我就是你，你在跟你自己說話。」

理查一臉茫然，不確定蓋瑞是不是在開玩笑。「這樣或許可以有點幫助吧。」蓋瑞說完後，舉起雙手在臉上又搓又揉，像黏土似地改變臉的形狀。

「這樣有沒有好一點？」那個曾是蓋瑞的人問，聲音聽起來異常熟悉。理查認得那張新面孔。他自從離開學校，幾乎每天早晨上班都要幫這人刮鬍子、刷牙、梳頭髮。有時候，理查希望他看起來更像湯姆．克魯斯，或約翰．藍儂，或其他人。這毫無疑問是他自己的臉。「你在尖峰時間坐在黑修士站的月臺上，」另一個理查若無其事地說，「然後自己對自己說話。你知道對於那些自言自語的人大家都是怎麼說的吧？現在你只是慢慢開始在恢復正常。」

這個神情消沉、渾身是泥的理查直直瞪著外表光鮮亮麗、穿著整齊的理查。「我不認得你，也不知道你想做什麼。但是，你實在沒什麼說服力，你看起來真的不像我。」可是他很清楚自己是在睜眼說瞎話。

他的另一個自我讚賞地笑了笑，隨後又搖搖頭。「我就是你，理查，我是你剩餘的理智。」

這不是理查偶爾會在答錄機、錄音帶或錄影帶裡聽到的那種討人厭的回音，不是恐怖的共鳴聲，不是一般人覺得自己耳中聽到的他的聲音。那人是真的以理查的聲音在說話，是理查會在腦海裡聽到的聲音；宏亮清晰，而且真實。

「集中精神！」那個有著理查的臉的人叫著，「看看這裡，試著去觀察別人，試著看清事實真相……你已經來到這一星期以來最接近真實世界的時刻……」

「這根本是放屁。」理查平靜又絕望地說。他搖搖頭，否認他的分身說的話，但他仍盯著月臺，想知道自己應該要看什麼才好。有個東西在理查的眼角一閃而過，他急忙轉頭要看，但那東西已經不見蹤影了。

「快看，」他的分身說，「看哪。」

「看什麼？」他正站在光線昏暗的空曠月臺上，在這孤單單的陵墓之地，然後……

噪音和光線飛掠而過，就像一隻瓶子飛過理查面前。他站在黑修士站裡，正是上下班的尖峰時刻，人們鬧哄哄地走過他身旁，相互推擠，發出吵雜的喧鬧聲。地鐵在站內等候，理查可以從窗戶上的倒影看見自己的模樣。他看起來糟透了。鬍子有一星期沒刮，嘴邊都是食物殘渣，一隻眼睛最近才被打成烏紫，鼻子一側還有個發炎的紅瘡。他很髒，身上覆蓋著一層乾掉的黑泥巴，毛孔都堵住了，連指甲裡也有不少汙泥；他的兩眼滿是血絲、眼神遲鈍，頭髮結成一團。他是無家可歸的流浪漢，在尖峰時刻獨自站在繁忙的地鐵月臺上。

理查緊緊摀住自己的臉。

等他再次抬起頭，其他人都不見了。月臺又歸於昏暗，四下無人。他坐在一張長椅上閉起眼睛。有隻手碰觸到他的手，握了一會兒後又再緊緊握住了一次。是隻女人的手，理查聞得到一股熟悉的香水味。

另一個理查坐在他左邊，潔西卡就坐在他右邊，握著他的手，滿臉同情地看著他。理查之前從未在她臉上看過那種表情。

「潔絲？」他問。

潔西卡搖了搖頭，放開他的手。「你認錯人了，我還是你。親愛的，你一定要聽我說，現在是你最接近真實世界的時候……」

「你們這些人一直說什麼『最接近真實、最接近真實』。我不知道你們……」他頓了一下，突然想起某件事，隨即轉頭看了另一個理查一眼，又瞧了瞧那個他曾深愛過的女人。「這是嚴酷考驗的一部分嗎？」他問。

「嚴酷考驗？」潔西卡問，與理查的分身交換了一個擔心的眼神。

「是的，住在倫敦下層的黑修士給的嚴酷考驗。」在理查描述此事的同時，它似乎變得更加真實。「我得將一把鑰匙拿給一名叫伊斯靈頓的天使。我只要把鑰匙交給他，他就會送我回家……」理查的嘴脣變得好乾澀，再也說不下去。

「你聽聽自己在說什麼，」另一個理查溫和地說，「難道你沒發現這聽起來有多荒謬嗎？」

潔西卡一副強忍淚水的模樣，眼裡閃爍淚光。「你不是在接受嚴酷的考驗，理查，你是有點……精神崩潰。兩個星期前，我想你是受不了打擊——就是我取消我們的婚約——你那時的舉動實在是太詭異了，好像變成了另一個人，我……我根本不知道該怎麼應付……然後你就消失不見……」淚水沿著她的臉頰流下，她停下來拿起面紙擤鼻子。

理查的分身接著說：「我在倫敦街頭漫無目的地走著，孤單又茫然，累了就睡在橋下，餓了就吃垃圾桶裡的東西。我顫抖、失落、孤獨、自言自語，跟不存在的人說話……」

「理查，我真的非常抱歉。」潔西卡正在哭泣，她的臉孔扭曲，失去原有的吸引力，睫毛膏化成數條黑線，鼻子也紅了。理查從未見她如此傷心難過，這才明白自己多麼希望能帶走她的痛苦。理查伸手想要抱住她，好好安慰她，讓她放心，但世界不斷扭曲，開始變化……

有人被理查絆了一下，那人咒罵一聲，隨即走開。此時的他正趴在月臺上，在尖峰時間顯得格外引人注目。理查覺得側臉溼黏冰冷，他隨即把頭抬離地面……原來他正趴在自己的嘔吐物上（至少他希望這團嘔吐物是自己的）路過的旅客個個一臉嫌惡地盯著他，有些只是瞄了一眼就不再回頭。

理查用雙手抹了抹臉，試著站起身子，但他卻忘了要怎麼爬起來。他低聲發了幾句牢騷，緊緊閉眼，一直沒睜開。理查張開雙眼時，不知是過了三十秒、一個小時還是一天，天色竟快暗了。他爬起來，發現一個人也沒有。

「嘿？有誰能幫幫我嗎？」

蓋瑞坐在長椅上看著他。「你還需要別人告訴你該怎麼辦嗎？」蓋瑞站起來走到理查站的地方。「理查，」他堅持一定要說服對方，「我就是你。我給你的建議，就是你現在對自己說的話。但你可能已經嚇得聽不進去了。」

「你不是我。」理查說，但已不再相信自己。

「摸摸看。」蓋瑞表示。

理查伸出一手，手指穿過蓋瑞的臉孔，對方的五官也跟著扭曲變形，像把手伸進溫暖的泡泡糖中，手的周圍除了空氣之外什麼也沒有。他把手指從蓋瑞的臉孔中抽出來。

「看到了吧？」蓋瑞說，「我根本不在這裡。這裡只有你在月臺上走來走去、自言自語，想辦法鼓起勇氣去……」

理查原本不想說話，但他的嘴巴卻動了幾下，接著，他聽見自己的聲音說：「想辦法鼓起勇氣去幹麼？」

一個低沉的聲音從擴音器裡傳出來，回音沿著月臺，朝四面八方傳開。「因黑修士站發生意外，造成列車誤點，倫敦交通局深感抱歉。」

「去做『那件事』，」蓋瑞把頭歪向一邊，「變成黑修士站發生的意外，結束這一切。你的生活根本沉悶無趣到極點，也沒有愛情，更毫無意義，空殼一個，你連朋友都沒有……」

「我有你啊。」理查低聲說。

蓋瑞翻著白眼，上下打量理查一番。「我認為你是個混蛋，」他毫不留情地說，「是個天大的笑話。」

「我還有朵兒、獵人……還有安娜希斯亞。」

蓋瑞露出微笑，笑中真心帶著憐憫。這對理查造成的傷害遠比憎恨或敵意來得重。「還要更多虛構的朋友嗎？我們以前就常在辦公室裡取笑你那些巨魔玩偶。還記得那些吧？就在你的桌子上。」他大笑起來，理查也開始跟著笑。這實在太可怕了。除了笑，理查也不知道還能做什麼。過了一段時間，他停下來不再笑。蓋瑞把手伸進口袋，拿出一隻塑膠小巨魔。它有一頭鬈曲的紫髮，原本放在理查的電腦螢幕上方。「拿去啊。」蓋瑞將巨魔扔向理查。理查伸出兩隻手想接住，但小巨魔卻直接從他手掌穿了過去，就好像這對手掌根本不存在。他跪在地上，兩手在空曠的月臺上四處摸索，想找到那隻巨魔娃娃。對理查而言，那似乎等同於他真實生活裡僅剩的片段，只要能夠找到那隻巨魔娃娃，或許就可以把一切都找回來……

一陣閃光。

又回到尖峰時刻。數百名乘客從一輛地鐵蜂擁而下，另外數百名乘客則急著要上去。匍匐在地上的理查不斷被通勤的旅客踢來撞去。有人重重踩到他的手指，他發出淒厲的尖叫，出於本能立刻把手放進嘴裡，就像燙到的小孩。手指嘗起來的味道很噁心，但理查不在乎。他可以看到巨魔玩偶就在月臺邊緣，離他只有十尺遠。他四肢並用地穿過人群，慢慢爬過月臺。旅客不時咒罵他，擋住他的去路，把他撞到一旁。他從沒想過十尺居然會是這麼長的距離。

理查匍匐前進時聽到一陣尖銳的笑聲，他納悶著不知道是誰發出來的。那笑聲聽來詭異又可怕，讓人非常不舒服。他猜想著不知道是什麼樣的瘋子才會這樣笑。他吞了吞口水，那笑聲隨即又停了。直到此時，他才知道那是誰的聲音。

理查快爬到月臺邊緣了。有個老女人踏進列車，同時也把那隻紫髮巨魔往下一踢，落進列車與月臺的間隙，消失在黑暗中。「不！」理查大叫。他臉上仍然帶著笑，但那是痛苦與嗚咽相融的笑聲，淚水灼痛他的眼睛，從臉頰上流下。他用手揉揉雙眼，刺痛感變得更強烈。

一陣閃光。

月臺又是一片昏暗無人。理查爬起來，蹣跚地走完最後幾尺，來到月臺邊緣。他看到那東西就在下面，在鐵道上，就在第三條鐵軌旁，那一小團紫色的東西就是他的巨魔玩偶。他抬頭看向前方：幾張巨大的海報貼在鐵道另一邊的月臺牆上，那是信用卡、運動鞋、塞普勒斯島黃金假期的廣告。理查看著那些海報，上面的文字卻開始扭曲變化，出現新的訊息。

其中之一是：

今日就來場致命的意外。

像個男子漢——你自己動手。

讓自己脫離悲慘的命運。

結束一切。

理查點點頭。他對自己說，這些海報沒有真的那樣寫。沒錯，他正在自言自語，現在該好好把那些話聽進去了。他可以聽到地鐵行駛的聲音，就在不遠處，朝著車站駛來。他咬緊牙關，前後搖擺。雖然月臺上只有他一個人，但他卻好像還處於被通勤乘客撞來撞去的狀態。

列車朝他駛來，前燈在隧道中發著光，就像小時候做的噩夢裡惡龍的眼睛。這時的理查知道，他只要花一點點力就可以終止這痛苦——不管是他過去承受的痛，還是未來可能遭受的痛，全部全部都可以永遠消失。他把手插進口袋、深深呼吸。這麼做非常容易……只要痛一下，一切都會結束……

口袋裡有個東西。他用手指去摸，感覺到一個光滑、堅硬的物品。它接近球形。他從口袋裡拿出來一看：是枚石英珠。他想起自己撿起這枚珠子時正在騎士橋的另一端。這珠子是從安娜希斯亞的項鍊掉下來的。

他依稀能聽到鼠女對自己說：「理查，等等。」這聲音來自某個地方，可能是他腦海中的想像，也可能不是。他不確定在這個節骨眼上是否還有人在幫他。他認為現在真誠地對自己說話的人，就是他自己。這是他的本尊在說話。而他，終於把話聽了進去。

他點點頭，把珠子放回口袋，站在月臺上等地鐵駛進來。列車抵達月臺後減速，最後完全停下。

車門嘶一聲打開，車廂內擠滿各式各樣的乘客——他們毫無疑問全都死透了——有些屍體還很新鮮，不是喉嚨上有鋸齒狀的傷口，就是太陽穴有彈孔；也有些老舊枯乾的屍體，有些屍首被皮帶吊起來，上面覆蓋蜘蛛網，還有些像腫瘤的東西從臂部垂下。從這些屍體的外觀判斷，似乎每個都是自我了結生命的。有一些是男性，有一些是女性。其中有些臉孔，理查覺得自己曾在某面長長的牆上看過，卻想不起是在哪裡看到，也忘了是什麼時候的事。車廂內聞起來就像冷藏設備永久失修的停屍間，經過漫長而炎熱的夏天，散發出可怕氣味。

理查再也搞不清楚自己到底是誰，也無法分辨任何事物的真假。他不知道自己是勇敢或懦弱、瘋狂或理智。不過，他知道接下來該做什麼：他跨進車廂，所有燈光隨之熄滅。

門閂往後一拉，傳來兩聲巨響，在房裡帶起陣陣回音。小型神殿的門一推便開，提燈的光線從外側大廳透了進來。

這是一間斗室，頂端有很高的拱形天花板。天花板的最高點綁了一條線，線的另一端又懸吊著一把銀色鑰匙。門打開後導引出一股氣流，吹得鑰匙前後搖擺，接著又慢慢旋轉。先是往一邊，然後往另一邊。院長扶著煤灰的手臂，兩人並肩走進神殿。隨後院長放開煤灰的手臂，說：「煤灰兄弟，把屍體搬走吧。」

「不過，神父……」

「怎麼了嗎？」

煤灰單腳跪在地上，院長可以聽見手指摸索衣服和皮膚的聲音。「他沒死。」

院長嘆了一口氣。這種想法很糟，他也知道，但他真的覺得當場死亡比剩下半條命幸運得多。現在這樣比死還要悲慘。「所以變成像他們那樣了嗎？也罷，我們會好好照顧這名可憐人，直到他獲得最終的獎賞。把他帶去醫務室吧。」

然而，此時卻傳來一個虛弱卻堅定的聲音：「我不是什麼可憐人。」院長聽到有人站了起來，聽到煤灰倒抽一口涼氣。「我……我想我通過考驗了。」理查．馬修的聲音突然又變得不太確定。「除非這是考驗的另一部分。」

「不，孩子。」院長的聲調中隱隱有著欽佩，但也可能是遺憾。

全場一片沉默。「我……如果你不介意，我想我現在可以喝那杯茶了。」理查說。

「當然沒問題，」院長對他說，「往這邊走。」理查看著這名老人。院長的藍白眼珠什麼也看不見，他似乎很高興理查能活著回來，但是……

「對不起，」煤灰恭敬地對理查說，他打斷了他的思緒，「別忘了你的鑰匙。」

「啊，對。謝謝你。」理查真的已經把鑰匙給忘了。他伸出手，抓住吊在線上慢慢旋轉的冷銀色的鑰匙，一扯，線崩一聲斷了。

理查張開手掌，鑰匙在手掌心裡望著他。「鋸齒，」理查想起那句謎語，「我是何方神聖？」他把鑰匙放進口袋，擺在石英珠旁，隨兩人離開那個地方。

濃霧開始散去，獵人也感到開心。她現在很有把握了。萬一有必要，她可以帶著朵兒小姐毫髮無傷地躲開黑修士的攻擊，而她自己也能在只受輕微皮肉傷的情況下安然脫身。

橋的另一頭傳來急促的腳步聲。「有狀況，」獵人低聲向朵兒說，「隨時準備脫逃。」

黑修士皆往後撤。理查．馬修，這位上層世界的人穿過濃霧朝她們走來。他就在院長身邊。獵人仔細端詳他，想找出他身上有何變化：他身體的重心降得比較低，腳步變得更加平穩……不，不只是這樣。他臉上少了幾分稚氣，看起來像是長大了。

「嗯，所以你還活著？」獵人問。理查點點頭，將手伸進口袋，拿出一把銀色的鑰匙。他把鑰匙丟向朵兒，朵兒一把接住，立刻縱身撲向他，張開手臂把他抱住，使出全身力氣緊擁著他。

然後朵兒將他放開，跑向院長，對院長說：「這件事對我們真的很重要，筆墨都難以形容。」

院長微微一笑，看來有點虛弱，但很慈祥。「願上天保佑各位安然完成下層世界的旅程。」朵兒屈膝行了一禮，將鑰匙緊緊握在手中，回到理查和獵人身旁。三人過了橋，逐漸遠去。黑修士站在橋上看著他們，直到他們的身影離開視線，隱沒在下層世界的濃霧後方。

「我們失去了鑰匙。」院長自言自語，但也是說給所有人聽。「願上帝保佑我們。」

第十三章

天使伊斯靈頓正在做一個陰暗而慌亂的噩夢。

海上掀起巨大波浪，侵襲整座城市；分岔的白色閃電劃破夜空，落在地平線上；天空下起傾盆大雨，城市不停搖晃；大火從露天劇場附近冒了出來，迅速擴散至整個城市，並公然向暴風雨發出挑戰。伊斯靈頓從遙遠的上方俯視這一切。他飄在空中，有如在夢境中飄浮，就像他不斷在久遠以前的歲月中飄盪。那座城市有許多百尺高的建築物，但與大西洋的灰綠色巨浪一比，卻顯得非常矮小。突然間，他聽到人們尖叫。亞特蘭提斯上住了四百萬居民，在他夢中，他可以清楚聽見每一個人的聲音，一個又一個發出尖叫、窒息、火燒、溺水、死去。海浪吞沒整座城市，最後，暴風雨終於平靜。

黎明再度降臨大地時，已沒有東西可證明這裡曾有過一座城市，更別提有座面積比希臘大上兩倍的島嶼。亞特蘭提斯沒有任何東西保留下來，只有孩童及男男女女的水腫屍體，在清晨冰冷的海水中漂啊漂。一群灰白相間的海鷗毫不留情地啄食它們。

伊斯靈頓醒了過來。他站在鐵柱圍成的八角形空間中，旁邊是一扇黑色大門，用燧石和失去光澤的純銀打造而成。他撫摸燧石冰冷的平滑面，感受金屬的寒冷。他摸了摸桌子，用手指輕柔地劃過牆壁，走過教堂裡的房間，從一間到另一間，撫摸著各個器物，像是要確定那些東西真的存在，或是要讓自己相信，他此時此刻正在此地。過去數百年來，他一直沿著這路徑走，他的赤足早已在石頭上踏出痕跡。他走到石頭砌成的池子時停下腳步，跪下來，讓手指碰觸冰冷的池水。

池水起了一陣漣漪，從他的指尖往外擴散到邊緣。池水裡的倒影有天使自身，還有映照出他影像的燭火。隨著漣漪擴散，倒影閃耀微光，開始變形，現出一座地窖的影像。他專注片刻，聽到電話鈴響從遠方某處傳來。

格魯布走到電話旁拿起話筒，看來相當得意。「格魯布與凡德摩，」他大聲說，「專門刨眼、斷鼻、刺舌、砍下巴、割喉嚨。」

「格魯布先生，」伊斯靈頓說，「他們拿到鑰匙了，我要那個叫朵兒的女孩安全回到我這裡。」

「安全。」格魯布不以為然地複述一次，「好吧，我們會保她安全。這個點子真是高明啊——如此有創意，絕對出人意料。大多數人僱用職業殺手，只會叫他們執行處決或暗中殺害——甚至是見不得人的謀殺——就夠滿足了。只有您啊，閣下，只有您會僱用兩個古往今來最出色的殺手去保一個小女孩不受傷害。」

「保護她的安全，格魯布先生，別讓她受到任何傷害。如果她傷到一根寒毛，你就是得罪了我。明白了嗎？」

「明白了。」格魯布的音調不太自在。

「還有其他事情嗎？」伊斯靈頓問。

「有的。」格魯布對著手掌咳幾聲，「您還記得迪卡拉巴斯侯爵嗎？」

「當然記得。」

「我想應該沒有類似的禁令說我們不能殺了侯爵吧？」

「再也沒有了，」天使回答，「只要保護那女孩就行了。」

伊斯靈頓把手從水池拿開，池裡的倒影只剩燭火以及雌雄難辨的俊美天使。他站了起來，回到裡面的房間，等候那幾位終究會到訪的客人。

「他說了什麼？」凡德摩問。

「凡德摩先生，他說我們可以隨意處置侯爵。」

凡德摩點點頭，有點刻意地問：「也包括讓他痛苦地死去嗎？」

「是的，凡德摩先生。幾經考慮，我確定那也包括在內。」

「那好，格魯布先生，我可不想再挨罵了。」他抬頭看著吊在上方的那個血淋淋的形體，「那我們最好趕快把屍體處理掉。」

超市的購物車有個前輪會發出嘎吱嘎吱的聲響，也總是往左偏。凡德摩先生在醫院附近某個植了草皮的安全島上發現這輛購物車。他一看就知道大小剛好可以用來移動屍體。當然，他可以用揹的，但屍體可能會滲血或滴下其他液體，而他又只有這麼一套西裝。所以他把迪卡拉巴斯侯爵的屍體放進購物車，在暴風雨中推著前進。車輪嘎吱嘎吱響，還往左邊偏。凡德摩希望格魯布能跟他換一下手，幫忙推一下購物車，但格魯布正在說話。「你知道嗎，凡德摩先生，我現在實在是太滿足、太興奮，更不要說有多開心，我完全不會想訴苦、抱怨、發牢騷。因為我們終於獲得允許，可以施展我們最拿手的技巧……」

凡德摩設法繞過一個特別難搞的轉角。「你是指殺人嗎？」

格魯布頓時眉開眼笑。「是殺人沒錯，凡德摩先生。管他是英雄、社會名流還是皇親國戚，全都殺殺乾淨。不過呢，你一定在我那愉快、歡樂、爽朗的表情底下感覺到一個隱隱約約的『但是』。可是呢，那是個微乎其微的煩惱，就像有一丁點生肝黏在我靴子裡。而我非常確定，現在你一定又在跟自己說：『格魯布先生的心情不太好，我應該勸他把重擔交給我來負責。』」

凡德摩思索著這句話的涵義，用力打開下水道的鐵門，前方正是因暴雨而洶湧的水流，他艱困地爬了進去，然後再粗暴地把裝著迪卡拉巴斯侯爵屍體的購物車也拉進來。最後，他覺得自己在想的事情應該跟格魯布說的話無關，便回答了一句：「沒有。」

格魯布沒理會他，一個勁兒繼續說：「……而我，為了回應你的請求，得透露一點提示，好讓你知道我在煩惱什麼，所以我只好勉強承認：我們老是得隱藏自己的才能，我對此事打從靈魂深處感到厭倦。我們應該把已故侯爵悲慘的遺體掛在倫敦下層最高的絞刑臺上，而不是直接扔了，活像個用過的……」他頓了一下，找尋最恰當的辭彙。

「老鼠？」凡德摩建議，「拇指夾？脾臟？」購物車的輪子持續嘎吱嘎吱響。

「這個嘛……」格魯布說。他們前面出現一條很深的棕色溝渠，在水面上漂的是黃白色的肥皂泡沫和用過的保險套，偶爾還會冒出衛生紙。凡德摩將購物車停了下來。格魯布彎下腰，一把抓住侯爵的頭髮，舉起他的頭，對著他已經聽不見的耳朵嘶嘶說：「這件事情越快處理好我就越高興。很快就會有其他任務，需要兩位擅長用勒頸繩和剔骨刀的高手。」

他說完後站起身。「晚安，侯爵先生。別忘了寫信給我們。」

凡德摩把購物車一倒，侯爵的屍體跟著滾了出來，撲通一聲掉進下方的褐色汙水裡。由於凡德摩已經對購物車極其厭惡，也順手將購物車推進排水溝，看著它被水流沖走。

格魯布高舉手中的提燈，從他們站著的地方遙望遠處。「一想起就令人難過吶，凡德摩先生，那些在上層街道走動的人永遠不會知道這些下水道有多麼美——看看他們腳下的這些紅磚大教堂。」

「真的是精雕細琢。」凡德摩同意他的說法。

他們轉身背對褐色的排水溝，沿著通道往回走。「凡德摩先生，不管是城市還是人，」格魯布用挑剔的口吻說，「內在都是最重要的。」

朵兒用皮衣口袋裡找到的一條繩子串起鑰匙，掛在脖子上。「這樣不太安全吧。」理查說。朵兒對他扮了個鬼臉。「真的不太安全。」他說。

朵兒聳了聳肩膀。「好吧，等我到了市場再找條鍊子。」他們走在一個到處都是洞穴的迷宮，這些位於地底深處的隧道是由石灰岩鑿成，很像史前遺跡。

想著想著，理查噗嗤笑開。「什麼事這麼好笑？」朵兒問。

他咧開嘴。「我只是在想，當我們告訴侯爵，我們在沒有他幫助的情況下，從黑修士手中拿到了鑰匙，他臉上會有什麼表情。」

「我相信他一定會冷嘲熱諷個幾句，」朵兒說，「然後再把話題扯回天使身上，說什麼『路遙險多』諸如此類的話。」

理查欣賞著洞穴石壁上的繪畫。赤褐、黃土和褐色的線條描繪出衝刺的野豬、奔逃的瞪羚、毛茸茸的乳齒象與巨大的樹獺。他原本還認為這些繪畫一定有幾千年歷史，沒想到一個轉角後竟然看到同樣風格的筆觸，描繪卡車、家貓、汽車，還有飛機——飛機畫得顯然比其他圖差得多，彷彿只從非常遠的地方瞥見過似的。

這些圖案距離地面都不太遠，理查懷疑創作者可能是地底的尼安德塔矮人之類的。畢竟，在這個詭異的世界要是真有這樣的人種，好像也不足為奇。「下一次的市場在哪裡啊？」他問。

「沒啥概念。」朵兒回答，「獵人知道嗎？」

獵人從陰暗處現身。「我不知道。」

一個小人影從他們身旁竄過，沿著他們的來時路往回跑。不到一會兒，又有兩個小小的人影朝他們全速追來。獵人在這兩人經過時突然伸出一手，抓住一個小男孩的耳朵。「噢！」他用稚嫩的口氣喊著說：「放開我！她偷了我的畫筆。」

「沒錯，」走廊深處傳來一個尖銳的聲音，「是她偷的。」

「我沒有！」一個更高更尖銳的聲音從走廊遠處傳來。獵人指著洞穴石壁上的繪畫。「這是你畫的？」

男孩一副不可一世的模樣，這姿態只有在最偉大的藝術家——或九歲男童身上才看得到。「對啦，」他傲慢地回答，「有一些是我畫的。」

「畫得還可以。」獵人說。男孩則憤怒地瞪著她。

「下次的流動市場在什麼地方？」朵兒問。

「貝爾法斯特，」男孩回答，「就在今晚。」

「謝了，」朵兒說，「希望你能找回自己的畫筆。獵人，放他走吧。」

獵人放開男孩的耳朵，他沒有馬上離開，而是從頭到腳打量了獵人一番，做了個鬼臉，表示他完全沒被她的身手嚇到。「妳就是獵人？」他問。獵人低頭謙虛地笑了笑，男孩哼了一聲。「妳就是下層世界最偉大的保鑣？」

「是有人這麼說。」

男孩動作流暢地將手擺到身後，再向前伸——但他突然停下，一臉困惑地把手攤開，仔細看自己的手掌；然後他又困惑地抬頭看獵人。獵人張開手掌，露出一把十分鋒利的彈簧小刀。她高舉起刀，讓男孩搆不著。男孩皺了皺鼻子。「妳怎麼辦到的？」

「快滾吧。」獵人折起彈簧刀丟回給男孩，男孩頭也不回，沿著走廊繼續追他的畫筆去了。

迪卡拉巴斯侯爵的屍體臉朝下，順著長長的下水道向東漂流。

倫敦下水道的生命起源於河流和小溪。溝渠裡的汙水由北流向南（泰晤士河以南的區域則是由南流向北），夾帶著垃圾、動物屍骸、排泄物流入泰晤士河，再帶著大部分的穢物排放入海。這種系統行之多年，直到一八五八，倫敦的工廠和居民產生大量排泄物，加上當年夏天非常炎熱，造成當時人稱「大惡臭」的現象：泰晤士河本身變成一條開放的下水道。能夠離開倫敦的人都走了，留下的居民只好用浸泡石碳酸的衣物包住自己的臉，盡量不用鼻子呼吸。英國國會在一八五八年初被迫休會，隔年下令執行下水道的興建計畫。數千英里的下水道建造完成後，汙水順著和緩的水道由西往東流去，在格林威治附近灌入泰晤士河河口，直接流進北海。已故迪卡拉巴斯侯爵的屍體就是沿著這條路線，由西往東，朝著日出與汙水處理廠的方向流過去。

幾隻老鼠在磚頭砌成的高臺上，正在做一些沒人看時會做的事。當牠們看到那具屍體漂過去，其中最大的一隻黑色公鼠吱吱叫了幾聲，另一隻較小的棕色雌鼠隨即吱吱回了幾句，然後從高臺一躍而下，跳到侯爵屍體的背上，在下水道裡騎了一小段距離。牠嗅了嗅頭髮和外套，嘗了嘗血，然後冒險斜向一邊，想要盡量看清楚屍體的臉。

牠從侯爵的頭部跳進汙水，奮力游到溝邊，再爬到滑溜的磚塊上，沿著一根橫梁迅速跑上去，回到其他夥伴身邊。

「貝爾法斯特？」理查問。

朵兒調皮一笑，不打算再多說什麼，在他追問時也只說：「你馬上就會知道。」所以他只好換一個方法。「是說，關於市場，妳怎麼知道那小鬼說的是實話？」

「這裡的人不會亂說這種事，我……我認為我們是不能拿這個來騙人的。」朵兒頓了一下，「市場很特別。」

「那小鬼怎麼知道市場在哪裡？」

「有人告訴他。」獵人回答。

理查沉思了片刻。「那些人又是怎麼知道的？」

「有人告訴他們。」朵兒解釋。

「不過……」理查想知道最初是由誰選擇市場的地點？消息又是怎麼散布出去的？他努力想修飾問題，讓自己聽起來不會很愚蠢。

一個聲線圓潤的女性從暗處問道：「有人知道下個市場是什麼時候嗎？」

女人站到光亮處。她戴著銀色首飾，黑髮梳理得耀眼奪目，皮膚非常蒼白，身上穿著黑色天鵝絨洋裝。理查馬上想起以前曾見過她，卻花了不少時間才想起是在哪裡——第一次去流動市場時，在哈洛德百貨公司。她曾對理查微微一笑。

「今晚，」獵人回答，「貝爾法斯特。」

「謝謝。」那女人說。理查心想，她的雙眼顏色實在太奇特了——瞳孔是毛地黃的顏色。

「那我們就在那裡見囉。」她說話時看了理查一眼，隨即有點害羞地把臉轉開。她走入陰暗之中，消失在眾人面前。

「那是誰？」理查問。

「她們自稱天鵝絨。」朵兒回答，「她們白天在下層世界睡覺，夜晚在上層世界活動。」

「她們危不危險？」理查又問了一句。

「是人都危險。」獵人回答。

「對了，」理查說，「回到市場的話題。是誰決定市場的地點？何時決定？最初那些人又是怎麼知道市場舉行的場所？」獵人對他聳聳肩膀。「朵兒知道嗎？」理查問。

「我沒想過這個問題。」他們繞過一個轉角，朵兒隨即舉起手中的提燈。「畫得真不錯。」

「而且動作很快。」獵人說。她用指尖輕輕碰觸岩壁上的繪畫，墨水還沒乾透。這畫畫得是獵人、朵兒、理查的肖像。十分逼真。

黑鼠謙恭地進入黃金家族的巢穴，牠把頭垂得很低，耳朵貼在後面，慢慢向前移動，吱吱叫著。

黃金家族利用獸骨為穴，冰河時期，蘇格蘭南部雪原仍有巨大的長毛野獸在行走。這些骨頭原本屬於某隻長毛象。黃金家族認為那片雪原在當時是長毛象的領地，至少這具骸骨讓牠們更有理由堅信這想法。

黑鼠站在骨頭堆的最下方行了一禮，然後仰著肚皮躺平，嘴巴張開，閉著眼睛靜候。片刻過後，上面傳來吱吱聲，說牠可以把身體翻轉回來了。

黃金家族的一名成員從頭骨堆最頂端的長毛象頭骨中爬出來，沿著古老的象牙往下。那是一隻金毛鼠，有著銅色眼睛，體型像大型家貓。

黑鼠開口說話，金毛鼠想了一下，吱吱下達命令，黑鼠搖了幾下，嘴巴又張開了一會兒，奮力翻個身，讓四腳著地，搖擺上路。

早在「大惡臭」之前，陰溝族就存在了。他們居住在伊莉莎白女王一世時代的下水道，或王政復辟時期⓭的下水道，也可能是攝政時期⓮的下水道。隨著人口不斷擴增，產生了更多髒東西、更多垃圾、更多廢水，倫敦也有越來越多的運河被迫變成導管，或加蓋的水道，陰溝族的人口也就跟著增加。然而，要等到大惡臭現象、等到維多利亞下水道建設完成，陰溝族才進入繁盛期。下水道中四處可見他們的身影，但這些人的永久居所是那些看起來彷彿教堂的紅磚圓頂，就在東邊冒著泡沫的水流匯集之處。陰溝族會坐在這裡，身旁放著長竿、網子或臨時拼湊的長鉤，目不轉睛地注視著汙水表面。

他們穿著衣服。棕色和綠色的衣物上覆蓋了一層厚厚的東西，可能是黴菌，可能是石化油汙，當然，也有可能是更不堪啟齒的物體。他們留著長髮，頭髮糾結，身上的氣味——或多或少就如常人想像那般——臭不可聞。無人知曉陰溝族用什麼當燃料，但他們的防風燈裡總冒出頗惹人厭的藍綠色火焰。

沒人知道陰溝族之間如何溝通。在他們與外界接觸的少數幾次事件裡，他們用的是一種手語。他們生活的世界裡有潺潺水聲和滴答聲；有男，有女，還有沉默的下水道小孩。

唐尼基看到水裡有個東西。他是陰溝族首領，是最有智慧、年紀也最大的長者。他對下水道比先前的建築工人還清楚。他拋出長長的捕蝦網，雙手熟練地動了動，就從水裡撈起一個相當破舊的行動電話。他走向角落的一小堆垃圾，把電話丟到其他戰利品中。他們今天撈獲的東西截至目前為止，包括兩隻不成對的手套、一隻鞋、一具貓頭骨、一包溼透的香菸、一隻義肢、一隻死掉的長耳獵犬、一對鹿角（鑲在底座上），還有一輛嬰兒車的下半部。

今天的收穫並不理想，但流動市場今晚就要在戶外舉行。因此，唐尼基一直注視著水面——誰知道會有什麼東西冒出來呢？

老貝利正把剛洗好的衣物拿出來晾，毛毯和床單在中央大樓的頂端迎風飛揚。中央大樓並不好看，但它是一棟頗有特色的六〇年代摩天大廈，是牛津街東向最末端的地標，位於圖騰漢廳路站的正上方。老貝利不怎麼喜歡中央大樓，然而，就如同他經常對鳥兒說的，這屋頂的景觀是無與倫比。更何況，中央大樓的頂點是倫敦西區少數幾個不必整天看著中央大樓的地方。

一陣強風將老貝利外套上的幾根羽毛扯掉，吹得老遠，飄在倫敦上空。他不以為意。他也經常對鳥兒說，反正羽毛多得是。

一隻大黑鼠從破了大洞的通風孔蓋爬出來，環顧四周，走到老貝利那個沾滿鳥糞的帳篷，從其中一邊跑到上面，再沿著他的晾衣繩往前爬，急切地對著老貝利吱吱叫。

「慢一點、慢一點。」老貝利說。老鼠重複剛才的叫聲，把音調壓低，可是語氣仍一樣急迫。「老天保佑。」老貝利一說完就衝進帳篷、拿出武器——一把烤叉和一把煤鏟。他又匆匆回到帳篷，拿出一些廉價的工具，然後他最後一次走回帳篷、打開木箱，將銀色箱子裝入袋子。「我真的沒時間去做這種蠢事，」他最後一次從帳篷裡出來時對老鼠說，「我可是個大忙人。鳥兒又不會自己來，你懂我的意思吧。」

老鼠對他吱吱叫了一聲，老貝利解開纏在腰間的繩索。「那個，」他對老鼠說，「還有別人可以去找屍體，我已經不年輕了，再說，我討厭到地底去，我是屋頂人。我生為屋頂人，死為屋頂人。」

老鼠發出粗魯的叫聲。

「欲速則不達。」老貝利應了一句，「我就要出發了，你這乳臭未乾的傲慢鬼！我還認識你的玄祖父呢，小老鼠，少對我擺臭架子！好了，市場到底在什麼地方？」老鼠將地點告訴他。老貝利把老鼠放進口袋，爬到大樓側面。

⓭王政復辟（Restoration）是指一六六〇到一六八八年，英王查理二世復辟的時期。

⓮英國的攝政時期（Regency）從一八一一到一八二〇年。

◇

排水溝旁的平臺上，唐尼基正坐在自己的塑膠躺椅上，腦中突然有了大發利市的預感。他感到這筆財富正由西往東朝他們漂過來。

他大聲拍了拍手，其他人跑到他身邊，女人和小孩也邊跑邊拿著鐵鉤、網子、線繩，在防風燈閃爍不定的綠色光芒下，沿著滑溜的水溝外緣聚集。唐尼基一指，他們全屏息以待——陰溝族在等待時絕不會發出聲響。

迪卡拉巴斯侯爵的屍體臉朝下順著排水溝往前漂，水流緩緩，如同出殯的平底船那樣緩慢而莊嚴地載送著他。眾人不發一語，用鐵鉤和網子拉著屍體，很快就拖上了平臺。他們拿走了外套、靴子、金色懷錶，外套口袋裡的東西也洗劫一空，但其餘衣物仍留在屍體上。

唐尼基因這次的戰利品而眉開眼笑。他又拍了一次手，陰溝族人準備出發前往市場。現在他們確實有些值錢的東西可以出售了。

「妳確定侯爵會去市場嗎？」道路開始慢慢變成上坡，理查問朵兒。

「他不會讓我們失望的。」朵兒盡可能以信心滿滿的口吻說，「我相信他一定會到。」

第十四章

英國皇家海軍「貝爾法斯特號」是艘一萬一千噸的砲艇，於一九三九年下水服役，參與第二次世界大戰。大戰結束後，一直停泊在泰晤士河南岸。它出現在明信片上，在塔橋與倫敦橋之間，在倫敦塔的對面。從甲板上望出去，可看見聖保羅大教堂、倫敦大火⓯後豎立的圓柱紀念碑金亮的頂端（一如倫敦許多建築物，這是出於克里斯多夫・魏倫⓰之手）。今日的貝爾法斯特號則成為水上博物館，成了紀念碑、訓練場。

一條走道從河岸通到貝爾法斯特號，人們三三兩兩，成群結隊沿著走道上船。倫敦下層的所有部落全都盡量提早到達，設置自己的攤位，一方面是為了遵守市場停戰協定的約束，另一方面則是想離

⓯ 倫敦大火（the Great Fire of London）發生於一六六六年九月，一連燒了五天五夜，一萬三千多戶住家遭火焰吞沒，四百六十多條街道受損，教堂燒燬八十九間，整個倫敦幾乎化為灰燼，造成十萬餘人傷亡。倫敦重建之後，在原先的舊址立了一座紀念這場大火的紀念碑，碑身以石磚砌成，約有二十層樓高。

⓰ 克里斯多夫・魏倫（Christopher Wren，1632-1723），英國著名建築師，負責倫敦大火後的重建工作，共設計了五十一座教堂，聖保羅大教堂也是他的傑作。

陰溝族的攤位越遠越好。

早在一百多年前，陰溝族就與其他部族協議，只有在戶外舉行的流動市場才能有陰溝族設置攤位，而且只能設置一個。唐尼基和族人會將收集來的戰利品全倒在橡膠布上，在一座很大的砲塔下高高堆起。沒有人會馬上就到陰溝族的攤位，只有在市場快結束時，才有想撿便宜或好奇的客人，或少數幾個嗅覺不太靈光的幸運兒來這裡逛逛。

理查、獵人、朵兒不斷推擠，好不容易穿過人群來到甲板。理查卻發現自己似乎已經沒必要停下來張望。這裡的人跟他在上次流動市場看到的一樣怪，但他猜自己在他們眼裡一定也是怪。他環顧四周，在人群中掃視每一張走過的臉孔，想要找出侯爵那一臉諷刺的笑容。「我沒看到他。」理查說。

他們走近一個打鐵的攤位，有個男人從炭盆夾出一塊燒得火紅的熔鐵，丟在鐵砧上。如果沒注意到鐵匠臉上粗獷濃密的棕色鬍子，很容易把他當做一座小山。理查以前從未看過真正的鐵砧。光是在遠遠十幾尺外，他就能感受熔鐵與炭盆的熱氣。

「繼續找。迪卡拉巴斯跟茅房裡的蛆沒兩樣，」朵兒邊說邊查看背後，「他遲早會出現。」她想了一會兒，又補了一句：「話說，蛆到底是什麼？」理查還來不及回答，朵兒就大聲尖叫道：「大鄉頭！」

那名滿臉鬍子、個子像山一樣的男子抬頭看了一眼，就暫停打鐵的動作，發出響亮的聲音：「老天，原來是朵兒小姐！」他一手把朵兒提起來，彷彿她比老鼠還要輕。

「你好啊大鄉頭，」朵兒說，「我一直期待能在這裡見到你。」

「我可從來不會錯過任何一次市場啊，小姐。」巨人的聲音像打雷，顯然相當高興。過了一會兒，他壓低音量說話，這時聽起來就像炸藥從山洞深處傳出的悶爆聲。「嗯，這裡是做生意的地方，還有活兒要幹。」他把正在冷卻的鐵塊放到砧板上。「妳在這裡等一下，我就快做完了。」鐵匠把朵兒放在打鐵攤位的頂端，剛好與他的雙眼齊平，高度距離甲板約有七尺。

鐵匠用鎯頭敲打鐵塊，再用另一種工具弄彎。理查認為那些工具應該是鉗子之類的——而他猜得沒錯。在鎯頭的重擊下，原本只是一團沒有特定形狀的橘紅鐵塊，逐漸變成一朵漂亮的黑玫瑰。這是一個令人讚嘆的細緻工藝品，每片花瓣都很逼真，脈絡分明。大鎯頭夾起玫瑰，伸進鐵砧旁的一桶冷水，玫瑰立即發出嘶嘶聲響、冒出白色水氣。過了一會兒，他從桶裡拿出鐵玫瑰，揩乾淨，交給一名身穿鍊甲、在旁邊耐心等候的肥胖男子。男子說了幾句話，表達他對這件作品極為滿意，然後把一個綠色的馬莎百貨購物袋交給鐵匠當報酬，裡面裝滿各種不同口味的乾酪。

「大鎯頭，」朵兒從攤子頂端說，「這些是我的朋友。」

大鎯頭握住理查的手——他的手掌少說有理查的幾倍大。大鎯頭握手時非常熱情，動作卻極為溫柔。理查猜想，他可能有過幾次將人家的手握斷的意外，便練習到自己掌握訣竅為止。「幸會幸會。」他聲如洪鐘。

「我叫理查。」理查自我介紹。

大鎯頭露出欣喜的表情。「理查！真是個好名字！我以前有匹馬就叫理查。」他放開理查的手，轉向獵人。「那這位是……獵人？我的老天呀！真的是妳！」大鎯頭像個小男生似的羞紅了臉。他朝手掌心吐了些口水，胡亂把頭髮往後梳，伸出手準備跟獵人握，又想到剛剛才在上面吐了口水，便在皮圍裙上把口水揩抹乾淨，將重量由一腳轉移到另一腳。

「大鎯頭，你好。」獵人露出完美的笑容。

「大鎯頭，」朵兒問他，「把我放下來好嗎？」

大鎯頭露出羞愧的表情。「啊，小姐，真是對不起。」他說完馬上把朵兒抱了下來。理查突然領悟：大鎯頭在朵兒還小的時候就認識她，他不禁對此巨漢產生無以名狀的嫉妒。「好了，」大鎯頭對朵兒說，「有什麼需要我幫忙的？」

「有幾件事情要拜託你。」朵兒回答，「但首先——」她轉向理查。「理查，我有一件工作要交給你。」

獵人揚起一邊眉毛。「給他？」

朵兒點點頭。「那……就交給你們倆吧。你們可以去找些吃的回來嗎？」

理查心中產生某種怪異的榮譽感。他已經在嚴酷考驗中證明自己的價值，他是這團隊的一分子。他會去的，也會帶回食物。他挺起了胸膛。

「我是妳的保鑣，我留在妳身邊。」獵人說。

朵兒咧嘴笑，眼裡閃著光芒。「在市場裡嗎？沒關係啦，獵人。市場停戰協定還有效力，沒人敢在這裡動我一根寒毛。再說，理查比我更需要照料。」理查的胸膛馬上垮了下來，但也沒人在注意他。

「如果有人違反停戰協定，那該怎麼辦？」獵人問。

大鎯頭打了個冷顫，儘管他的火盆還在冒熱氣。「違反停戰協定？不會吧。」

「這種事不可能發生，你們兩個快去吧。我要咖哩，再幫我帶一些印度烤麵包片，要辣的。拜託你們了。」

獵人用手順了順頭髮，轉身朝人群走去，理查跟在她身旁。「如果有人違反停戰協定，會發生什麼事？」理查在他們擠著穿越人群時問道。

獵人想了一陣子。「上次發生這種事大概是在三百年之前。兩個朋友在市場裡為了一個女人發生爭執。刀子一出鞘，其中一人就死了。另一個則是逃走。」

「那人後來怎麼樣了？被殺了嗎？」

獵人搖了搖頭。「正好相反，他希望自己當初是死掉的那一個。」

「他還活著？」

獵人緊閉嘴脣。「勉強算是。」她過了好一會兒說，「活著，但跟死了差不多。」

又過了一段時間，理查「哎！」一聲，感到胃裡一陣翻騰。「這是什麼……什麼臭味啊？」

「陰溝族。」

理查把頭轉開，盡量不用鼻子呼吸，直到遠離陰溝族的攤位。

「有看到侯爵嗎？」他問。獵人搖搖頭，緊跟在他身後。兩人登上一條梯板，朝食物區走去，那裡的氣味就好聞多了。

老貝利靠著自己的鼻子輕而易舉就找到陰溝族。

他很清楚自己該做什麼，也從小小的裝腔作勢中得到了一些樂趣。他毫無顧忌地翻看死掉的長耳獵犬、義肢、潮溼發霉的手機，每看一件就搖一次頭，臉上還露出惋惜的表情。然後，他把注意力轉移到侯爵的屍體。老貝利搔了搔鼻子，戴上眼鏡，瞧得更仔細。他點點頭，又露出悶悶不樂的表情，希望給別人留下一個大略的印象：這人急需屍體，而儘管他對這貨色失望，也只能將就。老貝利對唐尼基招招手，指向那具屍體。

唐尼基張開雙手，露出歡天喜地的笑容，抬頭凝視著天空，想將侯爵遺體所賜與的福與運都收到自己身上。他把一隻手放在額上，低下頭，露出極為不捨的模樣，藉此表示：失去如此難得的屍體是何等悲劇。

老貝利把手伸進口袋，拿出用剩一半的止臭劑交給唐尼基。唐尼基不以為然地看了一眼，舔一舔，還給對方，表示對這東西不感興趣。老貝利把止臭劑收回口袋，回頭看了侯爵的屍體一眼——他半裸著身，赤著腳，身上還留有在下水道漂流時吸收的水氣。屍體極為蒼白，血從許多大大小小的傷口流到都乾了，皮膚因長時間浸泡在水裡而皺巴巴，簡直像是醃梅乾。

老貝利把頭轉回來，從口袋拿出一只瓶子，瓶中裝了四分之三滿的黃色液體。他把瓶子遞給唐尼基，唐尼基用狐疑的眼神看著瓶子。陰溝族很清楚「香奈兒五號」的瓶子長什麼樣，便聚在唐尼基身邊盯著看。唐尼基帶著一副不可一世的神情小心翼翼轉開瓶蓋，沾了最少量的香水在手腕上，大吸特吸，這勁道連法國最出色的香水師也自嘆弗如。之後，他興奮地點點頭，走到老貝利身旁將他一把抱住，表示交易完成。這名可憐的老人只好把臉轉開，在擁抱結束前盡量憋住呼吸。

老貝利舉起一根手指，費了一番工夫表示自己已不再年輕，而侯爵不管是死是活，對他而言都太重了。唐尼基若有所思地挖挖鼻孔，也用手勢表示自己這麼做不但高尚，同時也是過於慷慨，搞不好會害自己跟整個陰溝族都進救濟院，但即便如此，他還是願意派一個族裡的年輕人幫他把屍體綑綁在舊嬰兒車的下半部。

屋頂老人拿了一塊布蓋在侯爵屍體上，拉著它離開陰溝族，穿越擠滿人的甲板，往外走去。

「請給我一份蔬菜咖哩，」理查對咖哩攤的女人說，「另外，我想請問，燉肉咖哩是用什麼肉做的？」

女人告訴他。

「喔！」理查愣了一下，「那麼，我還是全部都點蔬菜咖哩好了。」

「嗨，又見面了。」他身旁一個溫潤的聲音說。這是先前在洞窟遇見的那位全身黑衣、雙眼紫紅的蒼白女子。「妳好。」理查露出笑容。「……啊，還要一些印度烤麵包片，麻煩妳了。妳也是來這裡買咖哩的嗎？」

她用那雙紫色的眼睛凝視理查，模仿貝拉盧古西⓱的語調嘲弄著說：「我才不吃咖哩呢。」之後，她笑了起來，露出開懷的燦爛笑容。理查才想起自己有多久沒跟女人說笑話。

「我叫理查，嗯……理查・馬修。」他伸出手，女子碰了他的手一下，算是某種握手吧。她的手指非常冰冷，然而，在如此的深秋夜晚，在泰晤士河的船上，沒有事物不冰冷。

「我叫娜米亞，是天鵝絨的一員。」

「啊，」理查應了一句，「我想起來了。妳們有很多人嗎？」

「只有幾個。」女子回答。

理查把裝著咖哩的容器收起來。「妳從事什麼工作？」

「不覓食的時候，」她笑著回答，「我是嚮導。我對下層世界的一草一木都瞭若指掌。」

獵人突然出現在娜米亞身旁，理查認為她剛才就站在攤位的另一邊。獵人開口說：「他不屬於妳。」

娜米亞露出甜美的笑容。「這會由我自己來判斷。」

理查趕緊出來打圓場：「獵人，這位是娜米亞，她是天鵝湖的一員。」

「是天鵝絨。」娜米亞溫柔地糾正他。

「她是嚮導。」

「你想去哪裡我都可以帶你去。」

獵人從理查手邊拿起裝食物的袋子。「該回去了。」

「嗯，」理查說，「如果我們打算去找妳說的那個東西，她或許幫得上忙。」

獵人什麼話也沒說，反而看著理查。如果是在今天之前，她這樣盯著理查，理查絕對會打消剛剛

⓱貝拉盧古西（Bela Lugosi，1882-1956）：生於東歐的美國電影演員，以扮演吸血鬼德古拉而聞名全球。

的主意，但他已經今非昔比了。「我們問問朵兒的想法吧。」他說，「有侯爵的消息嗎？」

「還沒。」獵人回答。

老貝利拖著那具綁在嬰兒車底部的屍體，沿梯板走下去。侯爵的屍體看起來就像蓋伊・福克斯[18]的塑像——此人的年代還不算久遠。倫敦的孩子在十一月初會把這種塑像放在拖車上，拉著到處向路人展示，到十一月五號的篝火之夜[19]才丟進營火中燒成灰燼。老貝利拉著屍體走向塔橋，念念有辭，發著牢騷，吃力地把屍體拖上山丘，從倫敦塔旁邊走過去。他一路向西，朝塔丘站的方向前進，在地鐵站前方不遠處一段灰色斷牆旁停下。那不是屋頂，老貝利心想，但還是可以派上用場。

這面斷牆是倫敦城牆僅存的遺蹟之一。根據傳說，倫敦城牆是羅馬的君士坦丁大帝於西元第三世紀，為了滿足母親海倫娜的要求下令建造的。當時，倫敦是帝國內少數幾個沒有雄偉城牆的大城市之一。城牆完工後，整座城市都被包圍起來。它有三十尺高、八尺寬——毫無疑問，眼前這就是倫敦城牆。

這段斷牆已經沒有三十尺高了。遠從君士坦丁大帝的母親還在世的時代，該處的地平線就不斷上升（原始的倫敦城牆大部分都埋在如今街道底下十五尺處），而且它也無法再圍住城。雖然如此，它依舊是氣勢宏偉的城牆。老貝利自顧自用力點了點頭。他先在嬰兒車上綁了一條長索，自己也爬到斷牆上，嘴裡一邊呼喝，一邊費勁地把侯爵拉到城牆頂端。他把屍體在嬰兒車底盤上的繩索解開，輕輕平放，兩手靠到身側。屍體上有些傷口仍不斷滲出血水。它早就死透了。

「你這笨蛋！」老貝利哀傷地低語，「何苦要讓自己被殺呢？」

小小的月亮高掛在寒冷夜色中，秋日星辰像碎成粉末的鑽石般散布在深藍色天空。一隻夜鷺飛落牆頭，端詳侯爵的屍體，發出甜甜的叫聲。「閉上你的鳥嘴！」老貝利粗魯地說，「你們這些鳥聞起來根本不像該死的玫瑰花。」鳥兒對老貝利說出一句悅耳動聽的夜鶯髒話，隨即拍動翅膀、飛入夜色。

老貝利把手伸進口袋，掏出已經睡著的黑老鼠。老鼠睜開惺忪的雙眼，打了個呵欠，伸出雜色的大舌頭。「就我個人而言，」老貝利對黑老鼠說，「如果我再也聞不到味道，我會很高興的。」他放下老鼠，讓牠踏在倫敦城牆的石頭上。黑鼠對他吱吱叫了幾聲，還用前肢打手勢。老貝利嘆了口氣，小心翼翼從口袋裡拿出銀色箱子，再從內袋掏出烤叉。

他將銀色箱子放在侯爵的胸膛上，神情緊張地伸出烤叉，掀開箱蓋。銀色箱子裡墊了一塊紅色天鵝絨，上面有顆大鴨蛋，在月光下浮出淡淡的灰綠色。老貝利舉起烤叉，閉上眼睛，朝鴨蛋揮了下去。

蛋殼啪一聲爆開來。

接下來幾秒是一片死寂，然後起風。風的方向並不固定，像是突如其來的強勁旋風，從四面八方掃來。落葉、報紙、城市裡所有的碎石，都被風勢從地面吹到空中。這陣風吹過泰晤士河的河面，將冰冷的河水帶向天空，激起一道優美又強勁的水花。那是場瘋狂危險的暴風。貝爾法斯特號上的攤販發出咒罵，抓牢自己的物品，以免被強風吹跑。

風勢變得極為強勁，強到像是要把整個世界打散，要把所有星辰吹走，而人們也會像落葉般被捲到空中。

就在此時……

⓲ 蓋伊．福克斯（Guy Fawkes，1570-1606）：陰謀計劃在英國國會引發爆炸，暗殺詹姆士一世未遂的主謀。該次暗殺行動也就是著名的火藥陰謀事件。

⓳ 篝火之夜（Bonfire Night）：也稱為蓋伊．福克斯之夜。英國為了慶祝一六〇五年火藥陰謀事件主謀蓋伊．福克斯被捕所訂的紀念日，日期為十一月五號。當天晚上會點燃篝火、施放煙花。

……風停下，落葉、報紙、塑膠購物袋也飄落地面、路面、水面。

倫敦城牆遺跡的頂端在強風吹過後恢復寂靜，但又被咳嗽聲打破。那是一陣帶有水聲的劇烈咳嗽，隨後又是有人掙扎翻身的聲音，接著是痛苦的呻吟。

迪卡拉巴斯侯爵將下水道的汙水吐在倫敦城牆側面，使灰色石牆沾染了棕色汙點，侯爵花了很長的時間才把體內的汙水吐乾淨。結束後，他用刺耳又微弱的嘶啞嗓音說：「我想我的喉嚨被割傷了，你有什麼可以包紮的嗎？」

老貝利在口袋裡翻找一陣，拿出一團骯髒的布條遞給侯爵。侯爵用布條在自己的喉嚨上纏繞幾圈綁緊。看到他這模樣，老貝利不禁想起英國攝政時期那些公子哥兒流行的高領。

「有什麼喝的嗎？」侯爵啞著聲音問。

老貝利從後面褲袋掏出酒瓶，轉開蓋子遞給他。侯爵灌了一大口，又痛苦地抽搐著，虛弱咳嗽。黑鼠很感興趣地看完這一整幕，之後沿著斷牆爬下去，離開此地。牠會回去告訴黃金家族：欠下的人情都已償還，義務都已了結。侯爵把酒瓶還給老貝利，老貝利順手放進口袋。「你現在覺得如何？」

「我覺得好多了。」侯爵撐起上半身，微微顫抖。他的鼻水流個不停，雙眼來回轉。他凝視著這個世界，好像以前從沒見過。

「我只想知道，你讓自己這樣去送死到底是為了什麼？」老貝利問。

「為了取得訊息。」侯爵有氣無力地回答，「當壞蛋知道你快要死掉，就會告訴你很多事，而且會在你身旁聊個沒完。」

「那你有得到你想要的消息嗎？」

侯爵用手指摸摸手臂和大腿上的傷痕。「當然有！幾乎都到手了。事實上，我現在對這整個事件的了解不單只有表面。」他說完後又閉上眼睛，用雙手抱住自己，緩緩前後擺動。

「那是什麼感覺？」老貝利問，「死掉的時候？」

侯爵嘆了一口氣。沒多久，他又揚起嘴角，露出笑容，笑中還帶有昔日的光采。他回答：「你已經活得夠久啦，老貝利，你很快就會知道答案。」

老貝利一臉失望。「你這混蛋！虧我還費盡千辛萬苦，把你從有去無回的鬼門關給硬生生拖回來——通常是有去無回啦！」

迪卡拉巴斯侯爵抬頭看著老貝利，眼睛在月光下顯得好白好白。他低聲說：「你問我死掉是什麼感覺？老友，我可以告訴你：非常寒冷，非常黑暗，非常非常寒冷。」

朵兒將項鍊拿在手中，銀色鑰匙就吊在鍊子上，在大鄉頭的火盆光線下映著橘紅光芒。朵兒笑著對他說：「做得真好，大鄉頭。」

「謝謝妳，小姐。」

朵兒把項鍊掛在脖子上，將鑰匙藏進層層衣服裡。「你想要什麼報酬？」

鐵匠露出不好意思的表情。「我無意冒犯您的善良天性……」

朵兒擺出「你就說吧」的表情。鐵匠彎下腰，從一堆金屬工具中拿出一個黑盒子，它是用漆黑的木頭做成，上面鑲嵌了象牙和螺鈿⑳，大小跟一本大字典差不多。鐵匠將它放在手裡、不停翻動。「這是一個益智玩具，」他解釋，「是我在多年前用一些鐵匠工作換來的報酬。儘管我花了很大工夫，還是沒辦法打開。」

---

⑳螺鈿：一種工藝技術，以河蚌、鮑魚貝、夜光螺等優質貝殼為原料，將其珍珠層加以研磨，做成各種圖案，拼貼、鑲嵌於器物之上。

朵兒接過盒子，用手指撫摸著它光滑的表面。「你打不開。這沒什麼好奇怪的，因為裡面的機械都卡住了，根本沒辦法觸動。」

大鎯頭悶悶不樂。「所以我永遠沒辦法知道裡面有什麼了。」

朵兒做了個頑皮的鬼臉。她用手指探索著盒子表面，一根橫桿從側面滑出。她把橫桿半推回盒裡，轉了轉，盒子內部深處喀一聲，一扇門便從側面開啟。「拿去吧。」朵兒說。

「真不愧是小姐。」大鎯頭從朵兒手中接過盒子，把上面的門完全打開。盒子裡面有個抽屜，他打開抽屜，抽屜裡有隻小蟾蜍，呱呱叫了一聲，用紅銅色的眼睛沒勁地環顧四周。大鎯頭的表情一垮。「我原本希望是鑽石和珍珠呢。」

朵兒伸出一手摸摸蟾蜍的腦袋。「它有一雙漂亮的眼睛，留著吧，大鎯頭，會給你帶來好運的。我還要再謝你一次，我就知道能信任你的謹慎。」

「妳當然可以信任我，小姐。」大鎯頭誠摯地說。

他們一起坐在倫敦城牆頂端，沒開口說話。老貝利把嬰兒車的輪子慢慢放到下方地面。

「市場在什麼地方？」侯爵問。

老貝利指著一艘砲艇。「就在那邊。」

「朵兒跟其他人——他們一定還在等我。」

「依你現在的狀況哪裡也去不了。」

侯爵咳了幾聲，表情相當痛苦。老貝利由咳嗽聲判斷他的肺裡似乎仍有很多下水道的髒東西。

「我今天已經走夠遠了，」迪卡拉巴斯虛弱地說，「再多走一點也不會怎樣。」他檢視雙手，緩緩彎了彎指頭，似乎想看看手指能否照自己的意思動作。然後，他身體一翻，開始吃力地沿牆面往下爬。在這之前，他用嘶啞（或許還有些哀傷）的語調說：「老貝利，看來我欠了你一份人情。」

理查帶著咖哩回來時，朵兒奔向他，張開雙手把他抱住。朵兒抱得好緊，甚至拍了他的臀部，然後才從他手中接過紙袋，迫不及待將袋子打開，拿出裝著蔬菜咖哩的容器高興地吃了起來。

「謝謝。」朵兒嘴裡塞滿食物，「有侯爵的消息嗎？」

「完全沒有。」獵人回答。

「格魯布和凡德摩呢？」

「也沒有。」

「這咖哩好吃，味道真的很棒。」

「拿到項鍊了嗎？」理查問。朵兒把脖子上的鍊子拉出一部分，表示確確實實戴在她身上，然後把手放開，讓鑰匙的重量將鍊子拉下去。

「朵兒，這位是娜米亞，她是嚮導。她說可以帶我們到下層世界的任何地方。」

「任何地方？」朵兒嚼著印度烤麵包片。

「任何地方都行。」娜米亞回答。

朵兒頭歪向一邊。「那妳知道天使．伊斯靈頓在什麼地方嗎？」

娜米亞緩緩眨了眨雙眼，細長的睫毛微微掩住淡紫色的眼睛。「伊斯靈頓？妳不能到那裡去……」

「妳知道在哪裡嗎？」

「下通街，」娜米亞答道，「就在下通街底，但那裡並不安全。」

獵人先前只是交疊著手臂，露出冷淡的表情看著兩人交談。但這時她說話了：「我們不需要嚮導。」

「嗯，」理查說，「我想我們需要。侯爵已經不在身旁，而我們都知道接下來將是一段危險的路程，我們必須把……把我拿到的那東西交給天使，然後他會告訴朵兒她家人的事，也會告訴我該怎麼回家。」

娜米亞興高采烈地抬頭看著獵人，說：「他可以給妳頭腦，再給我一顆心。」

朵兒用手指把碗裡最後一點咖哩抹起來舔。「我們不會有事的。就我們三個，理查，我們負擔不起嚮導的費用。」

娜米亞顯得相當氣惱。「我會從他身上拿到酬勞，不是妳。」

「那敢問閣下要求的酬勞是？」獵人問。

「這個嘛，」娜米亞露出甜美的笑容，「只有我知道，而他只能猜。」

朵兒搖搖頭。「我真的認為沒有必要。」

理查輕蔑地哼了一聲。「妳只是因為我把這次的狀況搞清楚，而不是盲目跟在妳後面、到妳要我去的地方，所以不高興。」

「根本不是這樣。」

理查轉身面向獵人。「好吧，獵人，那妳知道怎麼找到伊斯靈頓嗎？」獵人搖了搖頭。

朵兒嘆了口氣。「我們該繼續前進了。妳說是在下通街嗎？」娜米亞的紫紅色雙脣形成一個微笑。「是的，小姐。」

侯爵趕到市場時，他們已經離開了。

第十五章

他們沿著長板下船，來到岸上，走下幾級階梯，穿過一個沒有燈光、非常漫長的地下通道，接著又往上走。娜米亞信心十足地大步走在眾人前面，帶領大家來到一條鋪了鵝卵石的小巷子。兩邊牆上的煤氣燈燃燒著，發出劈啪響。

「往前走第三道門。」她說。

他們在那扇門前停下。門上有塊銅牌，寫著：

英國皇家防虐待貴族協會

這段文字下方還有一行更小的字體：

下通街．請先敲門

「妳打算穿過這間屋子到那條街去？」理查問。

「不，」娜米亞回答，「那條街就在屋子裡面。」

理查敲了敲門：沒有任何回應。他們等著，清晨的低溫讓眾人冷得微微發抖。理查又敲了一次，最後按下門鈴。一名睡眼惺忪的男僕打開門。他戴著上了粉的鬈曲假髮，身穿鮮紅色制服。他看著這群站在門階上、衣衫襤褸的下層居民，表情透露出：你們這些人根本不值得我從床上爬起來。

「有什麼可以效勞的嗎？」男僕問。他的本意是叫理查滾到一邊去死一死，只是說法比較親切、比較幽默罷了。

「下通街。」娜米亞用傲慢的口氣回答。

「往這邊走，」男僕嘆了口氣，「麻煩先把腳底擦乾淨。」

他們穿過富麗堂皇的大廳，等男僕將燭臺上的蠟燭逐一點燃，再沿著更富麗堂皇、鋪了華貴地毯的樓梯往下走；接著順著稍微沒那麼富麗堂皇、地毯稍微不華貴的樓梯往下走；再接著來到一點也不富麗堂皇，只鋪棕色破麻布的樓梯往下。最後，則是走在完全沒鋪地毯的黃褐色樓梯上。

樓梯底端有座古董級的升降梯，梯門口掛了一塊牌，寫著：

故障

男僕不理那塊牌子。一聲金屬巨響後，他拉開鐵網柵門。娜米亞客氣地向他道謝，走進升降梯，其他人也跟著進去。男僕轉過身，理查從網眼看著他手握燭臺，往回爬上木梯。升降梯面板上有一小排黑色按鈕，娜米亞按下最底端的按鈕，金屬格門立刻砰一聲自動關上。馬達啟動，升降梯吱吱嘎嘎緩慢下降。四人把升降梯塞得滿滿的。理查可以聞到與他一起擠在升降梯的每個女子散發的氣味。朵兒幾乎都是咖哩味，獵人身上有一股汗水味，不算難聞，只是會讓他想起動物園籠裡的大型貓科動物。至於娜米亞，她聞起來像歐鈴蘭加忍冬與麝香，散發出令人陶醉的香氣。

升降梯繼續往下降。理查全身冒著溼黏冷汗，指甲深深掐入掌心。他盡量鼓起勇氣，用稀鬆平常的口氣說：「如果這時才發現自己有密室恐懼症，就真的來不及了，對不對？」

「對。」朵兒說。

「幸好我沒有這方面的問題。」理查加了一句。

他們繼續往下降。

最後，升降梯發出一陣減速聲，晃動幾下，隨即停止。獵人拉開梯門，向外看了一圈，走出去，踏上狹窄平臺。

理查從開啟的梯門往外望，發現他們正懸在半空。下方那個結構體讓理查想起先前看過的一幅巴別塔㉑繪畫，但他們是從巴別塔由內往外看。那是一連串極度龐大、雕琢華麗的螺旋通道，是在岩壁開鑿而成，沿著中央的樓梯井一路往下延伸。通道旁的牆上到處可見昏暗的燭火閃爍。遠在下方，有幾團小小的火焰正在燃燒。升降梯就懸在中央樓梯井頂端，距離地面大概有幾千尺，正在微微晃動。

理查深呼吸，跟隨其他人走上木板平臺。上去之後，他明知不妥，卻還是往下看了。他與幾千尺深的岩石地面中間，除了腳下的木製平臺外什麼也沒有。有塊長條木板介於他們的平臺與岩石通道頂中間，兩者約距二十尺遠。「呃，我想，」理查說，語氣比自己以為得還要不在乎。「現在告訴妳們我有懼高症恐怕時機不對……是不是？」

「這條木板很安全的，」娜米亞告訴他，「要不然我也不會有機會再來。看好囉！」她走過木板，

㉑巴別塔（Tower of Babel）：源自聖經中的故事。傳說以前人類在巴比倫建塔，想讓塔直抵天國，因而觸怒上帝，使人類語言混亂，建塔計畫也因而成為泡影。

黑絲絨發出窸窣聲，彷彿即使頭上頂著十幾本書，也不會掉下一本。娜米亞到達另一端的岩石通道後，停下來轉過身，像要鼓勵大家似的向眾人微微一笑。獵人隨後走了過去，到達另一端時也轉過身，站在娜米亞身旁等候其他人。

「看到沒？」朵兒說，伸手捏了理查手臂一把。「不會有事的。」

理查點點頭，嚥了嚥口水。好吧。

朵兒走過去，臉色看起來不太好，但終究還是過去了。三位女子都等著理查，但他杵在原地不動。過了一會兒，他突然意識到，儘管他對自己的雙腳下達「前進！」的指令，但他完全沒有要走過木板的動作。遠遠的上方，有人按下了按鈕。理查聽到喀咚一聲，老式電力馬達的轉動聲傳來。升降梯鐵門在理查背後砰一聲關上，留下他搖搖晃晃地站在木製平臺上。這裡的寬度與長條木板差不多。

「理查！」朵兒大叫，「快過來！」

升降梯開始上升。理查從搖動的平臺踏上長條木板，雙腿晃得像果凍，他四肢著地趴在木板上，為了保命動也不敢動。他腦中理性的那部分拚命思考：是誰把升降梯叫上去的？什麼原因？至於大腦的其餘部分，則盡力要他手腳並用死命抓緊木板，並在腦中用最大的音量尖叫道「我還不想死！」理查盡量緊閉雙眼，並確信自己一旦睜眼看到底端的岩石地面，就會放開雙手，從木板墜落，一直往下掉、往下掉，直到……

「我不怕墜落，」理查對自己說，「我怕的是墜落結束的地方。」但他知道這是在對自己說謊，他怕的就是墜落——他怕自己在半空中無助地一路墜向遙遠的岩石地面，而他完全沒辦法自救，也不會有奇蹟發生……

理查慢慢發覺有人在跟他說話。

「理查，只要沿著木板往前爬就好。」那人說。

「我……我辦不到。」他低聲回答。

「理查，你都通過了比這還要恐怖的考驗，還拿到了鑰匙。」那人說。是朵兒的聲音。

「我真的有懼高症。」理查執拗地說。他臉緊緊貼在木板上，牙齒不停打顫。「我想回家！」他覺得木板緊緊貼在自己臉上，而且開始搖動。

獵人說：「我真的不確定這塊木板能支撐多少重量，妳們兩個壓住這裡。」有人在木板上朝理查走來，木板因而震動。他牢牢抓住木板，雙眼依舊緊閉。獵人在他耳旁冷靜地輕聲說：「理查？」

「嗯。」

「只要慢慢移動就好，理查，一次移動一點，來吧……」她伸出蜂蜜色的手指，抓住理查指節發白的手掌，跟著扣住木板。「來吧。」

理查深吸一口氣，往前移動一點兒，隨即又僵住不動。「你做得很好。」獵人說，「好極了，繼續往前。」就這樣，她一寸一寸地指引理查，讓他慢慢沿著木板爬行。他們到達木板另一頭後，獵人把手架到理查腋下，將他抬了起來，放在堅硬的地面上。

「謝謝妳。」理查對獵人說，一時之間想不出什麼更恰當的言語，表達自己內心對她的感謝，所以只好再說一次：「謝謝妳。」然後，他對所有人說：「我很抱歉。」

朵兒抬頭看著理查。「沒關係啦，你現在安全了。」理查看著下面那條螺旋通道，目光一路往下；接著又看了看朵兒、獵人和娜米亞，笑得眼淚都流了出來。

「什麼？」朵兒等理查終於笑完後開口問他，「什麼事情這麼好笑？」

「安全了。」他的回答很簡單。朵兒先是看了看他，然後也露出微笑。「那我們現在該往哪裡走？」理查問。

「到下面去。」娜米亞回答。他們開始沿著下通街往下走。獵人在前面帶頭，朵兒與她並肩而行，理查走在娜米亞身旁，聞著她身上那股歐鈴蘭加忍冬的香氣，心裡很高興有她作伴。

「我真的很感激妳跟我們一起來，」他對娜米亞說，「希望來當我們的嚮導不會給妳帶來什麼厄運。」

她張大紫色的眼睛望著理查。「當嚮導為什麼會有厄運？」

「妳知道鼠言人是什麼人嗎？」

「當然知道。」

「有一位名叫安娜希斯亞的女孩，她是鼠言人，她……嗯，我們後來也算是朋友，她要帶我到一個地方，結果被綁走了，就在騎士橋上面。我一直搞不清楚她到底發生了什麼事。」

娜米亞同情地對他微微一笑。「我的族人中也流傳這種故事，有些或許是真的。」

「那妳一定要跟我說說那些故事。」理查說。天氣很冷，他的氣息在冷冽的空氣中化為白濛濛的霧氣。

「改天吧。」娜米亞回答。但她的氣息沒有化為白色霧氣。「你人真的很好，這樣讓我加入你們。」

「這是我們最起碼能做的。」

朵兒和獵人繞過前方的彎道，離開了他們的視野。「啊，」理查說，「那兩人走得滿前面了，我們快點趕上去吧。」

「讓她們先走，」娜米亞輕聲回了一句，「我們會追上的。」

理查心想，這就好像少年時期帶女孩去看電影。可能是在電影結束後一起回家，兩人停在巴士候車亭，靠在牆邊，趁別人不注意時相互擁吻，倉促地撫摸著對方的肌膚，舌頭交纏，然後才加快腳步追上前面的朋友……

娜米亞用一根冰冷的手指由上而下滑過理查的臉頰。「你好暖喔。」她用讚賞的語氣說：「能夠擁有這樣的溫暖感覺一定很棒。」

理查試著讓自己看起來更穩重些。「老實說，這方面的問題我一直沒想太多。」他聽到電梯門的金屬聲從遙遠的頂端傳來。

娜米亞抬起頭，以滿懷期待的溫柔眼神望著他。「你願意把自己的溫暖分我一些嗎？理查？我好冷。」

理查不確定自己該不該親她。「呃？我……」

娜米亞似乎一臉失望。「你不喜歡我嗎？」而理查深深希望自己沒傷到她的感情。

「我當然喜歡妳，」理查聽到自己這麼說，「妳很好。」

「但你不打算把自己全部的熱量都給出來，是吧？」她很理性地表示。

「我是沒這打算……」

「你說你會支付我的嚮導費，而我想要的酬勞就是溫暖，你能給我一些嗎？」

她要什麼都行。忍冬與歐鈴蘭的香氣將理查團團圍住，除了她白皙的皮膚、深紫色的脣與烏黑秀髮外，理查什麼也看不見。他點了點頭，內心某處有股聲音正在吶喊，但不論它喊些什麼，都可以留到之後再處理。娜米亞伸出雙手，捧住理查的臉，將他慢慢拉向自己，嘴脣湊上去，給了他一個銷魂的長吻。理查起初被那對雙脣的冰冷給嚇了一跳，接著是冰冷的舌頭，最後他完全屈服在她的親吻中。

過了一陣子，她往後退。

理查覺得脣上一股寒意。他一個踉蹌向後靠在牆上，想眨眨眼，卻發現雙眼似乎凍得只能張不能閉。娜米亞看著他，露出愉快的微笑。她的皮膚開始有了血色，雙脣鮮紅欲滴，氣息在冷空氣中化為白濛濛的霧氣。最後，她用溫暖的深紅色舌頭舔舔紅脣。理查眼前的世界開始變暗。他昏過去之前，覺得自己看到一道黑色的人影。

「我還要。」娜米亞將手朝他伸過去。

他看著娜米亞把理查拉過去親吻，看著冰霜在理查的皮膚上擴散開來，看著娜米亞開心地往後退。然後，他從娜米亞背後走上前，趁她打算了結理查性命的當兒，伸出手狠狠抓住她的脖子，將她舉離地面。

「還給他，」他在娜米亞耳邊厲聲說，「把他的生命還給他。」娜米亞就像被丟進浴缸的小貓般扭動、掙扎、嘶叫，還伸出爪子抓來抓去。但這些動作全都沒用，她還是被牢牢抓著脖子。

「你不能命令我。」她用極度刺耳的聲音說。

那人加重手上的力道。「把他的生命還給他，」他聲音嘶啞，但直截了當地告訴對方，「否則我就掐斷妳的脖子。」娜米亞一縮，那人將她推向理查，理查已凍得癱倒在石牆上。

她拉著理查的手，將氣息吐向他的口鼻。煙霧從她嘴裡冒出來，慢慢流進理查口中。理查皮膚上的冰開始融化，結在頭髮上的冰霜也消失。

那人再次勒緊她的脖子。「娜米亞，全部吐出來！」

她發出憤怒的嘶叫，心不甘情不願地再次張嘴。一股霧氣從她嘴裡飄向理查口中，消失在他體內。理查眨了眨眼，眼皮上的冰融化成淚，從臉頰上流下。「妳剛剛對我做了什麼？」

「她吸乾了你的生命，」迪卡拉巴斯侯爵用嘶啞的嗓子低聲說，「奪走你的體溫，把你變得跟她一樣冰冷。」

娜米亞哭喪著臉，像被搶走心愛玩具的小孩，紫眼閃著淚光。「我比他還需要溫暖。」她嗚咽地說。

「我還以為妳喜歡我。」理查一臉迷惘。

侯爵單手把娜米亞拎起來，將她的臉孔靠到自己面前。「如果妳，或天鵝絨的小鬼敢再靠近他，我就趁妳們熟睡時到妳們的洞穴放把火、燒成平地！聽清楚了嗎？」

娜米亞點了點頭。侯爵把手放開，她跌到地上，但很快就站挺身子（雖然她也沒多高），然後把頭一轉，用力朝侯爵臉上吐了一口唾沫。她拉起黑絲絨衫裙的前襬，跑上斜坡，揚長而去，腳步聲在下通街迂迴的岩石通道發出陣陣回音。她剛剛吐出的冰冷唾液也流下侯爵的臉頰。侯爵舉起手背擦掉。

「她打算殺了我。」理查結結巴巴地說。

「不會馬上，」侯爵輕蔑地應了一句，「但等她把你的生命吸乾，你終究難逃一死。」

理查盯著侯爵，他的身體非常骯髒，藏在那些汙穢下的皮膚又顯得十分蒼白。他的外套不見了，取而代之的是披在肩頭的舊毯子，看起來像是南美的那種披風外套。有件體積很大的物品（理查分辨不出是什麼）捆綁在毯子下。侯爵打著赤腳，脖子上還纏了一塊褪色的布條，理查認為那大概是什麼詭異的流行吧。

「我們正在找你。」理查說。

「那你找到了。」侯爵聲音很沙啞，但一本正經。

「我們原本以為會在市場見到你。」

「嗯，是啊，有人以為我掛了，所以我只好低調一點。」

「……為何會有人以為你掛了？」

侯爵用滄桑的雙眼看著理查。「因為他們殺了我。」他回答，「快走吧，另外兩人一定就在前面不遠處。」

理查望著通道邊緣，穿越中央的樓梯井，看到朵兒和獵人就在對面的下一層。她們正在東張西望——理查猜想是在找他吧。他大聲對那兩人呼喊，一邊揮著手，但聲音顯然沒傳過去。侯爵伸出一手，搭在理查的手臂上。「你看！」他指著朵兒和獵人的下一層——有個東西動了一下，理查瞇起眼，隱約看見兩個人影站在陰暗處。「格魯布和凡德摩！」侯爵說，「這是陷阱！」

「我們該怎麼辦？」

「快跑！」侯爵對他叫道，「去警告她們！我還沒辦法跑步……快去啊，媽的！」

理查跑了起來。他使盡力氣，以最快的速度順著向下傾斜的石板路狂奔。他的胸口刺痛，但他仍堅持著繼續往前跑。

理查轉過一個角落，所有人都進入了視線範圍。「獵人！朵兒！」他上氣不接下氣，「停步！小心！」

朵兒轉身。格魯布和凡德摩從一根石柱後面現身。凡德摩猛然從朵兒後面抓住她的雙手，用尼龍繩俐落綁起；格魯布手裡拿著一個扁扁長長的東西，用棕色的布匹蓋著，看起來就像理查的父親以前裝釣具的袋子。獵人愣在當場，瞠目結舌。理查不禁大叫：「獵人！快！」

她點點頭，迴身踢出一腳，動作如芭蕾舞般流暢優美——可她直接踹中理查腹部。理查跌落在幾尺外，一陣劇痛，喘不過氣，雙手在半空中胡亂揮。「獵人，妳……」他喘著氣。

「對不起。」獵人說完就轉身離開。理查既痛苦又難過。獵人的背叛就如同那一踢般重重傷害了他。

格魯布和凡德摩根本不管理查與獵人。凡德摩正在綁朵兒的手，格魯布站在一旁觀看。「別把我們當成殺手啊，小姑娘，」格魯布以稀鬆平常的語氣說，「把我們想成是在執行護送任務就好。」

獵人站在岩壁旁，誰也不看；理查則躺在岩石地面抽動，掙扎著要把空氣吸進肺裡。格魯布轉過頭對朵兒微微一笑，露出好多牙齒。「總之，朵兒小姐，我們是來確保妳能安全抵達目的地的。」

朵兒不理他。「獵人！這到底怎麼回事？」獵人依舊不動，也沒回答。

格魯布眉開眼笑，得意洋洋。「獵人在同意擔任妳的保鑣之前，已經答應為我們的委託人工作，她負責照顧妳。」

「我們早就告訴過妳了，」凡德摩在一旁幸災樂禍，「你們當中有一個叛徒。」他把頭高高揚起，像狼一樣嗥叫著。

「我以為你們是說侯爵。」朵兒說。

格魯布用誇張的動作搔弄橘色的頭髮。「說到侯爵，不知他人在什麼地方呢？他有一點遲到了吧？凡德摩先生？」

「其實是遲到很久了，格魯布先生，恐怕會永遠遲下去。」

格魯布稍微清了清喉嚨，說出那極具衝擊力的台詞。「從現在開始，我們必須稱他為『已故』的迪卡拉巴斯侯爵。我很遺憾他這麼快就……」

「死翹翹。」凡德摩補上這句話的後半段。

理查終於能把足夠的空氣吸進肺裡。他喘著氣罵了一句：「妳這背信忘義的女人！」

獵人看著地面。「我並無惡意。」她低聲說。

「你們從黑修士手中取得的那把鑰匙，」格魯布問朵兒，「在誰身上？」

「在我這裡，」理查喘著氣回答，「要的話不妨來搜我的身。瞧！」他在自己的口袋裡摸了一陣，發現後口袋有個硬梆梆的陌生物品，但他現在沒時間弄清楚那是什麼。他掏出舊公寓的大門鑰匙，拖著腳走向格魯布和凡德摩。「拿去。」

格魯布伸出手接過鑰匙。「我的天！」他叫了一聲，連看也沒看一眼。「凡德摩先生，我竟然上了這小子的當！」

格魯布將鑰匙交給凡德摩，凡德摩用姆指和食指一夾，如捏錫箔一般將鑰匙捏成一團。「格魯布先生，我們又被騙了。」

「扁他，凡德摩先生。」格魯布說。

「非常樂意，格魯布先生。」凡德摩一腳踹在理查的膝蓋，痛得他倒在地上打滾。他可以聽見凡德摩的聲音，彷彿從遙遠的地方傳來，似乎在對他說些大道理。「大家都以為有多痛跟踢得多用力有關，」凡德摩說，「但事實上不是踢得有多用力，而是踢在什麼地方。我說，這真的只是輕輕一踢……」

有個東西重重撞到理查左肩，他的左手先是一陣麻，接著一股劇痛出現在肩膀，然後紫白色的腫脹浮現。他感覺整條左手像是著了火，動彈不得。好像有人將電子探針深深刺入他的肌肉，再把電流開到最大。他嗚咽地咒罵著。凡德摩繼續說：「……但它的疼痛程度就只有像這樣而已——這個呢，就用力多了……」靴子像砲彈一般猛踢理查的側身，他聽到自己發出哀號。

「鑰匙在我這裡。」理查聽到朵兒說。

「要是你有瑞士刀就好了，」凡德摩親切地對理查說，「我還可以把刀子的每一種用途示範給你看，甚至包括開瓶器，還有那個用來挖出馬蹄裡的石子的工具。」

「別理他了，凡德摩先生。要玩瑞士刀有的是時間。那件信物在不在她身上？」格魯布將朵兒所有口袋都搜了一遍，拿出用黑曜石刻成的雕像。是天使送給她的小怪獸。

獵人的聲音低沉而宏亮：「那我呢？我的報酬呢？」

格魯布哼了一聲，將釣具袋丟給她。獵人單手接住袋子。「祝妳狩獵順利。」格魯布對她說。然後，他和凡德摩夾著朵兒轉身，沿下通街的迂迴斜坡往下走。理查躺在地上，眼睜睜看著他們離開，一股絕望又悲慘的情緒從內心散開。

獵人半跪在地上，解開釣具袋外面的布，眼睛睜大，閃爍光芒。理查一陣抽痛。「那是什麼東西？

三十枚銀幣嗎？」獵人將東西慢慢從袋子裡拿出來，用手指溫柔且依戀地撫摸著。「長矛。」她的答案相當簡短。

那枝長矛以青銅色金屬打造，矛頭的尖刃很長，形狀像波刃短劍般彎曲，一邊非常鋒利，另一邊則是鋸齒；矛柄上刻了許多臉孔，因銅鏽而呈現綠色，此外，還有一些用以裝飾的奇怪圖案和花體字。從矛尖到矛柄尾端長約五尺。獵人一面碰觸，一面流露敬畏之情，彷彿這是她見過最美的物品。

「妳竟然為了一枝長矛出賣了朵兒。」理查說。獵人沒有回話。她用粉嫩的舌頭沾溼指尖，輕輕劃過矛頭尖刃，測試鋒利度，然後她露出了笑容，看來對指尖感受到的效果相當滿意。「妳打算殺了我嗎？」理查問。而他很訝異地發現，自己再也不畏懼死亡——至少他發現自己並不畏懼這種死法。

此時，獵人轉過身看著理查。她比理查先前所見更明豔，更美麗，也更危險。「獵殺你有何挑戰？理查．馬修？」她露出明朗的笑容，「我有更大的獵物要對付。」

「這就是妳說的那枝用來獵捕倫敦巨獸的長矛，對吧？」理查問。

獵人看著長矛。從沒有一個女人用這樣的眼神看過理查。「聽說沒有人能夠打敗它。」

「朵兒信任妳，我也信任妳。」

她臉上不再有笑容。「別再說了！」

慢慢地，理查的痛楚開始減輕。肩膀、側腰和膝蓋只留下隱約的疼痛。「好吧，那妳為誰工作？他們把朵兒帶到什麼地方？是誰在幕後指使這一切？」

「獵人，告訴他吧。」迪卡拉巴斯侯爵用粗嘎的嗓子說。他拿著十字弓對準獵人，赤腳穩穩站在地上，表情似乎在說「我不會手軟」。

「我一直懷疑你是不是像格魯布和凡德摩說的那樣死掉了。」獵人說，頭幾乎沒有轉過來。「我總覺得你是很難殺死的人。」

侯爵稍微低下頭，諷刺地鞠了一躬，但眼神完全沒從獵人身上移開，雙手仍保持平穩。「妳也給我同樣的感覺，親愛的小姐。不過，當弩箭穿透喉嚨、妳掉落到幾千尺深的地方後，或許可以證明這種印象是錯的，妳說是不是？把長矛放下！往後退！」獵人依依不捨地將長矛輕輕放在地上，站直身子，往後退了幾步。「獵人，妳不妨告訴那小子吧。反正我已經知道答案了，還付出了極大的代價。獵人，告訴他在背後指使這一切的是誰。」

「伊斯靈頓。」獵人回答。

理查搖了搖頭，彷彿想設法趕走蒼蠅。「這不可能。我的意思是，我見過伊斯靈頓，他是天使。」過了一會兒，他又以近乎絕望的口氣問道：「這到底是為什麼？」

侯爵的目光一直沒離開獵人，手中的十字弓晃也沒晃一下。「我要是知道就好了。總之，伊斯靈頓就在下通街底，而他就是這整件陰謀的幕後黑手。現在，我們與伊斯靈頓之間還卡著迷宮和野獸。理查，把長矛撿起來。獵人，麻煩妳在前面帶路。」

理查撿起長矛，吃力地把自己從地上撐起，站直身子。「你要她跟我們一起走嗎？」他不解地問。

「難道你希望她跟在我們身後？」侯爵一本正經地反問。

「你可以殺了她。」理查說。

「沒錯，但那是在沒有選擇的時候。」侯爵向他說明，「再說，我很討厭在還有其他可能的時候放棄某項選擇。畢竟，人死就什麼都沒了，不是嗎？」

「是嗎？」理查問。

「有時候是。」迪卡拉巴斯侯爵說。三人開始往下走。

第十六章

他們沿著彎彎曲曲的岩石通道一路往下，沉默無語地走了幾個小時。理查還是疼得要命，走路一拐一拐，心理和身體都承受著某種詭異的創痛。挫敗與背叛在他內心翻騰，剛才又差點把命斷送在娜米亞手中，又被凡德摩毆打成傷，還在懸空的木板上嚇個半死，他幾乎快崩潰了。不過，他非常確定這一整天的遭遇跟侯爵經歷的事情相比，根本微不足道。所以他什麼話都沒說。

侯爵也緘默，因為他只要一說話喉嚨就痛得要命，而他希望喉嚨的傷勢快點復原，好全神貫注留意獵人的行動。他知道只要稍微不留神，獵人就會趁機逃走，甚至回過頭來攻擊他們。所以，他什麼話都沒說。

獵人稍微走在他們前面，也是什麼都沒說。

數小時後，他們來到下通街底，街尾有一扇龐大的巨門，以極為粗糙的石塊堆砌而成。那恐怕是巨人建造的吧，理查心想，腦海裡依稀憶起一些作古的英國君王的故事。他想到了布蘭國王、巨人歌革和瑪各㉒，他們的雙手和橡樹一樣粗，還有幾顆像山丘一樣大的腦袋。大門入口早已崩塌，腳下

㉒歌革和瑪各（Gog and Magog）：英國傳說中巨人族的倖存者。

的泥土中到處可見從入口處斷裂、落下的碎石塊，有些殘存的部分仍無助地懸在大門邊緣鏽蝕的鉸鏈上。那鉸鏈比理查還高。

侯爵示意獵人停下。他潤潤嘴脣，說：「這扇大門代表下通街的結束，也代表迷宮的起頭。過了迷宮，天使．伊斯靈頓就在那裡等我們，而在迷宮裡等著我們的是怪獸。」

「我還是搞不懂。」理查說，「伊斯靈頓。我確實見過他，他是天使……我是說他真的是天使。」

侯爵皮笑肉不笑。「理查，天使墮落的時候會比誰都要邪惡。別忘了，路西法原先也是天使。」

獵人用淡棕色眼睛看著理查。「你之前去的地方是伊斯靈頓的城堡，也是他的監牢。」這是她在這數小時內開口說的第一句話，「他離不開那裡。」

侯爵對獵人說：「我想那迷宮和野獸是用來嚇阻其他人的。」

獵人點點頭。「我也這樣想。」

理查突然對侯爵發出怒吼。所有的怒氣、無力與挫折，全在瞬間爆出來。「你何必再跟她廢話？為何還讓她跟我們一起行動？她是叛徒——她還設計讓我們以為你才是叛徒。」

「我也救過你的性命，理查．馬修，」獵人低聲說，「很多次。在橋上，在車站的縫隙，在來這裡的木板上。」她直視理查的雙眼，逼得理查不得不把頭轉開。

有個聲音從地道裡傳出，是某種轟鳴，或咆哮。理查脖子上的寒毛全都豎起來了。那聲音很遠，但這是唯一能讓他保持鎮定的原因。他認得那個聲音，他曾經在夢裡聽過，但現在那聲音聽起來不像公牛也不像野豬，而像獅子。

那聲音聽起來像龍。

「這座迷宮是倫敦下層最古老的地方之一，」侯爵說，「早在路德王於泰晤士河畔的溼地建立村落之前，這裡就有迷宮了。」

「沒有野獸吧。」理查說。「那時還沒有。」

他猶豫了一下。遠方的咆哮再度傳來。「我……我想我做過跟這隻野獸有關的夢。」

侯爵揚起一邊眉毛。「什麼樣的夢？」

「噩夢。」理查回答。

侯爵思量著，轉動眼珠，說：「聽好了，理查。我要帶獵人進去，如果你想留在這裡等也沒關係，不會有人笑你孬。」

理查搖了搖頭。有些時候情勢就是不容你選擇。「我不會掉頭回去，至少不是現在。他們都把朵兒抓走了。」

「的確，」侯爵說，「那好，我們該走了吧？」

獵人的蜜色雙脣微微一動，露出輕蔑冷笑。「你們一定是瘋了才會進去，沒有天使的信物，你們絕對找不到路，也絕對過不了野獸的地盤。」

侯爵把手伸進披風外套裡，掏出小小的黑曜石雕像，那是他從朵兒父親的書房裡拿的。「妳是說……這種東西嗎？」侯爵看到獵人的表情，覺得自己在前一週遭遇的種種磨難都有了回報。他們穿過大門，進入迷宮。

朵兒的雙手被反綁在背後，凡德摩走在她後面，一隻巨掌搭在她肩頭，推著她前進。格魯布在他們前面快步移動，手裡拿著朵兒身上拿來的信物，反覆翻看，就像正準備偷襲雞籠、沿途還高調炫耀的黃鼠狼。

迷宮是個非常瘋狂的地方，以倫敦上層失落的片段建成：巷道、馬路、迴廊、下水道。一千年來，這些東西經由縫隙掉入這個失落與遺忘的世界。兩個男人和一個女孩，他們走過鵝卵石、穿過泥濘、經過各種不同類的穢物，越過腐朽的長木板。他們走過白天和黑夜，穿過以煤氣燈照明的街道、以鈉素燈照明的街道、以燈心草蠟燭與火炬照明的街道。這裡不斷改變著，每條路徑都分岔、轉圈，再折回原點。

格魯布感受到信物強大的拉力，便順著它的意思，讓它帶領自己。他們沿著小巷子走，這條巷子曾是維多利亞時期的貧民窟——由髒亂、竊盜、劣酒與廉價妓女組成的陋巷。他們聽到了。沉重的氣息從附近傳來，在深沉黑暗的地方怒吼。格魯布走到一道短木梯時放慢腳步，在巷底停下，瞇起眼睛思考了一陣，才帶領其他人走下幾級階梯，進入曾在聖殿騎士㉓時期穿越弗里德沼澤、由岩石構成的狹長地道。

朵兒說：「你害怕了對吧？」

格魯布狠狠瞪了她一眼。「妳給我閉嘴！」

朵兒微微一笑，但她不覺得自己在笑。「你是在擔心自己手上的護身符無法讓你通過野獸的地盤。你在計畫些什麼？要綁架伊斯靈頓嗎？然後把我們兩個賣給出價最高的買主？」

「安靜！」凡德摩說，而格魯布只是在一旁偷笑。朵兒此時已經知道天使．伊斯靈頓並非她的朋友。她突然張口大叫：「喂！野獸！我們在這裡！」凡德摩一掌打中她的頭，她撞在牆上。「我叫妳安靜。」他平靜地對朵兒說。朵兒嘗到嘴裡的鮮血，在泥地上啐了一口，張嘴準備再叫。但凡德摩早料到她會來這一招，已從口袋裡掏出手帕，她一張嘴就塞進去。朵兒順勢想咬他的大姆指，但他臉上完全沒有吃痛的表情。

「這下妳安靜了吧。」

凡德摩對這條上面有著綠棕黑斑點的手帕非常自豪。它原本屬於一八二〇年代一名過胖的鼻菸壺商人，此人後來死於中風，這條手帕在他壽衣口袋裡一起下葬。凡德摩仍偶爾會在手帕上發現鼻菸壺商人的部分遺留物，但不管怎樣，他還是覺得這是一條不錯的手帕。

眾人繼續沉默、無聲走著。

理查在自己的心靈日記裡寫下另一則記事。今天，他想著，我成功跨越長板，在死亡之吻下逃過一劫，還熬過錐心痛楚。現在，我正通過迷宮，旁邊跟著一個死而復活的瘋癲混蛋，還有一名背叛同伴的保鑣，她已經變成……呃……什麼呢？變成跟保鑣完全相反的東西。我深深感覺到……理查想不到恰當的隱喻。隨後，他跳脫明喻與隱喻的虛幻定義，回到現實世界，而這個世界正在改變他。

他們涉水穿過一條狹窄通道，地板非常潮溼，兩側只有黑色石牆。侯爵手裡握著護身符和十字弓，保持著警覺，跟在獵人身後約十尺處。理查走在前方，手中提著獵人的長矛和一盞侯爵從披風下拿出來的黃色照明燈。燈光把石牆和泥地照得一片明亮，讓他可以安安穩穩走在獵人前面。沼澤發出惡臭，巨大的蚊子不時停在理查的手臂、雙腿、臉上，叮得他十分疼痛，冒出奇癢無比的大腫包。但獵人和侯爵都沒抱怨過蚊子。

理查開始懷疑他們已經完全迷失方向。沼澤裡的死人多得不得了，乾癟的皮膚、變色的骷髏、慘白水腫的屍體，一切的一切讓他的心情更加低落。他看不出這些屍體在這裡多久了——是遭野獸殺害？還是給蚊子叮死的？他們又走了五分鐘，理查又被蚊子叮了十一次，最後他終於大叫出聲：「我覺得我們迷路了！我們剛才走過這裡。」

侯爵高舉著護身符。「沒有，我們好的很，這個護身符正引導我們向前走。這小東西可管用了。」

「是是是，」理查不以為然地應了一句，「非常管用。」

㉓聖殿騎士（Templar）：十二世紀初為保護朝聖者而組織的騎士團。

這時，打著赤腳的侯爵一腳踏到一具半露出土的屍體，腳後跟被它的胸腔肋骨刺穿，絆了一跤。黑色小雕像飛入空中，接著發出「撲通」一聲，就像躍到水面的魚再落回水中時的聲音，就這麼掉入黑色泥沼。侯爵穩住身子，將十字弓對準獵人背後。

「理查，我弄掉了！你可以回來這邊嗎？」理查往回走，照明燈高高舉起，希望能看到黑曜石的閃光，但除了沼澤的泥水之外他什麼都沒看到。「下去泥巴裡找。」侯爵說。

理查痛苦地抱怨著。

「理查，你夢見過那頭野獸，」侯爵對他說，「難道你真想遇到牠？」

理查思考了一會兒——但他沒有考慮很久，便直接將青銅長矛的握桿插進泥沼，再把照明燈立在長矛旁的泥地上。斷續閃爍的琥珀色燈光照亮泥沼水面。他雙膝跪地，趴在泥沼中，雙手在爛泥裡到處摸索，希望能盡快找到雕像（然後不要摸到死人骨頭）。「這樣根本找不到，它有可能掉在任何地方。」

「繼續找就是了。」侯爵說。

理查試圖想起以前都是怎麼找到東西的。首先，他讓自己的腦海空白一片，再以雙眼凝視前方，無目的地掃視泥沼水面——有個東西在他左邊五尺處閃閃發亮——是野獸雕像！「我看到了！」理查大叫。

他費力踏著爛泥，朝發亮的那處走去。黑曜石做成的小雕像正頭部朝下趴在一灘黑水裡。然而，或許是理查移動時擾動了泥沼，也有可能純粹只是命運捉弄（理查後來一直堅信是命運），總之，不管是哪個原因，在他幾乎走到雕像旁邊時，那灘泥水突然傳出一個像是腸胃蠕動的聲響，一個大氣泡冒出來，在雕像旁發出惹人厭的爆開聲，雕像也隨之消失在水面下。

理查手伸到雕像先前的位置，兩手深入爛泥巴胡亂摸索，毫不在乎自己的手可能會摸到什麼鬼東西。沒有用，雕像不見了。「我們現在該怎麼辦？」理查問。

侯爵嘆了一口氣。「你先回到這裡來，我們再想想辦法。」

理查低聲回答。「……太遲了。」

那東西正朝他們靠近，步伐如此緩慢而沉重，他有那麼一秒，誤以為那東西其實又老又病，甚至快死了。然而，這只是他最初的想法。理查馬上注意到牠在靠近這裡時占了多大面積。當牠奔跑，泥巴和汙水在蹄下飛濺，而這也讓理查清楚知道，剛剛他誤以為牠動作很慢是個多離譜的錯誤。野獸在距離他們三十尺處放慢腳步，噴出一口氣後停下來，身體兩側冒出熱氣。牠發出一聲巨吼，一來是耀武揚威，二來也有挑戰意味；牠的側身和背部插了一堆斷矛、折劍、鏽刀；牠紅著眼，獠牙和足蹄在照明燈的黃色光線下閃閃發光。

野獸把碩大的頭壓低。理查心想，那應該是某種野豬——但他又立刻體認到這根本不可能。世界上不可能有這麼大的野豬。那體型應該是公牛或小象。野獸瞪視他們，停了像是有一百年，但這麼長的時間卻在一瞬間消失無踪。

獵人動作極為流暢地蹲了下來，啵一聲拔出弗里德沼澤裡的長矛，聲音中帶著純然的喜悅。「啊，終於讓我找到你了！」

獵人把一切都拋諸腦後，忘了泥地裡的理查，忘了侯爵和他那可笑的十字弓，忘了這世界。她渾然忘我，沉浸在這完美的一刻。她就是為了這樣的世界而活——這樣的世界中只有兩樣東西：獵人及野獸。那野獸也很清楚這一點。這是一場勢均力敵的比試：獵人與獵物……至於誰是獵人，誰是獵物，只有時間能夠證明——只有時間，還有舞蹈。

野獸往前衝。

獵人屏息以待，直到看見野獸把頭放低，從嘴裡滴下白色唾沫，才將手裡的長矛刺出。然而，在獵人試圖將長矛刺進對方側腹時，她立刻知道自己的動作慢了幾分之一秒。長矛從她失去知覺的雙手飛彈出去，一根比任何刀刃都鋒利的獠牙劃開她的腹部。她滾到野獸龐大的身軀下，感到自己的手臂、髖關節、肋骨全都在對手沉重的足蹄下碎裂。野獸離開了，再度消失在黑暗之中，而這支舞也宣告結束。

對於是否真能通過迷宮，格魯布不太放心。但他和凡德摩都安然通過了，連他們的俘虜也毫髮未傷。前方有一塊岩壁，岩壁中有一扇對開的橡木大門，右手邊的門上有一面橢圓鏡。

格魯布伸出一隻汙穢的手碰觸那面鏡子，鏡面在他的手下混濁成一團，像一大桶翻滾冒泡的水銀，沸騰片刻後才恢復原貌。天使．伊斯靈頓從鏡子裡看著他們。格魯布清了清喉嚨。「早安，閣下。是我們兩人，您派我們去接來的那位年輕小姐，我們已經帶來了。」

「那鑰匙呢？」天使柔和的聲音似乎是從他們的四面八方傳來。

「就掛在她天鵝般美麗的脖子上。」格魯布回答，聲調中流露些微不安。

「好，進來吧。」天使說。橡木門應聲打開，他們走了進去。

一切發生得太快。野獸從黑暗中現身，獵人一把抓住長矛；野獸朝她直衝，隨即又消失在黑暗裡。

理查努力想聽聽看野獸有何動靜，但他什麼也聽不到，只知道附近某處有一滴一滴的水聲，與蚊子在高處發出的嗡嗡魔音。獵人打橫躺在泥漿裡，一隻手臂彎成奇特的角度。理查穿越泥沼，朝她爬過去。「獵人？」他低聲問，「妳聽得見我的聲音嗎？」

過了好久，理查才聽到十分微弱的回答，那聲音非常小，他一時以為是自己想像出來的。「可以。」

侯爵仍在幾碼外一動也不動，靠牆站著。他這時大聲叫道：「理查，待在原地不要動！那頭怪物只是在等時機，牠還會再回來的。」

理查不理他，逕自對獵人說：「妳……」他頓了一下。說這種話似乎很蠢，但他還是說了。「妳還好吧？」獵人聽到後放聲大笑，帶著滿是血跡的雙唇搖了搖頭。「下面這裡會有醫療人員嗎？」理查問侯爵。

「有是有，但不是你想像的那一種。我們有一些巫醫，還有用水蛭治病的外科醫生……」

獵人咳了起來，一陣抽搐，紅色鮮血從嘴角流下。侯爵稍稍移動身體。「獵人，妳要把命藏起來嗎？」他問。

「我是獵人，」她的聲音很細微，語氣卻十分驕傲，「我們不做那種事……」她奮力將空氣吸進肺部又呼出，彷彿光是這簡單的動作就能造成過於沉重的負擔。「理查，你用過長矛嗎？」

「沒有。」

「但是……」

「拿去吧。」她低聲說。

「拿去！」她的聲音既低沉又急迫，「撿起來，握住鈍的那一端。」

理查撿起掉落的長矛，抓住鈍的那一端。「我知道該怎麼握。」他對獵人說。

獵人的臉上閃過一絲笑容。「我知道。」

「嗯……」理查覺得自己是瘋人院裡唯一腦子正常的人，而這種感覺已經不是第一次。「我們為什麼不試試看這樣：保持安靜，或許牠會走開也說不定。我們會設法幫妳找救兵。」然而，他眼前的人完全不理他——當然這也不是第一次了。

「我做了壞事，理查．馬修，」獵人語調哀傷地低聲說，「我做了一件非常惡劣的壞事，因為我想成為殺死野獸的人，因為我需要那枝長矛。」然後，令人難以置信的是，她硬撐著站起來。理查不清楚她的傷勢到底有多嚴重，也無法想像她承受多大的痛苦。他看到獵人的右手軟綿綿地從肩膀垂下，一截白骨從皮膚穿刺出來，模樣十分嚇人；鮮血不斷從她側腹的傷口流出，她的胸膛看起來也不太對勁。

「別這樣，」理查壓低嗓音說，「趕快躺下。」獵人用左手從腰間拔出一把匕首，放到右手，彎起軟弱無力的手指握住刀柄。「我做了一件壞事，」她重複，「現在，我要做出補償。」

獵人開始發出嗡鳴，音調起先忽高忽低，直到她找到可讓牆壁、通道、房間產生共鳴的頻率，才固定下來，她一直發出聲音，直到理查覺得整座迷宮都迴盪著她的嗡鳴聲為止。接下來，她猛吸一口氣到骨折的胸腔，大聲叫道：「喂，大傢伙！你在哪裡？」沒有回應。除了水滴聲外什麼雜音都沒有，甚至連蚊子也沒了聲音。

「或許牠已經……走了。」理查說，抓著長矛的雙手因握得太用力而疼痛不已。

「我想是還沒。」侯爵低聲說。

「出來啊，你這混蛋！」獵人放聲大叫，「難道你怕了不成？」

眾人面前傳來一陣深沉的咆哮，野獸從黑暗中現身，再度衝過來。這次他們絕對不可能有犯錯的空間。

「這支舞……」獵人低聲說道，「還沒跳完呢！」

野獸朝她衝來，犄角壓低，她大吼著說：「就是現在——理查！攻擊！從下面往上刺！快……」

野獸一頭撞上她，她的所有話語都成了無聲吶喊。

理查看到野獸從暗處出來，進入照明燈的光線範圍。這一切都發生得非常緩慢，如同夢境，如同他所有的夢境。野獸好近，理查能聞到牠身上那混雜糞便與血液的牲畜臭，近得讓理查感受到牠的體熱。理查使盡全力，奮力刺入長矛，從野獸的側腹貫穿向上，讓長矛留在裡頭。

一個憤怒、憎恨、痛苦的咆哮聲或怒吼聲傳來。又歸於沉寂。

理查聽得見自己的心跳在耳中怦怦響，他也能聽到水滴聲，蚊子又開始嗡嗡叫。他發現自己仍緊抓著長矛握桿，尖利的矛頭已深深沒入那具動也不動的野獸體內。他放開長矛，搖搖晃晃地繞過野獸的屍體，找尋獵人。她被壓在野獸下面。理查突然想到，如果這時去移動她，將她從野獸下面拖出來，可能會令她喪命。因此，理查換了個方式：他去推野獸尚有餘溫的側腹，試圖移開牠。這就好比試圖推動一輛雪曼戰車，但他最後還是推開了野獸，讓獵人的上半身露出來。

她平躺在地上，凝視著漆黑的頂端。她睜開雙眼，但眼神很渙散。理查很清楚，她現在什麼也看不見了。

「獵人？」他叫了一聲。

「我還在，理查．馬修。」她的聲音聽起來很抽離。她沒有試圖用眼睛找到理查，雙眼還是一樣渙散。「牠死了嗎？」

「我想是吧，動也不動了。」

獵人開始大笑。那是某種詭異的笑聲，就好像她剛聽到這世上最好笑的笑話。她將這笑話告訴了理查，然後笑聲就被一陣劇烈咳嗽打斷。「你殺了野獸，所以你現在是倫敦下層最偉大的獵人了，你是戰士……」她的笑聲停止。「我的雙手都失去知覺了。握住我的右手。」理查在野獸的屍體下摸索，握住獵人冰冷的手指。他突然覺得這些手指變得好小。「我手裡還有匕首嗎？」獵人低聲問。

「有。」他摸到了，那感覺既冰冷又黏稠。

「把匕首拿去。是你的了。」

「我不要妳的……」

「拿去。」理查在獵人手中把匕首硬扳下來。「現在是你的了。」獵人低聲說，除了嘴唇之外，她身體其餘部分都靜止不動，她的雙眼越來越混濁。「這把匕首總是照料著我。但你要把我的血漬從上面擦掉……千萬不能讓刀刃生鏽……一個獵人一定會好好照顧自己的武器。」她用力吸了一口氣。「現在……把野獸的血……塗到你的雙眼和舌頭上。」

理查不確定自己有沒有聽錯，也不敢相信自己的耳朵。「妳說什麼？」

理查沒有發現侯爵靠近，但侯爵熱切地在他耳邊說：「塗吧，理查，她說得對。這可以讓你安然通過迷宮。快塗。」

理查把手放在長矛上，沿著握桿往下滑，碰觸到野獸的毛皮和獸血溫熱的黏滑液體。儘管覺得有點荒謬，他還是將沾血的手指放在舌頭上，嘗了獸血的鹹味。出乎意料的是，他不覺得噁心。那味道非常自然，嘗起來像海水。他再用沾血的指頭碰觸雙眼，獸血在眼裡像汗水般讓眼睛微微刺痛。

他對獵人說：「我塗了。」

「很好。」獵人低聲說完，就再也沒出聲了。

迪卡拉巴斯侯爵伸出手，闔上她的雙眼。理查用襯衫將獵人的匕首擦乾淨。這是獵人叫他做的，他不想多思考。

「我們最好繼續前進。」侯爵站起身。

「我們不能把她留在這邊。」

「我們先離開，以後再回來處理她的屍體。」

理查死命地用襯衫擦亮匕首。他正在哭泣，但他沒注意到。「如果沒有以後呢？」

「那我們只能寄望有人會來處理我們的屍體，包括朵兒小姐的遺體在內。她一定等我們等得不耐煩了。」理查低頭看著匕首，把獵人最後的血跡擦掉，把刀收在自己的皮帶，點了點頭。「你先走，」

迪卡拉巴斯對他說，「我會盡快跟上。」

理查遲疑了一下，然後以他能做到最快的速度拔腿狂奔。

或許真的是因為獸血吧。理查實在也找不出其他解釋。無論是什麼原因，他確實毫無阻礙地在迷宮中穿梭來去，這裡對他而言已不再神祕。理查覺得自己對迷宮裡的每個轉角、每條小徑、每條巷弄、每條通道，全瞭若指掌。他跌跌撞撞、精疲力竭地跑過迷宮，血液在太陽穴不停跳動。奔跑時，一段韻文突然出現在他腦中，還隨他雙腳的移動打拍子。這是他小時候就聽過的詩歌。

黑夜來，黑夜來
往後的每個黑夜
室內燭火熒然
主啊，請納此亡靈

這幾段像輓歌似的不停在他腦海迴盪。室內燭火熒然……

迷宮盡頭是一面陡峭的花崗岩峭壁，峭壁內有扇高聳的木製對開大門，其中一扇門上掛了橢圓形的鏡子。大門緊閉著。理查伸手碰觸門板，大門隨即毫無聲息地打開。

理查走了進去。

第十七章

理查沿著兩側都是燭火的通道往前走，一路穿越天使的教堂，來到大廳。他認出四周的景物：這裡是他跟伊斯靈頓一起喝葡萄酒的地方。鐵柱圍出的八角形支撐著上方的岩石屋頂；還有黑燧石和金屬做成的大門，年代久遠的木桌，以及那些蠟燭。

朵兒被鐵鏈拴了起來，四肢大開，懸在黑燧石大門旁的兩根鐵柱上。理查進來時，朵兒就盯著他看，顏色奇異的眼睛張得老大，表情是滿滿的恐懼。站在她身旁的天使．伊斯靈頓則轉頭對他微微一笑。那才最令人膽寒：他的笑容中充滿仁慈、憐憫和溫柔。

「進來吧，理查．馬修，快進來。」天使．伊斯靈頓說，「我的老天，你看起來真是夠狼狽。」他的語氣滿是真心誠意的關懷，理查遲疑了一下。「請進來吧。」天使打了個手勢，彎起蒼白的食指，敦促他再往前進。「我想我們彼此都認識過了吧。你當然認得朵兒小姐，另外兩位是我的同事，格魯布先生、凡德摩先生。」理查轉身，格魯布和凡德摩正分站在自己兩側。凡德摩對他微微一笑，格魯布則面無表情。「我一直期待你的出現。」天使繼續說，敲了敲自己的頭。「問個題外話：獵人到哪裡去了？」

「她死了。」理查回答，並聽到朵兒倒抽了一口氣。

「喔，真可憐。」伊斯靈頓說，悲傷地搖搖頭。他顯然對人類生命的無常、凡人生來必須受難受死的脆弱感到遺憾。

「但是呢，」格魯布一派輕鬆，「要煎蛋捲就得殺幾個人啊。」

理查盡量不理他們。「朵兒，妳還好吧？」

「目前為止還算好，謝了。」她的下唇腫起，臉頰上也有瘀青。

「我擔心……」伊斯靈頓說，「朵兒小姐似乎不願妥協。我剛剛才跟格魯布和凡德摩商量，要請他們……」他沒再說下去。顯然他覺得有些事情一旦說出口會有失身分。

「折磨她。」凡德摩熱心地表示。

「畢竟，」格魯布說，「我們在酷刑這方面的造詣可是舉世聞名。」

「我們超擅長虐待人。」凡德摩把話說明了。

天使好像沒聽到他們兩人的話，只是專注地盯著理查繼續說：「不過，朵兒小姐給我一種感覺，我覺得她不會輕易改變心意。」

「只要給我們足夠的時間，」格魯布說，「我們一定讓她崩潰。」

「崩潰成好多塊。」凡德摩補上一句。

伊斯靈頓搖搖頭，無視於他們展現的熱誠。「沒時間了，」他對理查說，「沒有時間了。朵兒小姐讓我覺得，她應該會為了不再讓朋友遭受折磨與痛苦而改變心意，譬如為了你，理查……」格魯布一拳打中理查的小腹，對著他後腦杓重重一擊，把他打得整個人身體一彎。理查感到凡德摩的手指抓住自己的後頸，把他拉起來站好。

「但那是不對的。」朵兒說。

伊斯靈頓似乎陷入了沉思。「哪裡不對？」他問，語氣中夾雜困惑和被逗樂的情緒。

格魯布將理查的腦袋拉到自己臉旁，露出骷髏般的微笑。「他已經走得太遠，早就超越了對錯——就算在晴朗無雲的夜晚用望遠鏡看，也看不見對錯呀。」他壓低音量，「現在呢，凡德摩先生，能否請你盡盡地主之誼？」

凡德摩用左手抓了理查的左手，再用兩根巨大的指頭夾住他的左手小指，往後彎到折斷為止。理查發出慘叫。

伊斯靈頓緩緩轉過身，似乎因為某件事而分心，珍珠白的雙眼眨了幾下。「有人在外面。格魯布——」格魯布原先站的地方彷彿殘留一道陰冷的微笑，但他早就不見蹤影了。

迪卡拉巴斯侯爵整個人緊貼在紅色花崗岩峭壁側面，盯著通往伊斯靈頓住處的那些橡木門。各種計謀在他腦海中飛快打轉，但似乎沒有一樣管用。他原本以為只要來到這裡就會知道該怎麼做，卻沮喪地發現自己毫無概念。這裡沒有人情可以討，沒有槓桿可以拉，沒有按鈕可以按，他只好仔細檢視大門，想知道是否有人看守，思考著門如果開了天使是否會察覺。侯爵認為，一定有個很明顯的解決方法是他沒想到的，只要再努力一下，或許可以找出端倪。至少，他有點得意地想，他至少擁有出奇制勝這個優勢。

——這個念頭在一柄尖刀抵住他喉嚨時全部化為烏有。他聽見格魯布油膩膩的腔調在自己耳邊低聲說：「我今天已經殺了你一次，你怎麼就沒學到教訓呢？」

格魯布用匕首押著迪卡拉巴斯回來，此時理查已經戴上手銬，被鐵鍊吊在兩根鐵柱間。伊斯靈頓看了侯爵一眼，露出失望的表情，並搖搖那顆俊美的頭顱。「你告訴我他已經死了。」

「他是死了。」凡德摩回答。

「他本來死了。」格魯布糾正他。

伊斯靈頓的聲音少了點溫柔和關懷。「我不允許別人騙我。」他警告道。

「我們不會說謊！」格魯布說，這是公然犯上。

「會。」凡德摩說。

格魯布伸出一隻髒手，滿臉怒意地順了順骯髒的橘色頭髮。「沒錯，我們是會說謊，但這次沒有。」

理查手臂上的疼痛絲毫沒有緩和的跡象。「你怎麼能做出這種事？」他憤怒地問，「你是天使啊！」

「我是怎麼跟你說的，理查？」侯爵語調中有滿滿諷刺。

理查想了一下。「你說路西法原先也是天使。」

伊斯靈頓露出輕蔑的笑容。「路西法？」他哼了一聲，「路西法是個笨蛋！他以下犯上，結果什麼都沒得到。」

侯爵咧嘴笑開。「那你也是以下犯上，結果得到兩個惡棍和滿屋子蠟燭？」

天使舔了舔嘴脣。「他們說要為了亞特蘭提斯的事懲罰我。我告訴他們，我當時根本無能為力。這整起事件……」他頓了一下，似乎在腦海裡找尋恰當的字眼，然後又以遺憾的語調說：「非常不幸。」

「但有上百萬人民喪命。」朵兒說。

伊斯靈頓雙手緊握在胸前，彷彿要擺出一個讓人拍成聖誕卡的姿勢。「這種事難免會發生。」他理性地解釋。

「是啦是啦……」侯爵和顏悅色地說，諷刺的意味隱藏在字裡行間，不只在語調裡。「每天都有城市沉沒，難道都與你無關？」

——好像有個蓋子從某個黑暗扭曲的東西上掀開了：一團精神錯亂、狂怒、極端邪惡之物。在理查經歷過的那些可怕事物中，這次最令他驚懼。天使原來的穩重和優雅瞬間瓦解，他的眼中閃爍怒火，堅持自己的作為絕對正當。他情緒失控地對著他們厲聲叫道：「那是他們活該！」

周遭沉寂了片刻。伊斯靈頓低下頭，嘆口氣，把頭抬起，以平靜且深切自責的語調說：「在所有事情中，只有一件是這樣。」天使指了指侯爵。「把他用鐵鍊吊起來。」

格魯布和凡德摩用手銬緊緊扣住侯爵手腕，再拿鐵鍊把手銬牢牢綁在理查身旁的柱子上。伊斯靈頓將注意力轉回朵兒，走到她身邊伸出一隻手，托住她的尖下巴，把她的頭抬起來，直視著她的眼睛。「妳的家族，」他溫柔地說：「妳來自一個極不尋常的家族。他們非常傑出。」

「那你為何要殺害我們全家？」

「並不是全部。」他回答。理查以為他在講朵兒，但他接著說：「總有些時候，事情的進展不會像……原先的打算一樣。」他放開朵兒的下巴，用細長的白手指撫摸她的臉頰。「妳的家人會開門，他們可以在沒有門的地方無中生門，他們可以把鎖住的門打開，還有打開不應該開的門。」伊斯靈頓沿著朵兒的頸部輕柔地移動手指，像是在撫慰她——但接著一把抓住她脖子上的鍊子。「當我被判來到這裡，他們給我的監獄做了這扇門，然後拿走門的鑰匙，放在下層世界。真是個精心設計的折磨法。」他抓著鍊子，輕柔拉動，從朵兒身上那一層層棉質、絲質、蕾絲衣服中拿出銀色鑰匙。他用手指撫摸，彷彿撫弄著朵兒的敏感部位。

理查突然明白了。「黑修士負責保管鑰匙，不讓你拿走。」

伊斯靈頓放開鑰匙。朵兒被鐵鍊拴在黑燧石與舊化銀製成的大門邊，天使走到門前，一手放在上面。手在漆黑的門板上顯得更加白皙。「沒錯。」他承認，「鑰匙、門、開門者，三者缺一不可。你看，這根本是場精心策劃的惡作劇。他們當初的構想是在我獲得寬恕、重新恢復自由後，派一名開門人過來，再把鑰匙交給我。我只不過是決定自己動手處理、早一點離開罷了。」

伊斯靈頓走回朵兒身旁，再次撫弄鑰匙，然後一把抓住，用力扯下來。鍊子應聲而斷，朵兒抽搐了一下。「朵兒，我最早是找妳父親商量，」天使繼續說，「他很擔心下層世界。他希望能聯合倫敦下層，聯合大莊園與封地——甚至與倫敦上層產生某種聯繫。我告訴他我可以幫他，但他必須先幫我。然後我把我需要的協助跟他說，他居然笑我。」伊斯靈頓重複最後幾個字，似乎仍不敢置信。「他、嘲、笑、我。」

朵兒搖了搖頭。「因為他拒絕你，你就殺了他？」

「我沒有殺他，」伊斯靈頓溫和地糾正，「而是讓他被殺。」

「不過，他說我可以信任你，還要我到這裡來，這些都記在他的日記中。」朵兒說。

格魯布突然咯咯發笑，告訴朵兒。「他可沒這麼講，他從來沒說過那些話，是我們說的。凡德摩先生，你還記得他當初說了些什麼嗎？」

「朵兒，我的好孩子，提防伊斯靈頓。」凡德摩模仿她父親的聲音，腔調完全一樣。「伊斯靈頓就是整件事情的幕後主使，他是危險分子，朵兒……不要接近他……」

伊斯靈頓用鑰匙撫弄朵兒的臉頰。「我想……用我的版本應該能讓妳快點來到這裡。」

「我們把日記拿走了，」格魯布說，「修改過後再放回原處。」

「那扇門通往什麼地方？」理查問。

「家。」天使回答。

「天堂？」

伊斯靈頓沒說話，只是微微一笑。

「你以為他們不會注意到你回來嗎？」侯爵輕蔑地笑，「你以為他們會說『啊，你們看，是天使，快拿豎琴彈奏讚美詩！』」

伊斯靈頓的灰眼珠閃耀著光芒。「我才不需要這種諂媚奉承，也不需要讚美詩、光環和那些自負的祈禱人，我有……自己的計畫。」

「也罷，反正你現在已經拿到鑰匙了。」朵兒說。

「而且我還有妳，」伊斯靈頓說，「妳就是開門人。沒有妳，這鑰匙也沒用。幫我把門打開。」

「你殺了她的家人，」理查一臉不可思議，「你害她在倫敦下層到處被人追殺，現在你居然要她幫你開門，好讓你一個人上到天堂？看來你對人類的性格一無所知。她不會幫你開的。」

天使用那雙比銀河系更古老的眼睛看著理查。「唉，我的天。」然後又轉身背對他，彷彿不想看到接下來要發生的不愉快。

「多給他一些痛苦吧，凡德摩先生。」格魯布說，「把他的耳朵割掉。」

凡德摩舉起手，原本手中空無一物，但他微微抖動手臂，動作之小，很難察覺——一瞬間他手裡就多了一把匕首。「我早就告訴過你，你總有一天會嘗到自己的肝臟是什麼味道，」他對理查說，「看來今天你走運了。」他握著刀，在理查耳垂下面輕輕劃過。理查不覺得疼痛——他心想，或許是今天已承受太多痛苦，又或許是刀刃太鋒利，他不感到痛。不過，他察覺溫熱的鮮血從耳後滴在脖子上。朵兒睜大雙眼看著理查，理查的眼中只有她稚氣未脫的臉龐，還有蛋白色的眼睛。他試著用心電感應的方式傳送訊息給她：撐住！別讓他們逼妳去做這件事，我不會有事的。凡德摩在匕首上稍稍施力，理查強忍著沒有尖叫。他試圖不讓自己的臉孔扭曲，但尖刃再一次戳刺時，他不禁面露痛苦，還發出呻吟。

「叫他們住手，」朵兒說，「我就幫你把門打開。」

伊斯靈頓做了個短促的手勢，凡德摩隨即惋惜地嘆了口氣，將匕首拿開。溫熱的鮮血從理查的脖子滴下，在他的鎖骨凹陷處聚集成一團彷彿膠狀物的東西。格魯布走到朵兒面前，打開她右手的手銬。她站在原地，搓揉著之前綁在柱子上的手腕。她的左手仍被鐵鍊拴著，但她現在有一定的自由度。她伸出手，準備接過鑰匙。「別忘了，」伊斯靈頓說，「妳朋友在我手上。」

朵兒用極度輕蔑的眼神看著他。她可是波提科的長女。「把鑰匙給我。」天使將銀鑰匙交給她。

「朵兒，」理查叫道，「別開門！別讓他逃走！妳不用管我們。」

「老實說，」侯爵說，「我其實希望妳多管我們一點，但我必須同意這小子說的話。千萬別開門。」

朵兒的目光從理查移到侯爵身上，她的眼神在他們銬住的雙手、把他們綁在黑色鐵柱的粗重鐵鍊上不斷游移。朵兒看起來好脆弱。她轉過身，走到鐵鍊能到的最遠距離，站在黑燧石與舊化銀打造的黑色大門前。門上沒有鑰匙孔。她將右手掌放在門板上，閉上眼睛，找到體內能夠與門相互溝通的地方，再讓門告訴她該從哪裡打開，告訴她這扇門能做些什麼。她將手移開，一個原本沒有的鑰匙孔出現在門板上，一道白光從鑰匙孔後面透進來。光線非常明亮、耀眼，如同雷射般射進只有燭光的昏暗大廳。朵兒將銀色鑰匙插進鑰匙孔，停頓一下，在門鎖裡轉動。某個地方卡嗒一聲，接著傳來鐘鳴，整扇大門突然籠罩在光中。「等我離開……」伊斯靈頓用輕柔、仁慈又憐憫的語調，小聲地對格魯布和凡德摩說，「把他們全殺了，用什麼方法隨你們。」他轉身面對大門，朵兒正將門推開，門開啟的速度非常緩慢，似乎有著很大的阻力。她汗如雨下。

「你們的僱主就要離開了，」侯爵對格魯布說，「我希望你們倆有拿到全部的酬勞。」格魯布瞪了侯爵一眼，問道：「什麼意思？」

「呃……」理查猜不出侯爵想做什麼，但他非常願意跟他一搭一唱。「你們難道以為自己還有機會再看到他嗎？」

凡德摩眨了眨眼，速度很慢，像是古董照相機。他問：「什麼意思？」

格魯布摸了摸下巴。「這兩個傢伙都快變成死屍了，但他們說的也有道理。」他對凡德摩說。格魯布走向伊斯靈頓，天使正交疊著手臂站在大門前方。「閣下？您在進行下個階段的旅程之前，最好先把餘款付清吧。」

天使轉過頭，以鄙夷的眼神看著格魯布，好像覺得他不如一丁點糞土。他轉過身，理查猜不出伊斯靈頓到底在盤算些什麼。「這都無關緊要了，」天使說，「等我登上王座，你們那顆小腦袋能夠想到的任何獎賞都會是你們的。」

「這擺明耍詐嘛。」理查說。

「我不喜歡炸的東西，」凡德摩說，「會讓我打嗝。」

格魯布舉起一根手指，對凡德摩搖了搖。「他打算賴我們的帳。想賴格魯布和凡德摩的帳？想都不要想。我們可是專門討債的。」

凡德摩走到格魯布旁邊。「半毛都不能少。」

「利息也要一起算。」格魯布大聲說。

「還要加上掛肉的鉤子。」

「從天堂直送？」理查在他們後面大聲叫。格魯布和凡德摩走向沉思中的天使。「喂！」格魯布叫道。

門打開了，雖然只有一道細縫，但畢竟打開了。光線從門縫中流洩進來。伊斯靈頓走上前了一步，彷彿睜眼夢遊。從門縫裡流出的光線沐浴在他臉上，他像啜飲葡萄酒般享用這道光。「無所畏懼。當世間萬物都在我掌握之中，他們都聚集在我的王座旁，為我唱讚美詩。那時我將獎勵傑出之人，還要讓我看不順眼的傢伙吃盡苦頭。」

朵兒加了一把勁，將黑色大門完全打開，門後的景象因為強光熾烈而讓人看不清。那是一團由色彩和光線形成的漩渦。理查瞇起眼，偏頭避開刺眼的強光，但他的視網膜仍充滿邪惡的橘紫色。天堂是這個模樣的嗎？看起來倒比較像地獄。

接著理查感受到一股強風。

一根蠟燭飛越他的頭頂，穿過大門後立即消失。接著又有一根蠟燭飛進去。空中到處都是蠟燭，不停旋轉、翻滾著飛向大門後的光亮處，好像整個房間都被那扇門吸了進去。這不只是一陣風而已，理查很清楚。他手腕被銬住的地方痛了起來——突然之間，他的身體似乎變成兩倍重，視角也開始變化。門後的景象變成俯瞰視角——原來不只是強風把所有東西吸進去，還有地心引力。事實上，這陣強風是大廳裡的空氣被大門另一邊吸進去所形成。理查猜不出門的另一邊有什麼——或許是某顆星球的表面？或是黑洞的折返點？或是某個他根本無法想像的東西。

伊斯靈頓死命抓住大門旁的鐵柱。「這不是天堂！」他厲聲叫道，灰眼閃爍怒火，美麗的雙唇滿是唾沫。「妳這瘋狂的小女巫到底做了什麼？」

朵兒緊緊抓住那條將自己拴在柱子上的鐵鍊，指節都已發白，但她眼中露出勝利的神情。凡德摩先是抓到一隻桌腳，格魯布則趁勢抓住凡德摩。「這把鑰匙是假的，」朵兒得意洋洋，在強風怒吼中說道，「那只是我在市場裡要大鎯頭幫我打的複製品。」

「但它把門打開了。」天使尖叫。

「不對，」這個蛋白色眼珠的女孩冷淡地說，「我是打開了一扇門——我在我能力所及的最遠處打開了一扇門。」

伊斯靈頓的臉上再也沒有慈愛或寬容的痕跡，只有憎恨。完完全全、徹徹底底的冷酷憎恨。「我要殺了妳！」

「就像你殺害我家人那樣嗎？我看你已經沒有本事再去殺人了。」

伊斯靈頓以蒼白的手指緊緊抓牢鐵柱，但身體已經跟大廳呈九十度，有大半都被吸到門裡。這幅景象看起來既滑稽又恐怖。他舔了舔唇。「快住手，」他哀求道，「把門關起來，我就把妳妹妹的下落告訴妳……她還活著……」

朵兒嚇得退後一步。

伊斯靈頓被大門吸了過去，一個渺小的人影筆直落下，掉入眼睛無法直視的烈焰深淵。拉力變得越來越強，理查祈禱自己的鐵鍊和手銬撐得住。他感覺自己正被開口吸去，也從眼角看到侯爵掛在鐵鍊上，身子懸在半空中，就像傀儡要被真空吸塵器吸走一樣。

凡德摩緊緊抓住的桌子飛過空中，剛好卡在門口，格魯布和凡德摩就懸掛在大門中。格魯布牢牢抓著凡德摩的上衣後襬，他深吸了一口氣，雙手並用地往前移動，爬到凡德摩背上，桌子咯吱咯吱響。格魯布看了朵兒一眼，露出狐狸般的笑。「殺死妳家人的是我，」格魯布說，「不是他。現在我——總算——可以結束……」

就在此時，凡德摩的黑色西裝終於再也支撐不住，整個撕裂開。格魯布發出淒厲的叫聲，瞬間被吸進虛無的空間，手裡還抓著一長條黑布。凡德摩低頭看著格魯布不停打轉的身影離他們越來越遠，接著抬頭看著朵兒，眼神沒有威脅。他聳了聳肩——在為了保命而緊緊抓住桌腳的情況下，盡量做出聳肩的動作——平靜地說聲「掰掰」，然後把手放開。

凡德摩毫無聲息地直穿過大門，進入光線之中，身影因為不斷墜落而縮小，追上了格魯布的渺小身影。不久，兩個黑影在一片劇烈攪動的紫、白、橘三色光海中融成一團黑色小泡泡，最後，連那個黑點也消失了。還滿合理的，理查心想，畢竟他們是搭檔。

越來越難呼吸了。理查開始覺得頭昏眼花。卡在門口的桌子裂成碎片，被吸到門裡去。理查的一隻手銬彈開，右手也跟著被甩開，他抓住拴著左手的鐵鍊，牢牢抓緊鍊子，心中暗自慶幸斷指是斷在銬住的左手上。儘管如此，和紅腫與烏青分不開的劇痛卻也迅速貫穿他整條左臂。他可以聽到自己痛苦的尖叫聲彷彿從遠方傳來。

理查感到呼吸困難，白色光點在他眼球後面迅速擴大。他覺得鐵鍊快支撐不住……

黑色大門用力關上的聲音響徹理查的腦海，他重重撞上冰冷的鐵柱，跌落到地上。地底下的大廳一片死寂，只有靜默，而且非常黑暗。理查閉上雙眼——都在漆黑之中了，所以也沒什麼差別——所以他又睜開眼睛。

侯爵的聲音打破沉默。他用沙啞的嗓音問道：「妳把他們送到哪裡去了？」

理查聽到一個女孩說話，他知道那是朵兒的聲音，但聽起來卻是那麼年輕，就像一個小小孩，累了一整天之後準備要上床睡覺。「我不知道……很遠很遠的地方吧。我現在……覺得好累……我……」

「朵兒，」侯爵對她說，「振作！」幸好他這麼說了，理查心想，總得有人說這句話。理查再也不記得該怎麼說話了。黑暗中傳來卡嗒聲，有副手銬打開了。接著又傳出鍊條靠在鐵柱上的聲響，然後是火柴劃過的聲音。一根蠟燭點燃，微弱的光芒在稀薄的空氣中閃爍不定。室內燭火熒然——理查心想，但他想不起為何會想起這句子。

朵兒腳步不穩地走向侯爵，握著蠟燭。她伸出一隻手碰觸侯爵身上的鐵鍊，手銬卡嗒一聲打開了。侯爵搓揉著自己的手腕，朵兒接著走到理查面前，碰觸仍銬著他的手銬，手銬也馬上就打開了。朵兒嘆了口氣，在理查身旁坐下。理查伸出沒有受傷的那隻手托著她的頭，讓她靠在自己身上，輕輕前後搖擺，嘴裡哼著一首搖籃曲。空曠的大廳中很冷、很冷；但不久後，令人昏沉的溫暖已將他們兩人完全包覆。

迪卡拉巴斯侯爵看著兩個沉睡中的年輕人。他從未想過，在經歷一度瀕死的恐怖狀態後（即便這個狀態沒有很長），閉眼睡眠竟會令他如此畏懼。然而，到最後，連他也用頭枕著手臂閉上眼睛。

再過一會兒，這裡就連一個人也沒有了。

第十八章

蛇芬婷女士——假使排除奧林匹亞，她便是七姐妹當中最年長的一位。她正穿越下通街後面的迷宮。她的頭抬得很高，白色皮靴踏在潮溼的泥巴上，發出泥水啵唧聲。這是她一百多年來離家最遠的一次。那位細腰的女管家穿了一身黑色皮革，走在她前方，手裡提著一盞大型的馬車油燈。蛇芬婷的另外兩名侍女穿著類似衣服走在她後面，恭敬地保持一段距離。

蛇芬婷的蕾絲裙襬在身後的汙泥中拖曳，但她毫不在意。她看到前面有個東西在燈光的照射下閃閃發亮，旁邊還有一團黑漆漆的形體。

「就在那裡。」她說。

那兩名跟在後面的女人聞言立刻快步向前，穿越泥沼時激起陣陣水花，並在蛇芬婷的女管家靠近時帶來暖暖的圓形光暈。原本漆黑的形影變成了實體。先前在燈光下閃閃發亮的是一枝銅製長矛。獵人渾身血汙、蜷曲成一團的屍體就躺在一片凝結的血泊中，一半埋在泥裡，雙腳則壓在一頭彷彿野豬的龐大怪獸下方。她的雙眼緊閉。

侍女將屍體從野獸下面硬拖出來，平放在泥地。蛇芬婷單腳跪在泥沼裡，伸出一根手指，滑過獵人冰冷的臉頰，最後停在她那染血發黑的嘴脣上，逗留了一會兒，而後起身。「把長矛帶走。」

其中一個女人抬起獵人的屍身，另一個則從野獸屍體中拔出長矛，扛在自己肩上。四人一起轉身，沿著來路慢慢往回走，在地底深處的下層世界裡，形成一列沉默前進的送葬隊伍。蛇芬婷行走時，燈光不時照在她傲慢的臉上，但這張臉沒有顯露出任何情緒——既非高興，也無悲傷。

第十九章

他走路時，有短暫片刻完全不知道自己是誰。那是一種完全解脫的感覺，彷彿想變成什麼都可以。他可以變成任何人，嘗試各種不同的身分。可以是男人或女人、老鼠或小鳥、怪物或神祇。然後，有人發出一陣沙沙聲，令他在半路上醒來。在他逐漸清醒時，他領悟到自己叫理查．馬修，但他不知道此人是誰，也不明白這代表什麼。他叫理查．馬修，而他不曉得自己身在何處。

涼爽的亞麻布蓋著他的臉。他全身到處都痛，有些部位——例如左手的小指——比其他地方更痛上百倍。

身旁有人。理查聽得見呼吸聲與遲疑的沙沙聲，那人就在同個房間裡，正盡量不要引起注意。理查抬起頭，卻發現脖子只是一動，全身就有更多部位跟著痛起來，有些地方痛得更厲害。遠處（隔了好幾個房間外）有人正在唱歌。歌聲非常遙遠，非常微弱，理查知道自己只要一睜開雙眼就再也聽不到這深沉、優美的讚美詩……

他張開眼睛。房間很小，光線昏暗。他躺在低矮的床上，先前聽到的沙沙聲是從一個身穿黑袍、頭戴僧帽的人那裡傳出來的。此人背對理查，拿著顏色非常鮮豔、跟他的衣服很不協調的羽毛撣子，正在清房裡的灰塵。「這裡是哪裡？」理查問。

黑袍人差點把羽毛撣子掉在地上，他轉身，露出一張極為不安、削瘦、黝黑的面容。「要不要喝點水？」黑修士問道。從他的神情看來，好像有人告誡他，要是病人醒了一定得問對方需不需要喝水。因此在這四十分鐘內，他就不斷複述，以免自己忘記。

「我……」理查這時才發覺自己確實非常口渴。他從床上坐起來。「要，我要喝水，麻煩你了。」修士拿起老舊的鐵壺，往老舊鐵杯裡倒了些水，遞給理查。理查忍住一口氣灌下去的衝動，慢慢啜飲。這水冷冽清澈，嘗起來像是冰泉。

理查低頭看了看自己，發現原先穿的衣服不見了，取而代之的是一件長袍，樣式跟黑修士的僧袍很像，但卻是灰色的。他的斷指已用夾板固定，妥善包紮好。他伸出一根手指摸了摸耳朵，卻發現那裡也有繃帶，繃帶下面摸起來像是用針線縫合的傷口。「你是黑修士吧？」理查問道。

「是的，先生。」

「我是怎麼到這裡來的？我的朋友呢？」

修士神色緊張，不發一語，指著迴廊。理查走下床，稍微掀開身上的灰袍，發現裡面什麼也沒有。他的身體和大腿到處都是瘀腫與紫色的挫傷，但好像都已塗上某種膏藥，聞起來像咳嗽糖漿和塗了奶油的吐司。他的右膝也包了繃帶。理查想知道自己的衣服在哪裡。床邊擺著一雙涼鞋，他穿上涼鞋，走出房間，到迴廊上。修道院院長正沿著通道向他走來。院長一手挽著煤灰的臂膀，失明的雙眼在漆黑的帽兜斗篷裡散發出珍珠般的光芒。

「喔，你醒了啊，理查．馬修。」院長問，「你現在覺得如何？」

理查露出痛苦的表情。「我的手……」

「我們把你的手指固定住，它被折斷了。我們也把你的瘀腫和傷口都處理過了。你需要休息，所以我們讓你好好休息。」

「朵兒在什麼地方？侯爵呢？我們怎麼到這裡的？」

「是我把你們帶過來的。」院長回答。兩名黑修士開始沿著迴廊往前走，理查跟在他們身邊。

「獵人——」理查又問：「你有把她的屍體帶回來嗎？」

院長搖了搖頭。「那裡沒有屍體，只有野獸。」

「噢……我的衣服……」他們經過一間單人房的門口，裡面的格局跟理查醒來時的房間差不多。朵兒就坐在床緣，正讀著手裡的《曼斯菲爾德莊園》；理查很確定黑修士先前不知道他們有這本小說。朵兒也穿著灰色僧袍，那件袍子對她而言實在太大了，大到都有點滑稽。朵兒在他們進來時抬起了頭。「嗨，你昏睡了好幾百年，現在感覺如何？」

「我想應該還好吧。妳呢？」

朵兒微微一笑，但不是很有說服力的笑容。「還是有點不安。」她老實承認。迴廊傳來一陣吵鬧的嘎吱聲，理查將身子一轉，看到迪卡拉巴斯侯爵坐在搖搖晃晃的古董輪椅上，讓人推了過來。推他的人是一名高大的黑修士。而理查想不透的是，侯爵到底是怎麼讓「坐在輪椅裡被人推過來」看起來這麼美好又了不起。侯爵向眾人致上一個燦爛的笑容。「大家早安。」

「現在，」院長說，「既然你們都在，我們也該好好來談談了。」

院長帶他們到一個大房間，壁爐裡燒著柴火，感覺相當暖和。眾人在一張桌子旁各自找到椅子，院長作勢要他們都坐下。他自己也摸了摸身旁的椅子，坐了下來。他請煤灰與泰納布里（侯爵的輪椅就是由他推的）兩位修士離開房間。

「那麼，」院長說，「先談正事。伊斯靈頓到什麼地方去了？」

朵兒聳了聳肩。「我盡可能把他送到最遠的地方去。可能是某個時空的交會點吧。」

「我明白了。」院長頓了一下，又加一句：「很好。」

「你先前為什麼不警告我們要提防伊斯靈頓？」理查問。
「那不是我們的責任。」
理查一哼。「那接下來該怎麼辦？」他問眾人。
院長什麼也沒說。
「什麼該怎麼辦？」朵兒不明白他的意思。
「妳想為自己的家人報仇，現在也報了。而且，妳也把每個跟這件事有關的人都送到不知道什麼角落去了……我是說，現在不會再有人想殺害妳，對吧？」
「目前沒有。」朵兒很真誠地回答。
「還有你，」理查問迪卡拉巴斯侯爵，「你要的東西都到手了嗎？」
侯爵點了點頭。「我想是到手了。我欠波提科伯爵的人情已經還清，而朵兒小姐又欠了我一個很大的人情。」
理查看了朵兒一眼，她點了點頭。「那我呢？」理查問。
「嗯，」朵兒回答，「要不是有你，我們沒辦法成功。」
「我不是這個意思。我是說，要怎麼讓我回去？」
侯爵揚起一邊眉毛。「你以為她是什麼？《綠野仙蹤》裡的巫師嗎？我們沒辦法送你回去，這裡就是你的家。」
朵兒說：「這點我早就告訴過你了，理查。」
「一定還有別的方法。」理查邊說邊用左手重重地拍著桌子，加強語氣。這動作讓他的手指一陣疼痛，但表情仍強自鎮定。他過了一會兒才喊出「哎喲！」不過聲音非常小，畢竟他經歷過比這更糟糕的情況。

「鑰匙在哪裡?」院長問。

理查把頭歪向一邊。「在朵兒身上。」

朵兒調皮地搖搖頭。「不在我這裡。」她對理查說,「上次在市場,我趁你捧回咖哩時偷偷放進你口袋了。」

理查張大了嘴又閉上。接著他說:「妳是說,在我告訴格魯布和凡德摩鑰匙在我身上、歡迎他們來搜時……鑰匙真的就在我身上?」朵兒點點頭。理查記得在下通街,他覺得後口袋有個硬硬的東西,還想起朵兒曾在船上擁抱他……

院長伸出手。那雙滿是皺紋的褐色手指從桌上捏起一個小鈴鐺,搖了搖,把煤灰叫到面前。「把勇士的長褲拿來給我。」煤灰點點頭,隨即離開。

「我不是什麼勇士。」理查說。

院長溫和一笑。「你殺了野獸,」他用一種類似遺憾的語調對理查解釋,「你就是勇士。」

理查雙手交叉在胸前,神情惱怒。「所以到頭來我還是回不了家,只有一個安慰獎,上了古老地底世界裡的某本受勳名冊。」

侯爵對理查的處境似乎並不同情。「你再也不能回到上層地界。是有幾個人過著活在兩個世界之間的日子——你見過伊利亞斯德和李爾了——但你充其量也只能這樣,那種生活並不好過。」

朵兒伸出一手,碰觸理查的臂膀。「對不起,但你看看,你的貢獻有多大,鑰匙是你幫我們拿到的。」

「那麼,」理查問,「這件事的重點到底在哪裡?妳不過就是偽造了一把鑰匙……」煤灰又出現,手裡拿著理查的牛仔褲。那褲子已經扯破,上面沾滿泥巴,還有不少血汙,臭得要命。院長從修士手中接過褲子,逐一搜尋每個口袋。朵兒露出甜美的笑容。「若是沒有真正的鑰匙,我可沒辦法讓大鎯頭複製。」她提醒院長。

院長清了清喉嚨。「你們真是無知啊，」他和藹地對眾人說，「你們根本什麼都不懂。」他舉起銀鑰匙，鑰匙在火光下閃閃發亮。「理查通過了鑰匙嚴酷的考驗，所以他在把鑰匙交還給我們保管之前，都是鑰匙的主人。這把鑰匙擁有特殊的力量。」

「這是通往天堂的鑰匙……」理查說，不確定院長在暗示什麼，也不知道院長想表達的重點是什麼。

老人的聲音低沉而悅耳。「這是一把通往各個現實世界的鑰匙。如果理查想回倫敦上層，那鑰匙就能帶他回去。」

「就這麼簡單？」理查問。院長點點頭，失明的面容在斗篷陰影下微微晃動。「那我們何時可以動身？」

「只要你準備好就可以了。」院長回答。

修士將理查的衣物洗滌、縫補好，送還給他。煤灰修士帶著他穿過修道院，爬了許多左彎右拐的階梯和臺階，往上爬進鐘塔。鐘塔頂端有扇厚重的木門，煤灰修士將門鎖打開，兩人推門進去，置身於狹窄的通道內，裡面到處結滿蜘蛛網，其中一面牆上裝了鐵梯。他們沿著鐵梯往上爬，大概爬了幾千尺後，才從積滿灰塵的地鐵月臺冒出來。

夜鶯巷

牆上幾面老舊的標牌這麼寫道。煤灰修士祝福理查一切順利，要他在原地等候，有人會來接他。說完後，煤灰從牆邊爬了下去，不見人影。

理查在月臺上乾坐了二十分鐘。他猜不出這是什麼地鐵站：看起來既不像大英博物館站那樣被人棄置，也不像黑修士站那樣真實，反倒像座幽靈車站，一個遭人遺忘、氣氛怪異的虛構空間。他念頭一轉，又納悶著侯爵為何沒跟他道別。理查問朵兒時，她說她也不知道，但她猜想，也許道別就像安慰他人，都是侯爵不太擅長的事。然後，朵兒告訴理查她的眼裡進了沙。她把一張寫了指示的紙條交給理查，隨即離開。

有個白白的東西在通道陰暗處揮動，是一條綁在木樁上的手帕。「嘿？」理查叫道。

老貝利那副被羽毛包覆的圓滾滾身軀從陰影中走出來，一副扭捏的模樣，神色局促不安。他正揮舞著理查的手帕，全身都是汗。「這是我的小旗子。」他指著手帕說。

「很高興能派上用場。」

老貝利不安地咧嘴一笑。「理查，我閒話就不多說了，有東西要給你。就是這個，拿去吧。」他一手伸進大衣口袋，掏出一根帶有藍紫綠色光澤的黑色羽毛，羽毛尾端的翮管用一條紅線纏繞起來。

「喔好，謝了。」理查說，但不確定這個東西要拿來做什麼。

「這是羽毛，」老貝利解釋道，「而且是很好的羽毛喔。是給你的紀念品，可以勾起回憶。而且免費！這是我送給你的禮物，只是想聊表一下心意。」

「啊，你真是客氣。」

理查把羽毛放進口袋。溫暖的微風吹過通道，列車即將進站。「這就是你要搭的火車，」老貝利說，「我自己是不坐火車的，只要每天給我一個好屋頂待著就行。」他跟理查握了握手，一溜煙便不見蹤影。

列車駛進車站。車頭燈沒有點亮，前方的駕駛區也空無一人。列車完全靜了下來。整排車廂昏暗一片，也沒有任何車門是打開的。他敲了敲自己正前方的車門，希望自己沒有敲錯。車門咻一聲打開，溫暖的黃色光線流進幽靈車站。兩名矮小的老兵各拿了長長的銅管喇叭，走出車廂到月臺。理查認得這兩人，是達格伐與哈法德，他在伯爵宮庭見過他們。不過，就算他先前知道誰是誰，現在也沒辦法把人跟名字連起來。兩人把喇叭舉到脣邊，吹出一段刺耳卻很有誠意的號角聲。理查走進車廂，兩人也跟在他後面進去。

伯爵坐在車廂末端撫摸著一頭巨大的愛爾蘭獵犬。他的弄臣（理查依稀記得他叫圖雷伊）就站在伯爵身旁。除了他們與那兩名軍人外，車廂裡什麼都沒有。「是誰來了？」伯爵問。

「就是他，閣下。」弄臣回答，「理查．馬修，殺死野獸的那個人。」

「勇士？」伯爵搔著紅灰色鬍子，思考了一會兒。「把他帶過來。」

理查走到伯爵面前。伯爵把他上上下下瞧了個仔細。從伯爵臉上的表情判斷，他並不記得先前見過理查。「我還以為你會高一些。」伯爵終於說。

「抱歉讓你失望。」

「也罷，我們還是趕快進行吧。」伯爵站起身，對著空蕩蕩的車廂發表一場演說。「大家晚安，在此，我要授予爵位給馬靴先生……呃……那吟遊詩人是怎麼說的？」他以抑揚頓挫強烈的聲調朗誦出一段詩句：「鮮紅傷口血四賤，仇敵斃命一瞬間；勇敢真誠守護者，英雄總是出少年……呃，他已經不是少年了吧？圖雷伊？」

「當然不是，閣下。」

伯爵伸出一手。「年輕人，把你的劍給我。」

理查將手放到皮帶上，把獵人送的匕首拔了出來。「這把可以嗎？」

「可以、可以。」伯爵回答，從他手中接過匕首。「跪下。」圖雷伊用一種故意給人聽見的聲音自言自語，指著車廂地板。理查照他吩咐單腳跪下；伯爵拿著匕首輕輕碰觸他的兩邊肩膀。「請起身，」

伯爵大聲說道，「理查・馬份爵士。我以這把匕首賦予你下層世界的自由行動權，從今往後，你可以到處行走，不受任何限制……如此這般……等等等等……總之一堆廢話……」他的聲調越來越含糊。

「謝謝。」理查說，「但應該是馬修才對。」然而列車已慢慢停下。「這裡就是你下車的地方。」伯爵說，並把理查的匕首（原本是獵人的匕首）還給他，輕拍他的背部，伸手指指車門。

理查下車的地點並非地鐵站。它蓋在地表上，建築風格讓理查依稀想起聖潘克拉斯車站——結構雄偉、仿哥德式的建築風格，但也有一些「破綻」，或多或少透露出這裡是下層世界的一部分。周遭的光線呈現一種詭譎的灰，這種光線只有在黎明前或日落後不久、整個世界一片灰、什麼顏色或距離都看不出時才看得到。

有個人坐在長木椅上一直盯著理查看。理查小心地走過去。在灰濛的光線下，他根本判斷不出那人是誰，也不知道自己是否見過他。理查剛剛仍握著獵人的匕首——現在是他的匕首了。而今，他把刀柄握得更緊，讓自己心安。那人在理查靠近時把頭抬了起來，旋即一躍起身，用手碰觸前額，向理查行了一禮——理查只有在古典小說改編的電視劇裡看過這種動作。那人看起來既古怪又討厭。理查突然認出此人就是鼠言長老。

「這個，沒關係啦，」鼠言長老沒頭沒尾地說，「我是說，那個叫安娜希斯亞的女孩。我們不傷感情。老鼠還是你的好朋友，鼠言人也是。你來找我們，我們就會幫你。」

「謝了。」理查說。安娜希斯亞會來找你算帳的，他心想，因為你把她給犧牲掉。

鼠言長老在長椅上摸索一陣，將拉上拉鍊的黑色運動袋交給理查。那袋子非常眼熟。「東西都在這裡，每一樣都在。你看一下。」理查打開袋子，他的私人物品都在裡面，包括皮夾——就放在幾條折得很整齊的牛仔褲上頭。理查把袋子的拉鍊拉好，甩上肩，連謝謝也沒說，就頭也不回地離那人遠去。

理查走出車站，沿著灰色石梯往下走。周遭一片死寂，連半個人影也沒有。秋天的枯葉被強風吹過空曠的中庭，形成一道黃赭混棕色的旋風，一瞬間為灰濛的光影增添了柔和色彩。理查穿過中庭，往下走了幾階，進入一條地底通道。昏暗之中，傳來一陣像是衣服飄動的聲音，他提高警戒轉過身，發現身後的迴廊有十幾名女子，她們幾乎連一點聲音都沒發出，就這麼朝他滑行而來，周遭只有黑色天鵝絨裙衫的窸窣，純銀首飾的叮噹聲響從不同方向傳來。連樹葉的沙沙聲都比這群皮膚蒼白的女人要大上許多。她們用飢渴的眼神望著理查。

理查嚇壞了。沒錯，他手中有一把匕首，但要他拿匕首作戰簡直比一鼓作氣跳越泰晤士河還要難。事實上，他只希望她們萬一採取攻擊，自己能夠用手中的匕首嚇退她們。他聞到忍冬、歐鈴蘭和麝香的香味。

娜米亞從天鵝絨的成員裡現身，慢慢走到最前面。理查緊張得舉起匕首，又想起她那蘊含著冰冷激情的擁抱多麼令人愉悅，卻又多麼冷酷。她對著理查露出甜美微笑，點了點頭，隨即親一下自己的指尖，給理查送了個飛吻。

理查打了個寒顫。地底通道的昏暗處傳來一陣窸窣。他定神看去，那裡只剩下陰影。

他穿過地底通道，向上走了幾階，發現自己來到綠草如茵的小山丘頂端。天剛破曉，他剛好看見圍繞四周的田野景觀：葉子幾乎掉光的橡樹，白蠟樹、山毛櫸，樹的枝幹隨著天色變亮，形貌也變得越來越清楚。寬闊清澈的河流緩慢曲折流過綠油油的鄉間。他轉過身，發現自己像是在一座小島上——兩條較小的河川匯集成一條大河，將他目前所在的山丘跟其他陸地分割開。雖然理查說不出原因，但他很相當確定自己仍在倫敦——只是不知道是在三千多年或更早之前，當時還沒有人類將房子的第一塊基石安放在此。

他拉開運動袋拉鍊，將匕首放進去收好，擺在皮夾旁邊，再把拉鍊拉上。天空亮了起來，但光線相當古怪。那光線比理查熟悉的陽光還要年輕——或許可說是更加純潔。橘紅色的太陽從東方升起，未來某天，那個地方將成為倫敦東區的新開發地段。理查望著晨曦灑落在森林和溼地上，腦中想著格林威治、肯特及海洋。

「嗨。」朵兒說。理查沒注意到她走過來。她那件破舊的棕色皮夾克下換了不同的衣服，雖然是用平紋綢、絲絹、蕾絲、錦緞做成，卻還是一樣層層疊疊、滿是破爛補丁。她的紅色短髮在晨光中閃閃發亮，就像擦亮的紅銅。

「嗨。」理查說。朵兒站到他身旁，小小的手指握住他提了運動袋的右手。「這裡是哪裡？」他問。

「西敏區一座令人畏懼的島嶼。」朵兒回答，聽起來好像引用了某段文章的句子，但理查確信自己先前沒聽過這種說法。他們並肩走過廣闊的長草地；這裡因冰霜融化而顯得白茫茫一片，充滿潮溼水氣。他們在草地上留下一長條深綠色足跡，標示出他們從哪裡走過來。

「聽我說，」朵兒說，「伊斯靈頓被趕走了，倫敦下層也有許多整頓工作得做，但只有我會去處理這些事。我父親希望能夠統一倫敦下層，我想我應該設法完成他的遺願。」他們手牽著手往北走，離泰晤士河越來越遠。白海鷗在他們上方的天空盤旋飛翔，發出呱呱叫聲。「理查，你也聽到伊斯靈頓對我們說的話了，他說我妹妹還活著。假若是真的，那我們家族就不是只剩下我一個人。再說，你救過我的命，還不只一次。」她頓了一下，隨即鼓起勇氣說出心裡話：「理查，你一直都是我非常要好的朋友，而我也喜歡有你在身旁的感覺。請你不要離開，好嗎？」

他輕輕地捏住朵兒的手掌。「嗯，我也喜歡有妳在身旁的感覺，但我不屬於這個世界。在我居住的倫敦……呃，最需要提防的危險就是趕時間的計程車。我也喜歡妳，真的，喜歡得不得了。但是我一定要回家。」

朵兒用顏色奇異的眼睛抬頭看著理查，瞳孔中閃爍著綠色與青色的火焰。「那我們就再也沒有機會見面了。」

「我想是沒有了。」

「我很感激你做的一切。」朵兒誠摯地說。然後伸出雙手抱住理查——抱得非常非常緊，讓他behind傷的肋骨感到一陣疼痛。然而，他也緊緊抱住朵兒，緊到自己身上的每根肋骨都痛得要命，但是他根本不在乎。

「那麼，」他最後開口說，「非常高興能夠認識妳。」朵兒的眼睛眨個不停。理查不禁想，她是不是又要告訴自己有東西跑進她眼睛裡。

但她沒有這麼說。「你準備好了嗎？」

理查點點頭。

「鑰匙有帶在身上嗎？」

他把袋子放下，用沒有受傷的手伸進後口袋翻找，掏出鑰匙交給朵兒。她將鑰匙伸向前方，插入虛構的門孔。「好了，一直向前走，不要回頭看。」

理查開始走下小山丘，離泰晤士河的湛藍河水越來越遠。一隻灰色海鷗往下俯衝而過。走到山丘底端後，他回頭望了一眼。朵兒站在山丘頂，在升起的太陽中變成一個黑漆漆的身影，她臉頰閃著淚光，橘紅色陽光將鑰匙照得微微發亮。

朵兒果決地轉動鑰匙。

第二十章

世界暗了下來，一聲低吼灌入理查耳中，就像千頭狂暴的野獸同時在他腦中發出怒吼。他在黑暗中眨著雙眼，手裡緊緊抓住袋子。他覺得自己實在很蠢，居然把匕首收起來了。昏暗中，好幾個人從理查身旁掠過，他開始離這些人遠去。前面有一道階梯，他往上走，一步步爬升，外頭的世界逐漸在他眼前展開。

那些低吼原來是交通來往的聲音。他從特拉法加廣場的地下道入口走了上來，天空就像電視螢幕突然轉到空白頻道，呈現出靜止的藍色。

現在大概是上午十點，暖和的十月天，他就站在廣場上，手裡提著袋子，面向陽光，不停眨眼。黑頭計程車、紅色巴士和各色車輛隆隆響，在廣場上呼嘯而過。觀光客一把把灑落鴿子飼料，餵食為數龐大的肥鴿，又在納爾遜銅像及兩旁的蘭德瑟㉔巨獅拍照留念。理查穿過廣場，納悶自己是不是真實地存在著。日本觀光客無視他。他試著朝一個漂亮的金髮女孩走去，女孩笑著搖了搖頭，說了幾句話。理查猜想她說的可能是義大利語（但事實上是芬蘭語）。

㉔蘭德瑟（Sir Edwin Henry Landseer，1802-1873）：英國著名的動物畫家。

有個還看不出性別的小孩一面盯著鴿子，嘴裡還一面啃著巧克力棒。理查在小孩身旁蹲了下來。「呃……你好啊，小傢伙。」小孩熱切地吮著巧克力棒，根本沒把理查當成人。「嗨。」理查又說了一次，但腔調中已帶有些許絕望。「看得見我嗎？小傢伙？嗨？」

那兩隻小眼睛在沾滿巧克力的臉蛋上怒瞪理查，小孩的下唇開始抖動，他一溜閃人，伸手抱住最近的成年女性的雙腿，哭號著：「媽咪！那個人來弄我！他來弄我！」

小孩的母親滿臉怒容地看著理查。「你在幹麼？」她質問，「敢來騷擾我家的萊斯利？你們這種人別來這個地方！」

理查露出了微笑——一個非常高興的笑容。「實在是非常抱歉。」說話的同時，他仍像加菲貓一樣咧著嘴。他一把抓住袋子，跑過特拉法加廣場，沿途還嚇到一群鴿子，讓牠們發出振翅飛向空中的聲音。

理查從皮夾裡拿出提款卡放進提款機。機器認得他的四位數密碼，建議他將密碼保管好，不要透露給任何人知道。接著機器又問他需要什麼服務，他選擇提款，機器給了他許多現鈔。他興奮得往空中一揮，但又不好意思起來，趕快假裝自己在攔計程車。

一輛計程車隨即停下——它真的停下來了！而且是因為他！他鑽進車裡，坐在後座，臉上堆滿笑容。他要司機將他載到辦公室，司機卻告訴他，到那裡用走的搞不好會更快一些。理查聽了笑得更開心，還說他不在乎。車子開動後沒多久，他就要求（精確地說其實是懇求）計程車司機對倫敦市內的交通問題、如何最有效打擊犯罪，及當天引發爭議的政治議題發表一點看法。司機指責理查根本「喝了摻麻藥的酒精飲料」。在整段開往濱河街的五分鐘車程裡，司機一直壓著憤怒不說話，但理查毫不在乎，最後還給了多得離譜的小費。然後，他走進辦公室。

理查一進入辦公大樓，就感到笑容從臉上消失。每走一步，他都覺得自己更加焦慮、更加心神不寧。假若他還是沒有工作該怎麼辦？就算吃得滿臉巧克力的小孩和計程車司機都看得到他，但萬一有某種厄運作祟，使得他在同事眼裡還是個隱形人，那該怎麼辦？

大樓警衛費吉斯從一本《狂野的小妖精》後面探出頭（他把色情刊物藏在太陽報下）然後冷淡地說了聲：「早安，馬修先生。」這可不是歡迎人的那種「早安」，而是那種說話者根本不在乎對方是死是活的「早安」。你甚至可以說，他根本不在意現在是不是早上。

「費吉斯！」理查興奮大叫，「你也早安，費吉斯先生，你真是個好警衛！」從沒有人對費吉斯說過這種話，連他幻想中的裸女也不曾這麼說過。費吉斯用懷疑的眼神盯著理查，直到他走進電梯、從視野內消失，才把注意力移回《狂野的小妖精》。然後他開始懷疑那些小妖精（不管有沒有拿棒棒糖）可能都超過二十九歲了。

理查離開電梯後，略帶遲疑地沿著迴廊繼續往前走。一切都不會有問題的，他告訴自己，只要我的辦公桌還在，只要我的辦公桌還在，一切就都不會有問題。理查走進一個到處都是隔板的大房間，他在這裡上了三年的班。大家正埋首工作、講電話、在檔案櫃裡翻找資料、喝著粗劣的茶或更粗劣的咖啡。這就是他的辦公室。

房間裡有個靠窗的位置，他的辦公桌原本放在這裡，但此處已被幾排灰色檔案櫃和一個絲蘭盆景占據。他正打算轉身跑開，卻有人把一杯裝在保麗龍杯的茶遞給理查。

「浪子回頭了是嗎？」蓋瑞說，「這是給你的。」

「嗨，蓋瑞，」理查應了一句，「我的辦公桌到哪裡去了？」

「往這邊。」蓋瑞回答，「馬荷卡島還不錯吧？」

「馬約卡島？」

「你不是一向都去馬約卡島度假嗎？」蓋瑞問。他們沿著房間後方通往四樓的樓梯往上走。

「這次不是。」理查回答。

「我正想說。」蓋瑞說，「你沒晒黑呢。」

「是沒有。」理查同意，「你也知道，我需要一點改變。」

蓋瑞點了點頭，指向一扇門。那扇門在理查就職期間，一直都是存放行政文件和文書用品的房間。「改變？呃，好吧，你現在確實是有點改變。那麼我可以第一個向你道賀嗎？」

門上的金屬名牌寫著：

理查．馬修

合夥人

「你這幸運的混蛋！」蓋瑞以激動的口吻說。

他說完之後就走開了，理查一臉困惑地開門進去。這間辦公室已不再是存放文書用品和檔案的地方：檔案櫃和文具都清走，重新粉刷成灰、黑、白三色，也重新鋪了地毯；房間正中央有張大辦公桌，他仔細看了一下——沒錯，是他自己的桌子。巨魔玩偶都整整齊齊收放在一個抽屜裡，他全拿出來，在房間四周到處放。他擁有自己專屬的窗戶，視野還算不錯，可以遠眺泰晤士河的泥濘河水與南側河堤的河岸景觀。此外，房裡甚至還擺了一盆好大的綠色植物，像是人造盆栽，上面有塗了蠟的巨型葉子——但那不是人造的。他那部老舊又滿是灰塵的米色終端機，現在已經換成更光鮮亮麗的黑色終端機，也比較不占書桌的空間。

理查走到窗邊啜飲著茶，凝視那條骯髒的棕色河流。

「一切都還好吧？」他抬起頭來，看到了西維亞——那位辦事俐落又有效率的總經理特助就站在門口。她在理查看見她時露出了微笑。

「嗯，都很好。對了，我家裡還有點事要處理，妳想，如果我下午請個假，會不會有什麼問題……」

「隨便你，反正你原本是預定明天才要來上班的。」

「是嗎？啊，沒錯。」

西維亞皺起眉。「你的手指怎麼了？」

「不小心折到。」他回答。

她頗為擔心地看著理查的手。「你不會是跟人家打架了吧？」

「我嗎？」

她咧嘴笑了起來。「只是開開玩笑。我猜你大概是關門時夾到的吧，我老妹就常這樣。」

「不是，」理查打算說實話，「我是跟人打……」西維亞揚起一邊眉毛。「是被門夾到。」他轉得很硬。

理查沒有把握自己有辦法搭乘地下鐵。還不是時候。所以他搭計程車回到先前住的公寓大樓。他沒有大門鑰匙，只好敲了敲門，結果很失望地看到一個女人來應門。他先前曾在公寓浴室裡見過這個女人，或者說瞥過。他向女人自我介紹，說他是先前的房客，然後很快就證實了兩件事：一、他，理查，已經不住在這裡了；二、她，布查蘭太太，完全不知道他的個人家當到了哪裡去。理查做了一些筆記，客氣地說聲再見，隨即攔了一輛計程車去找那位穿駝色絨毛外套的人。

那個穿駝色絨毛外套的溫和男人現在沒穿駝色絨毛外套，態度也沒有理查上次遇到時那樣隨和。

他跟理查一起坐在自己的辦公室裡，靜靜聽著理查一連串的抱怨，而且臉上的表情就好像不小心活生生吞了一整隻蜘蛛，而且現在感覺到牠在蠕動。

「嗯，沒錯，」他看了看檔案之後說，「經你這麼一提，這其中似乎真的有些問題。我實在搞不清楚怎麼會發生這種事。」

「這件事怎麼發生的並不重要，」理查耐住性子。「整件事情的重點在於，你們趁我出差的這幾個星期把我的公寓租給……」他看了一下筆記。「喬治．布查蘭和愛德兒．布查蘭。現在他們並不打算搬走。」

那人把檔案夾蓋了起來。「錯誤難免會發生，人為疏失嘛。恐怕我們是無能為力了。」

如果是過去的理查，如果是那個曾住在如今成了布查蘭夫婦居所的理查，會在聽到這句話之後打退堂鼓，為自己打擾到對方而致歉，然後離開。但今日的理查則說：「你說什麼？你們對這件事情無能為力？你們把我從貴公司合法租來的公寓轉租給別人，在搬遷過程中把我的私人物品全弄丟了，然後你們對此無能為力？聽好，我真的認為——我相信我的律師也會這麼認為——關於這件事你們能做的可多了呢。」

沒穿駝色絨毛外套的人現在的表情像是蜘蛛正要爬上喉嚨。「但我們在那棟大樓內沒有其他跟你那間一樣的空房了，只剩一間閣樓套房。」

「套房……」理查冷冷地對他說，「也可以……」那男人鬆了一口氣。「……給我一個住的地方。」理查接著說，「現在，我們來討論該如何賠償我失去的家當。」

新公寓比原先那間好得多，有更多窗戶，外加陽臺，客廳也很寬敞，還有一間大小剛好的臥室。理查四處看了一下，不甚滿意。那個沒穿駝色絨毛外套的男人當然是極度不情願地給這間套房配置了一張床、一張沙發、幾張椅子、一臺電視機。

理查把獵人的匕首放在壁爐架上。

他到馬路對面的印度餐廳外帶咖哩，坐在新公寓裡鋪了地毯的地板上吃起來，並暗自納悶，自己是否真的曾在深夜中，來到停泊在塔橋附近的砲艇上的流動市場吃咖哩。他一想起，立刻感覺這件事情似乎不太像是真的。

門鈴響起，他馬上起身應門。「馬修先生，我們找到好多你的東西。」那名（現在又把駝色絨毛外套穿上的）男人說，「搞了半天，原來都放進倉庫了。好，老兄，把東西搬進來吧。」

兩名魁梧的工人把幾個大型木箱扛進來，堆放在客廳中央的地毯上。箱裡塞滿理查的私人物品。

「謝了。」理查說。他把手伸進第一個木箱，把最上面一個用紙包著的物品打開——結果是裝著潔西卡照片的相框。他盯著相片看了一會兒，把它放回盒子裡。他找到衣物箱，把衣服全搬出來，收到臥室。但其他箱子就原封不動地擺在客廳中央。

日子一天天過去，他的內心對於這狀況越來越內疚，但他還是沒打開箱子。

內線響起時，理查正在辦公室裡，坐在辦公桌旁凝視窗外景象。「理查？」西維亞說，「總經理請你在二十分鐘後到他的辦公室開個會，討論溫茲沃斯報告。」

「我會過去的。」他說。然後，由於接下來的十分鐘他沒別的事可做，只好拿起一隻橘色巨魔，威脅著另一隻較小的綠髮巨魔。「我是倫敦下層最偉大的勇士，你準備受死吧！」他用威嚇的巨魔腔調說，「哈！不過你應該先來喝一杯好茶。」然後拿著橘色巨魔左右搖晃，接下來，他拿起綠髮巨魔，用較小聲的巨魔腔調回應：「啊哈！你也應該先來喝一杯好茶……」

外面有人敲門，理查有點罪惡感地放下巨魔玩偶。「請進。」門隨即打開，潔西卡走了進來。她站在門口，看起來相當緊張。理查都快要忘了她有多美。「嗨，理查。」

「嗨，潔絲。」理查說，隨即又糾正自己的說法。「對不起——潔西卡。」

她微微一笑，將長髮順到腦後。「喔，潔絲也不錯啊。」她說——語氣聽起來好像是認真的。「潔西卡——就是潔絲。好久沒人叫我潔絲了，我還挺懷念這個名字呢。」

「那，」理查問，「是什麼風把妳給吹來？」

「我只是想要見見你，真的。」

理查不確定自己該說些什麼。「好。」

潔西卡把辦公室的門關上，向他走了幾步。「理查，你知道嗎，有件事情很奇怪，我只記得我取消婚約，但忘了我們當初爭吵些什麼。」

「是嗎？」

「反正這也不重要了，對吧？」她環顧一下辦公室，「你升職了？」

「是的。」

「我真為你感到高興。」她把一隻手伸進外套口袋，掏出棕色的小盒子，放在理查的桌子上。雖然他早知道盒子裡有什麼，還是打開了。「這是我們的訂婚戒指。我想……嗯……我應該把它還給你。以後……呃……如果有什麼變化……或許有那麼一天，你會再把它送給我。」

戒指在陽光下閃閃發光——理查這輩子還沒有在別的東西上花過這麼多錢。他蓋上盒子，交還給潔西卡。「妳留著吧，潔西卡。」然後他又接了一句：「我很抱歉。」

潔西卡咬著下唇。「你認識了其他人嗎？」

理查猶豫了一陣子。他想到娜米亞、獵人、安娜希斯亞，甚至朵兒，但她們當中沒有一個是她說的意思。「沒有，沒有別人。」他發現，自己說的是實話。「我只是變了，如此而已。」

他的內線響了起來。「理查，我們正在等你。」他壓下按鈕。「西維亞，我馬上下去。」

理查看了潔西卡一眼，她什麼話也沒說——或許是不知道該說什麼才好。潔西卡走出辦公室，輕輕把門帶上。

理查把待會兒需要的報告拿在一隻手上，舉起另一手抹了抹自己的臉，像是要抹掉什麼東西——抹掉悲傷嗎？或許吧，也可能是眼淚，或潔西卡。

理查又開始搭地鐵上下班，但他很快就發現自己不再像過去，每天早晨或傍晚都買報紙到列車上看。他反而開始掃視車上乘客的臉孔。各種膚色、各種模樣的臉，並猜想他們是否都來自倫敦上層？他們那雙眼睛後面又在想些什麼？

理查遇到潔西卡之後幾天，在下班的交通尖峰時刻以為自己在車廂另一側看到娜米亞。她背對理查，黑髮高高束在頭頂，洋裝黑而修長。理查的心臟開始在胸腔裡怦怦直跳。他設法穿過擁擠的車廂，慢慢朝她接近。當他靠得更近的時候，列車卻到站了，車門嘶一聲打開，女子也下了車。但那不是娜米亞，他失望地領悟到，那只是倫敦某個年輕的哥德系女孩，趁夜進城找樂子。

某個星期六中午，理查看到一隻棕色大老鼠坐在牛頓大樓後面的塑膠垃圾桶上清理鬍鬚，一副擁有了全世界的模樣。理查靠近時，老鼠立刻一躍而下，跳到人行道上，在垃圾桶的陰影裡等待，並以警戒的黑眼珠抬頭看他。

理查蹲了下來，溫柔地說：「嗨，我們是不是認識？」老鼠沒有做出任何理查能注意到的回應，但也沒有跑開。「我叫理查．馬修，」他繼續壓低嗓門說下去，「我其實也不是鼠言人，但我……認識幾隻老鼠。總之我見過一些老鼠就是了。我想打聽一下你認不認識朵兒小姐……」

理查聽到一隻鞋子在背後發出磨擦地面的聲音，他轉身看到布查蘭太太正好奇地盯著他瞧。

「你……弄丟了什麼東西嗎？」布查蘭太太問。理查聽到她說話，卻故意不理她。她先生用粗啞的嗓音低聲說：「可能只是在找彈珠。」

「不，」理查老實地說，「我正在向一隻老……」但老鼠卻急匆匆跑開。

「剛剛那是老鼠嗎？」喬治．布查蘭大吼大叫，「我要向市議會抗議！真是太丟人！但倫敦就是這樣子，不是嗎？」

是的，理查同意。沒錯，的確是。

理查的家當還是原封不動地放在客廳中央的木箱中。他至今還未打開電視。他會在晚上回家吃東西，站在窗邊俯視倫敦景色，看著汽車、屋頂還有馬路上的燈光。深秋的薄暮變成黑夜，燈火從城市的每個角落亮起，他依舊獨自站在漆黑一片的公寓裡，繼續看著外面的夜色。直到燈火開始熄滅，他才會不情願地脫下衣服，爬上床準備睡覺。

某個週五的下午，西維亞走進理查的辦公室。他那時正在拆信——用匕首——他用獵人的匕首充當拆信刀。「理查？我想問一下，你這幾天常出門嗎？」他搖了搖頭。「那好，我們打算今晚出去玩，你要不要一起來？」

「嗯，好啊，我喜歡出去玩。」

結果其實他討厭。

總共有八個人：西維亞和她的小男友（那傢伙老是在談古董車）、企業客戶部的蓋瑞（他最近才剛跟女友分手，至於分手的原因，蓋瑞堅持說是一點小誤會——他認為女友應該要能理解他跟她最要好的朋友上床，但其實不然）幾位好得不得了的人，還有這些人的朋友，以及剛到電腦維修部上班的女孩。

首先，他們來到萊斯特廣場，在擁有超大型銀幕的奧帝安劇院裡欣賞了一部電影。好人最後得勝，片中還有不少爆破和飛來飛去的東西。西維亞表示理查必須坐在電腦維修部女孩旁邊，她的理由是：這女孩才剛到公司，認識的人還不多。

看完電影後，他們沿著蘇活區邊緣的舊康普頓街往前走，這條街上古典與前衛並陳，吸引不同群族。他們在拉里士餐廳吃飯，吃了蒸丸子和十幾盤風味絕佳又有異國情調的菜肴，擺滿餐桌，有些擺不下的還放到鄰近沒人的桌上。之後，一行人來到伯維克街附近一家西維亞很喜歡的小酒吧。他們喝了幾杯酒，又是閒聊。

電腦維修部女孩頻頻向理查微笑，但整個晚上他都沒有對她說半句話。他買了幾杯啤酒，招待每一位參與聚會的人，那女孩幫他把啤酒從吧檯端到桌上。蓋瑞離開座位去上廁所，女孩隨即坐到他的位置，剛好就在理查旁邊。理查的腦中滿是玻璃杯的叮噹聲和點歌機的刺耳樂聲，同時還灌滿了灑出來的巴卡第雞尾酒、啤酒和香菸刺鼻的味道。理查想聽聽桌子周圍的人在談些什麼，但他發現自己沒辦法集中注意力去聽清楚每個人說的話，更糟的是，他對自己聽得到的事絲毫不感興趣。

一幅景像浮現在眼前，一如他在萊斯特廣場奧帝安劇院的超大型銀幕上看到的畫面，極為清晰、非常確切——他看到自己的後半輩子。

他今晚將帶著電腦維修部女孩回家，他們會溫柔地做愛，而明天是週末，他們會在床上消磨整個早晨。接著兩人會起床，一起把他的家當從木箱裡搬出來，再放到合適的位置。在一年或更短的時間內，他會跟這位電腦維修部女孩結婚，再獲得一次升遷，然後他們會有兩個孩子，一男一女，接著往外搬到近郊，如哈羅、克羅伊登、漢普斯特，甚至更遠的瑞丁。

那樣的生活算是相當不錯了，他自己也很清楚。有時你就是沒別的選擇。

蓋瑞從廁所回來時迷惑地左右張望。所有人都在，除了……

「迪克呢？」他問，「有誰看到理查？」電腦維修部女孩聳了聳肩。

蓋瑞跑到外面的伯維克街上。夜晚的寒風像一盆冷水潑在他臉上，他在空氣中聞到冬天的氣息。他對著馬路叫道：「迪克？理查？你到哪兒去了？」

「在這兒。」

理查靠在一面牆上，藏在陰影中。「我只是出來呼吸新鮮空氣。」

「你還好吧？」蓋瑞問。

「還好。」理查回答，「不，不好。我不知道。」

「嗯，」蓋瑞說，「這你自己決定。但你想談談嗎？」

理查嚴肅地看著他。「你聽了一定會笑我。」

「反正我無論如何一定會笑。」

理查看著蓋瑞，蓋瑞看到理查露出笑容，鬆了一口氣，也確定他們仍然是好友。蓋瑞轉身看了酒吧一眼，將雙手插進外套口袋。「來吧，我們走個一段路。你可以把心裡的苦全吐出來，然後我就可以笑你了。」

「混蛋。」理查說，聽起來比過去幾週更像理查。

「朋友原本就該互相幫忙嘛。」

他們開始在街燈下漫步。「蓋瑞，」理查開口說，「你有沒有思考過，難道，這一切就只能這樣嗎？」

「什麼？」

理查不明所以地打了個手勢，大概是要表示眼前的一切事物。「工作、家庭、酒吧、約女孩出來、住在城市裡。人生就只有這樣而已嗎？」

「是啊，我想大概就這樣了。」蓋瑞回答。

理查嘆了口氣。「打從一開始我就沒去馬約卡島。我是說，我真的沒有去馬約卡島。」

他們在蘇活區介於攝政街與查令十字路間的狹小後街走著，步伐高高低低。理查說個不停，從他在人行道發現一名流血的女孩開始，他說他伸出了援手，因為他不能坐視不管，然後又敘述接下來發生的事。而後，他們因為冷得走不下去，只好跑進一家通宵營業的廉價咖啡廳。這是那種很典型的「價格很便宜但很髒」的小咖啡廳，整間店油膩不堪，所有食物都用豬油料理，大量的茶盛在有缺口的白色大杯子裡端上來，杯身因培根的油脂閃閃發亮。理查和蓋瑞坐下來。理查說個不停，蓋瑞也默默聽著。然後他們點了炒蛋、白扁豆燒醃肉加吐司，吃了起來。吃東西時，理查繼續說話，蓋瑞也繼續聆聽。他們用吐司把最後剩下的蛋黃抹乾淨，又多喝了些茶。最後理查終於說：「……然後呢，朵兒用那把鑰匙做了某件事，我就又回來了，回到倫敦上層，也就是真實的倫敦。接下來……嗯，後面的事情你都知道了。」

兩人沉默了一陣。「全部就是這樣。」理查說，喝光杯裡的茶。

蓋瑞搔了搔頭。「那個，」他終於開口說話了，「你說的是真的嗎？不會是什麼胡搞的惡作劇吧？我是說，不會有人拿著攝影機突然從螢幕後面或什麼地方跳出來，告訴我說『嘿，老兄，你上整人節目了』。」

「我當然不希望這樣，」理查回答，「你……你相信我說的話嗎？」

蓋瑞看了一眼桌上的帳單，掏出一把硬幣，點出正確的數目，放在合成樹脂板的桌面上，剛好在一個塑膠番茄醬罐旁邊——它做成特大號番茄的模樣，開口處因為番茄醬的結塊而呈現黑色。「我相信你顯然是遇到了什麼事……不過，更重要的是，你自己相不相信？」

理查張大眼睛瞪著蓋瑞，他眼窩下方有著黑眼圈。「我相不相信？我不知道該怎麼說，真的，我曾經在那個地方待過。你知道嗎，連你也在那裡出現過。」

「你剛才沒有提到這一點。」

「那一段好可怕。你說我發瘋了，正在倫敦到處遊蕩，產生了幻覺。」

他們走出咖啡廳，往南朝皮卡迪利大道走去。「嗯，」蓋瑞說，「你得承認，這個會讓人從裂縫掉進去的下層倫敦，聽起來真的比較像是你虛構出來的。理查，我見過那些掉進裂縫裡的人——他們就睡在河濱路上的商店門口。那些人根本沒去什麼特別的倫敦，他們都在冬天裡凍死了。」

理查無言以對。

蓋瑞繼續說：「我想或許你是被什麼打到也說不定，可能是你被潔西卡甩了，受到太大的打擊。先前有一陣子你瘋瘋癲癲，之後才開始好轉的。」

理查打了個寒顫。「你知道我最擔心的是什麼嗎？我擔心你說得可能沒錯。」

「所以，你覺得生活不夠刺激？」蓋瑞繼續說下去，「太好了。就讓我繼續過無聊的生活。至少我知道今晚要去哪裡吃飯、去哪裡睡覺，而且我在星期一還有一份工作。對吧？」他轉身看著理查。

理查遲疑地點點頭。「是啊。」

蓋瑞看看手錶。「該死！」他驚叫一聲，「已經兩點多了。希望我們還叫得到計程車。」

他們走到皮卡迪利大道位於蘇活區的尾端，轉進釀酒街，在一整排偷窺秀和脫衣俱樂部的店頭燈下漫步。蓋瑞一直在講計程車，他說的話千篇一律，甚至可說是無趣至極。他只是在克盡身為倫敦客的義務：不停對計程車發牢騷。「車頂的載客燈亮著，車子也停下來，我告訴司機我要去哪裡，他卻說：『抱歉，我要回家了。』我就說：『你們計程車司機到底都住在哪？為何住在我家附近的一個都沒有？』這招剛開始還滿有用的，然後我會告訴他們我住在河的南岸。你猜他怎麼回答？他說：『如果你家在我家附近，那巴特西就在加德滿都了』……」

理查沒再去聽他說些什麼。他們走到風車街，理查穿越馬路，盯著一家舊雜誌專賣店的櫥窗，專注看著裡面陳列的物品。包括被世人遺忘的電影明星造型人偶，以及舊海報、舊漫畫、過期雜誌。理查從中瞥見一個冒險與奇幻的國度。但那不是真的，他這麼對自己說。

「那麼，你覺得呢？」蓋瑞問道。

理查的思緒猛然被拉回現實。「什麼？」

蓋瑞發現理查根本沒把他說的話聽進去，於是又重說一次。「如果攔不到計程車，我們可以搭夜間巴士。」

「好啊，」理查說，「好極了，沒問題。」

蓋瑞扮了個鬼臉。「你讓我很擔心。」

「對不起。」

他們沿著風車街朝皮卡迪利大道的方向往前走。理查把手伸進口袋底，表情一時困惑。他掏出一根幾乎壓扁的黑烏鴉羽毛，翮管尾端還綁著一條紅線。

「這是什麼東西？」蓋瑞問。

「這是……」理查頓了一下，「只是一根羽毛。你說得對，不過是垃圾。」他把羽毛丟進人行道旁的排水溝，連看也沒再看一眼。

蓋瑞遲疑一會兒，小心地選擇說出口的一字一句。「你想過要去給醫生看看嗎？」

「給醫生看？蓋瑞，我沒發瘋。」

「你確定嗎？」一輛計程車朝他們駛來，黃色的載客燈發出耀眼光芒。

「不確定。」理查老實地回答，「計程車來了，你先搭吧，我搭下一輛。」

「謝了。」蓋瑞舉起手攔下計程車。他先爬進後座，才告訴司機自己要到巴特西。司機把車開走時，他搖下車窗，對理查說：「理查，這就是現實世界，好好適應。現實就這麼回事。我們星期一見了。」

理查對他揮手，目送計程車離開。他轉身，慢慢遠離皮卡迪利大道的街燈，朝釀酒街的方向往回走。排水溝裡的羽毛已經不見了。理查在一個老婦人身邊停步，老婦人正在一家店門口熟睡，身上蓋著一件破爛的舊毯子。她身上僅有的財產是兩個裝滿廢棄物品的小紙箱，還有一把原本是白色的骯髒雨傘，她用一根繩子綁起來放在身旁。繩子另一頭綁在她的手腕上，以防有人趁她睡著時偷走。她戴了一頂羊毛帽，但看不出是什麼顏色。

理查掏出皮夾，翻出一張十英鎊紙鈔。他彎下腰，將折起來的紙鈔塞進老婦人手裡。她的眼睛張開，突然醒了過來，眨著老邁的雙眼看著鈔票。「這是什麼東西？」她睡眼惺忪地問，因被吵醒而不太高興。

「妳留著吧。」理查回答。

她將紙鈔展開，隨即一把塞進袖子。「你想要什麼？」她用懷疑的口氣詢問理查。

「沒什麼。」理查說，「我真的不要，什麼都不要。」然後，他理解到自己說的話有多麼真誠，也發現情況變得令人恐懼。「妳有沒有這樣過？想要的東西都得到了，結果卻發現妳根本不想要這些？」

「話不能這麼說。」她說話的同時，眼角流露出一股睡意。

「我以為我想要這樣，」理查說，「我以為我想要美好又正常的生活。我是說，或許我是瘋了吧——或許。但是，如果美好又正常的生活就只是這樣，那我寧可發瘋。妳懂嗎？」她搖了搖頭。理查把手伸進內袋。「妳看到了嗎？」理查舉起那把匕首。「獵人斷氣之前把這把刀給了我。」

「不要傷害我，」老婦驚惶地說，「我什麼也沒做。」

理查發現自己的聲音異常高亢。「我把刀上的血跡擦掉了。一名獵人一定會照料自己的武器。伯爵用這把匕首封我為爵士，賦予我下層世界的自由行動權。」

「我什麼都不知道，」老婦說，「拜託，把它拿開，這樣才對。」

理查舉起匕首，對準磚牆猛然刺去。磚牆就在老婦睡覺的門口旁。他揮砍三次，一次橫向，兩次縱向。「你在幹麼？」老婦人忐忑不安地問。

「開一扇門。」理查告訴她。

她哼了一聲。「你最好把那玩意兒收好。如果警察看見，他們會用持有攻擊武器的罪名把你抓起來的。」

理查看著牆上被他用刀子劃出來的門。他把匕首收回口袋，掄拳敲打牆壁。「喂！有人在裡面嗎？聽得見我的聲音嗎？是我——理查——朵兒？有人在嗎？」他傷了自己的手，卻仍持續搥打磚牆。然後，他恢復正常，手也停了下來。

「對不起。」他對老婦說。

她什麼也沒說。可能是又睡著了，但更有可能是假裝睡著。蒼老的鼾聲（不管是真是假）從門口傳出來。理查坐在人行道上，納悶著世上怎麼會有人像他這樣把自己的生活搞得一團糟。他轉頭看著自己在牆上劃出來的門……

牆上有個像門一樣的洞，是他用刀子劃出門的地方。有個男人站在門口，雙手以誇張的姿勢交叉在胸前。男人一直站在那兒，直到確定理查看見自己為止。他用黝黑的手遮住嘴巴，打了個大呵欠。

迪卡拉巴斯侯爵揚起一邊眉毛。「喂？」他不耐煩地問，「你來是不來？」

理查看了他一眼。

他點點頭，一句話也沒說便站起身。他們一起穿過牆上的洞，走進黑暗，什麼痕跡也沒留下，甚至連牆上的門都消失了。

鳴謝

感謝，在本書經歷不同階段的草稿及版本時，投入相當多精力並提供建議和回饋的讀者——尤其是Steve Brust、Martha Soukup、Dave Langford、Gene Wolfe、Cindy Wall、Amy Horsting、Lorraine Garland、Kelli Bickman。感謝BBC Books的Doug Young和Sheila Ableman、Avon Books的Jennifer Hershey和Lou Aronica提供的協助及支援。此外，我也要感謝所有在本書寫作過程中遇到電腦問題時跑來救援我的人，以及諾頓工具組。

尼爾・蓋曼

繆思系列 010

無有鄉

Neverwhere

作者　尼爾．蓋曼（Neil Gaiman）
譯者　蔡佳機
社長　陳蕙慧
總編輯　戴偉傑
初版編輯　林立文
行銷　廖祿存
電腦排版　極翔企業有限公司

讀書共和國集團社長　郭重興
發行人　曾大福
出版　木馬文化事業股份有限公司
發行　遠足文化事業股份有限公司
地址　231新北市新店區民權路108之4號8樓
電話　02-2218-1417
傳真　02-8667-1891
Email　service@bookrep.com.tw
郵撥帳號　19588272　木馬文化事業股份有限公司
客服專線　0800221029
法律顧問　華洋國際專利商標事務所 蘇文生 律師
印刷　成陽印刷股份有限公司
初版　2017年6月
初版二刷　2023年4月
定價　新台幣380元
ISBN　978-986-359-393-5

國家圖書館出版品預行編目(CIP)資料

無有鄉 / 尼爾.蓋曼(Neil Gaiman)著 ; 蔡佳機譯
. -- 初版. -- 新北市 : 木馬文化出版 : 遠足文化
發行, 2017.06
面 ;　公分. -- (繆思系列 ; 10)
譯自 : Neverwhere
ISBN 978-986-359-393-5(平裝)

873.57　106005384